AF399299

Blomsterflickan

Ellinor Häggström

Hör och tittar gör jag varje dag,

men här,

i din trädgård,

lyssnar jag och ser jag

© Ellinor Häggström, 2025
Andra utgåvan
www.ellinorhaggstrom.com
Omslag: Ellinor Häggström
Förlag: BoD · Books on Demand, Östermalmstorg 1,
114 42 Stockholm, Sverige, bod@bod.se
Tryck: Libri Plureos GmbH, Friedensallee 273,
22763 Hamburg, Tyskland
ISBN: 978-91-7699-414-6

I nådens år 1672

Jens höll ett stadigt tag om sin prästbibel medan han trampade runt i det slagna gräset. Fastän inget ännu hade skett så låg lukten av fruktan och död tjock över ängen. Ville han härifrån? Jo. Eller nej. Kanske. Nej han kunde inte, fick inte, tveka. Det här måste ske.

Det var fullt med folk omkring honom. Stunden hade fått alla att gå man ur huse och snart skulle det oerhörda ske. Det här var första gången man hade byggt upp ett bål på slätten utanför staden. Lagen var självklar – bränn häxorna. Prästen Jens hade inte sett brevet med egna ögon men han hade själv tagit emot riktlinjerna av Pastor Laurentius för hur man skulle gå tillväga. Han visste vad som förväntades av honom som en Guds man. Jens var en man som följde sin tro och kyrkans regler, något annat var det inte tal om. Men flickan, nej häxan, rättade han sig själv, var ung. Bara femton år.

Gruppen av människor stod tätt tillsammans på betryggande avstånd från bålplatsen. Alla var enkelt klädda, ingen hade klätt upp sig för det som väntade. Det fanns inget att klä upp sig för, bara något att bli av med – att slippa.

Ropen och skriken eskalerade när den unga häxan drogs fram mellan två av stadens vakter. Hennes långa rödlätta hår låg utslaget över axlarna och i hennes gröna ögon fanns bara rädsla. Det var inte konstigt att hon var rädd, tänkte Jens, hon kunde inte längre fly. Hon hade erkänt sina nattliga turer till Lucifer under långa och smärtsamma förhör, men nu fanns det ingen Lucifer som kunde föra bort henne. Hon var fast. De hade lyckats snärja en av Lucifers döttrar och om inte Lucifer själv uppenbarade sig så skulle det inte dröja länge innan häxan var död.

Folk skrek och spottade efter henne och Jens såg med avsmak på hur häxan torkade av sitt ansikte mot sin uppdragna axel för att bli av med loskan som rann längs hennes kind.

En ung rörelse.

En mänsklig rörelse.

Han harklade sig och tog ett stadigare tag om sitt krucifix medan han vände sig om mot träkonstruktionen där hö och halm hade pressats in i varje mellanrum. Framför konstruktionen hade man ställt upp en låg stege och dess tre horisontella stegpinnar såg sköra ut i jämförelse med mittpålen.

Flickan jämrade sig medan de båda männen drog upp henne för stegen och band fast hennes händer och fötter vid pålen. När de båda männen var färdiga klev de ner på marken och sträckte sig efter stegen.

”Stopp!” avbröt prästen och gick närmare och vakterna tog varsitt steg åt sidan för att släppa fram honom. Med blicken fäst på häxan gick Jens långsamt upp för stegen. Han såg ner i det unga ansiktet där en tår låg och väntade i ena ögats vänstra ögonvrå.

”Lucifers dotter.” viskade han. ”Vem ska rädda dig nu?”

Flickan vred undan blicken. Jens tog häftigt ett tag om hennes haka och tvingade upp hennes ansikte samtidigt som han fräste åt henne.

”Du ska brinna, du Satans medhjälpare. Och Jesus Kristus ska se på från sin upphöjda plats.”

”Låt henne gå!”

Rösten bakom honom darrade när orden yttrades och Jens vände sig om. Han höll upp sitt krucifix när han besvarade kvinnan som stod framför bålet.

”Häxan ska ha sitt straff! Vem är du att ifrågasätta Jesus Kristus och kyrkans lag?”

”Låt henne gå. Hon är oskyldig till det ni straffar henne för.”

Prästen stannade upp när de oerhörda orden nådde honom. ”Och vem är du att döma oss? Vem är du som nekar till kristenheten och bekämpandet av Satan?”

”Jag heter Gudrun.”

”Ha! Ett kristet namn! Rimmar illa med det du säger, kvinna.”

”Flickan är min. Allt hon kan har hon lärt sig av mig!”

De skallande hatropen tystnade med ens och platsen blev skrämmande tyst. Stegpinnarna knarrade under hans fötter när Jens lämnade den unga häxan och klev ner på marken. Han gick fram till Gudrun. Hon var äldre än han trott vid första anblicken. Huden var gammal och trött, håret glest och tänderna dåliga. Förklädet som hängde löst över hennes taniga kropp var smutsigt och slitet.

”Så.” viskade han. ”Häxan är din, säger du.”

”Hon är en Blomsterflicka, precis som jag. Vårt band är starkt. Om du bränner flickan nu kommer du att ångra dig.”

”Ha! Blomsterflicka? Ett förskönande namn på häxa tycker jag allt. Förnekar du att hon kan konsten att hela?”

”Jag har lärt henne allt jag kan om våra växter och dess läkekraft.”

”Bränn häxan!” skrek en man i folkhopen och Jens såg upp på den unga häxan som stod fastspänd vid pålen. Märkligt nog tvekade han plötsligt.

”Jag är också Blomsterflicka.” sa Gudrun. ”Vi har ett särskilt band som inte rör någon annan. Vår kunskap kommer från klosterträdgården där vår första Blomsterflicka fanns. Gud berörde hennes hjärta med sin gyllene själ och samma gyllene själ finns i mig och flickan. Blomsterflickorna för med sig hennes kunnande från generation till generation i ett aldrig sinande flöde. Om du bränner flickan på bålet hindrar du kunskapen och den gyllene kärleken som från början föddes i ett av Kristi kloster.”

Jens lyssnade häpet till orden. Att kvinnan framför honom vågade! Att hon vågade stå här, mitt bland alla människor och förklara Kristi budskap och samhörighet för honom – en Guds man. Han andades hårt och intensivt. Hans inre brann av ilska över kvinnan och han vrålade:

”Släpp den unga häxan!” Han höjde sin arm och pekade med skakig hand på Gudrun. ”Vi ska bränna denna förtappade och svarta själ istället! Nu!”

Männen som hade släpat fram den unga kvinnan skyndade sig uppför stegpinnarna och ryckte loss repen. Sedan knuffade de hårdhänt ner henne, hoppade ner på marken och skyndade fram till den äldre kvinnan som lugnt stod framför Jens.

”Gudrun!” grät den unga häxan. Hon reste sig upp och ögonen som tidigare varit fyllda av rädsla var nu fyllda av skräck. ”Nej! Låt henne vara!”

”Håll tyst! Vi ska försöka rädda din själ, flicka lilla.” sa Jens. ”Gudrun har smittat dig med sin svarta tro och satanism.”

"Elin! Ta hand om dig nu och kom ihåg allt jag lärt dig!" ropade Gudrun medan männen började dra av henne förkläde och hätta.

"Men, jag behöver dig!"

Gudrun log ett stilla leende.

"Så så, Elin. Du ska se att allt blir bra. Ta hand om nästa Blomsterflicka du."

Jens sträckte ut en hand och hindrade Elin från att springa fram till Gudrun. Han såg hur tårarna rann över flickans kinder och kände sig märkligt berörd över det unga ansiktet. När hon inte kunde komma fram till den gamla böjde sig Elin ner och plockade upp Gudruns hätta från marken. Hon höll den tafatt mellan sina händer.

"Vad de än säger så finns Jesus Kristus i våra hjärtan, Elin." log Gudrun lugnt från sin plats. Jens ryckte till. Det var något obehagligt med hela stunden.

"Bränn häxan!" skrek han och försökte skynda på männens arbete. Gudrun lät sig fogligt ledas fram till bålet och hon bands fast vid mittstolpen. Hon verkade helt oberörd av männen som lindade repen så hårt att hennes handleder och fotleder började blöda. Strax därpå var männen nere på marken och utan att vänta på order från Jens satte de fyr på bålet. I samma stund som lågorna sträckte sig efter halmens första strån ropade Gudrun till Elin:

"Hitta en vrå och lev ditt Blomsterflickeliv. Hjälp andra och låt naturen omkring dig hela din själ! Precis så som Blomsterflickorna har gjort ända sedan klostertiden."

Den unga häxan bredvid Jens fick med ens en annan hållning och han såg förfärat ner på Elin som plötsligt stod rakryggad bredvid honom. Han såg hur hon nickade mot Gudrun vars klädsel fattade eld.

”Jag lovar dig, Gudrun. Jag lovar att skapa en fredad plats åt kommande Blomsterflickor. Där ska växter frodas och själar läkas. Där ska naturen blomstra. Och där kommer du alltid finnas kvar.” Elin höll upp Gudruns hätta som hon plockat upp från marken och när solen sken på den solkiga hättan grep fruktan plötsligt tag om Jens hjärta. Han såg skrämt på glorian av ljus som omgärdade tyget och drog hastigt efter andan.

Uppe på bålet drog Gudrun ett djupt andetag och lät de giftiga ångorna slå ut hennes medvetande. Med en suck föll hennes huvud fram över bröstet. När lukten av bränt kött spred sig över slätten vände sig en skakad Elin till prästen. Men hur skakad hon än var så förblev hennes röst hög och klar.

”Blomsterflickorna behöver mark. Du kommer att ge oss en stuga och mark utanför stadsgränsen. Det blir inte nu, men jag har ingen brådska. Jag kan vänta på att du har insett att arvet vi Blomsterflickor bär på är sänt från ovan. När du väl vill sona ditt brott finns jag där att ta emot kyrkans gåva. Och där, i trädgården, kommer Blomsterflickorna leva och dö. Där ska våra sårade själar helas och där ska vi läka. Där ska vi hitta varandra generation efter generation.”

Elin vände sig om och började gå från platsen. Jens såg efter henne när hon gick och med tilltagande panik såg han hur folkhopen vek åt sidan när hon passerade dem med högburet huvud. Hennes vita särk var smutsig och fläckad av jord och tyget som släpade i det slagna gräset var trasigt och trådigt vid fållen.

Han hade tappat kontrollen. När det hade hänt visste han inte riktigt, men det var inte längre han som styrde det som hände på platsen. Jens drog efter andan men var tvungen att hosta när lukten av bålet letade sig in i luften han andades. Han kände sig illamående. Stanken från bålet var kväljande och för att inte kräkas övergick han till att andas med öppen mun. Men stanken var inte det värsta, insåg han. Det värsta var att Elins ord hade nått hans inre och att han hade trott vartenda ett av hennes hädande ord.

Kapitel 1

I ngegerd satte sig vid skrivbordet i vardagsrummet. Hennes blick föll på tavlan som hängde på väggen mellan de två fönstren och precis som hundratals gånger förr förlorade hon sig i tankar kring det hon såg. Det inramade tygstycket var åldrat, varje söm var skör och i varje veck var tyget sprödare och tunnare. Den brunaktiga bomullshättan var fläckig av ålder och de längre tygslitsarna som skulle knytas ihop i nacken hade tappat formen. Hättan satt fäst med nålar mot en bakgrund av vinrött linne i en väl tilltagen glasram. Vem som hade burit hättan visste hon inte riktigt. Tydligen hade kvinnan hetat Gudrun och enligt Elsa hade Gudrun bränts på bål anklagad för häxeri. Men vem hade hon varit? Hur hade hon levt? Hade hon skrattat? Vad hade hon i så fall skrattat åt? Hur hade det sett ut där hon levde? Hur hade det gått till när hon upptäckte att hon var en Blomsterflicka? Allt det där var okänt för Ingegerd men tavlan framför henne betydde allt.

”Sitt och inte och dröm nu. Det är dags att öppna dagboken.”

Hon öppnade boken där det blå sidenbandet låg och fick upp ett oskrivet blad i slutet av boken. Glad över att ännu en gång få göra ett avtryck i trädgårdsboken sträckte hon sig efter pennan.

Ingegerd la ifrån sig pennan och tittade kritiskt på de få raderna. Hon skakade lite på huvudet. Att skriva hade hon aldrig varit bra på. Hennes dagboksanteckningar hade alltid varit tunna och fattiga. För att fylla ut dagens anteckning tecknade hon därför några stockrosblad och var extra noga med att få fram den skrovliga och grova strukturen.

Hon log för sig själv och slog ihop boken. Det hade blivit precis som vanligt – lite text och mycket bild. Hon tittade ut genom fönstret där skymningen började lägga sig. Kvällen var långt gången och det var svårt att se något annat än hennes egen spegelbild och hon gav strax upp försöken på att se bortom pilhäck och landsväg. Istället granskade hon figuren som avtecknade sig i fönstret. Det hon såg stämde inte med hennes egen verklighet. Kvinnan mitt emot henne såg gammal ut. Håret såg tunt och fjunigt ut och spegelbilden saknade både ögonbryn och ögonfransar. Ansiktet verkade vara fullt av linjer och i stället för en liten stark haka kunde Ingegerd se två hakor under den lösa huden på kvinnan mitt emot. Fönstret var gammalt och förvrängde tydligen saker och ting.

Hon lutade sig fram och drog med handen över sin kind medan hon tittade på kvinnan i fönstret som spegelvänt härmade hennes rörelser. Var hon verkligen så där gammal? Det kunde väl inte stämma? Fast förresten, hon suckade, det var nog sanningen hon såg i alla fall. Sist födelsedagshälsningarna hade kommit med posten hade hon fyllt åttiofyra år. Inte trettiofyra eller fyrtiofyra. Inte ens femtio-, sextio- eller sjuttiofyra. Åttiofyra hade hon fyllt och sanningen var nog så där rynkig och tunnhårig som den avspeglades i glaset framför henne. I och för sig gjorde det inte så mycket. Hon mådde bra, kände sig pigg och trivdes med livet. Hennes kropp fick se ut hur den ville, för den orkade fortfarande med.

"Gamla gumma. Gå och lägg dig nu. Det är en dag i morgon också."

Ingegerd reste sig och släckte ner vardagsrummet. Hon gick ut i köket och diskade undan koppen, lät som vanligt den lilla lampan i fönstret lysa och gick sedan till sängs. Tröttheten som hade legat på lur hela kvällen kunde till sist krypa fram ur sitt gömställe utan att riskera att sopas undan än en gång och strax därpå sov den gamla djupt i sitt lilla sovrum i Blomsterflickans hus.

Utanför de tjocka stenväggarna föll mörkret över trädgården. Växterna slöt sina blad för natten, trygga i vetskapen om att Blomsterflickan skulle finnas där för dem nästa dag. De vaggades stilla till sömns av en svag vind och drömde sig bort till morgondagen då de än en gång skulle få närhet, ömhet och kärlek av Blomsterflickan.

Kapitel 2

Ingegerd tog ett stadigt tag om ogräsjärnet och lyfte ut redskapet ur skjulet.

"Fredag idag." sa hon till redskapet lika mycket som till sig själv och stängde den röda trädörren omsorgsfullt efter sig. Hon stannade upp och tittade kritiskt på dörren. Den behövde målas såg hon. Träet var friskt och helt, men färgen, eller rättare sagt bristen på färg, gjorde att den såg trött ut. Tio år hade gått sedan senaste målningen och färgen satt i och för sig kvar, men den hade fått en matt och något brunare nyans.

"Lite målning behövs verkligen." sa hon med en bestämd nick. Men det var inte bara skjulet vid syrenhäcken som behövde lite färg, skjulet vid rosenträdgården behövde också en ansiktslyftning. Och pergolan. "Fast det får nog bli till hösten det, nu ska ju allt till att blomma så vackert."

Ingegerd vände sig om. Hon haltade till lite när den bråkiga höften än en gång gjorde sig påmind. Men hon klagade inte. Det fanns många som hade det betydligt värre än en bråkig höft. Ohlsson till exempel, grannen. Han var både kutryggig och stel och orkade inte längre med på samma sätt. Värken gnagde på honom och det var väl egentligen inte så konstigt att han muttrade och var sur.

Fredag var grusgångsdag och Ingegerd och ogräsjärnet satte igång med sitt arbete. De krafsade, pillade, skrapade och hackade sig framåt genom trädgårdens snirkliga grusgångar. De tog sig fram genom köksträdgården, mellan rhododendron och syren och vidare in i cirkeln som omslöt den stora linden. Då och då stannade Ingegerd upp och lyssnade till växterna och platserna hon passerade. Hon lyssnade efter sinnesstämning och lugn och när hon uppfattade det hon sökte log hon alltid.

"Ja, det här blir bra." brukade hon svara trädgården.

När hon hade kommit halvvägs runt vårdträdet lutade Ingegerd järnet mot den runda bänken som stod kring lindens stam, drog av sig trädgårdshandskarna och satte sig ner. Hon lutade den ömmande ryggen mot stammen.

Linden var trädgårdens mittpunkt och av dess storlek att döma hade den stått på samma plats i hundratals år. Den breda trädkronan gav en välkommen skugga till platsen vid stammen och om Ingegerd var tvungen att välja en favoritplats i trädgården skulle det bli just den. Här satt hon ofta och såg ut över trädgården hon förvaltade. Jo, för det var en sorts förvaltande det handlade om. Trädgården runt omkring henne var unik. Den hade alltid varit unik och den skulle alltid förbli unik och speciell. Trädgården var mer än unik förresten, den var underbar och säregen. Den var hennes allra närmaste vän och hon fick ofta känslan av att trädgårdens själ berörde hennes egen. De hörde ihop, så enkelt var det.

Ingegerd tittade upp i lindens lövverk. Solen sken från en klarblå himmel och ljuset bildade auror kring varje blad. Det var en varm dag och trädgården stod i startgroparna med sin överdådiga blomning. Snart skulle rabatterna prunka av fingerborgsblommor, riddarsporrar, pioner, rosor, klematis, kaprifol, nävor, iris och stormhatt. Redan nu lyste löjtnantshjärtan, akleja och sommarens första dagliljor i all grönska. Träden gav svalka med sina späda, ännu ljust gröna blad och skapade spännande skuggor som under dagen vandrade fram över trädgården.

"Nej, nu får det minsann vara färdigvilat."

Ingegerd reste sig upp och drog på de blommiga trädgårdshandskarna. De var av rejäl kvalité. Sömmarna var dubbla och tyget slitstarkt. Precis som de behövde vara. Vilket par i ordningen var det egentligen? Hur många handskar hade hon gjort av med under sina femtiotvå år i trädgården? Minst tre par varje säsong var det ju, det visste hon med bestämdhet. Kanske till och med så många som fyra eller fem par vissa år.

"Så där ja!" sa hon och avslutade därmed den onödiga matematiken, sträckte sig efter ogräsjärnet och fortsatte sitt fredagsarbete. Medan hon arbetade pratade hon som vanligt för sig själv. Emellanåt kom hon på sig själv med att prata högt trots att hon var ensam. Lite fånligt kändes det allt, men hon kunde inte rå för det. Det blev nog lätt så när man delade sin själ med en trädgård och tillbringade alla sina dagar med den, trodde hon.

"Tänk om jag skulle ta och baka mig en kaka till eftermiddagskaffet idag? Syltkakor kanske? Med mycket hallonsylt i."

Nöjd över tanken på syltkakor arbetade sig Ingegerd sakta men säkert vidare över grusgångarna. Hon var extra noga inne i rosenträdgården där hon visste att hon hade slarvat lite förra fredagen och hittade minsann både en och två utslagna maskrosor längs staketkanten. De plockade hon upp och satte bakom sitt ena öra innan hon fortsatte att krafsa bort bladen och så mycket hon kunde av rötterna. En timme senare räfsade hon ihop de snabbt torkande bladen från gruset, slängde hinkens innehåll på komposten bakom potatislandet och hängde tillbaka redskap och handskar i boden. Sedan gick hon in.

Ingegerd lät dörren stå öppen och gick in i köket där den stora vedspisen tog upp alltför mycket plats. Den var fullt fungerande men användes inte särskilt ofta. Det vara bara riktigt kalla vinterkvällar som hon eldade i den. All annan tid var spisen endast ett vackert blickfång och praktisk avställningsyta i det lilla köket. Hon öppnade köksfönstret på vid gavel för att vädra ut den stillastående och varma luften. Inget hände. De tunna vita bomullsgardinerna vid fönstret hängde slaka.

"Jaha ja. Nå, tids nog blir det kallt. Man ska inte gnälla över värmen nu när den äntligen är här." sa hon förnuftigt till sig själv medan hon sträckte lite på ryggen. Det stramade mellan skulderbladen och rörelsen kändes obekväm och bakvänd, som om ryggen inte alls ville att hon skulle bry sig om den, men efter en liten stund kändes det bättre. Trädgårdsarbetet tog hårt på kroppen numera.

I det samma ringde telefonen och Ingegerd gick ut till det lilla bordet i hallen. Hon lyfte på den röda telefonluren.

"Ingegerd Persson."

"Hej Ingegerd! Det här är Anna från bokhandeln." Rösten i andra änden lät ung, pigg och glad och Ingegerd log. Hon såg omedelbart Annas ansikte framför sig, det var en rar tös. Hjälpsam och go på alla sätt och vis.

"Men hej kära du. Hur står det till idag?" frågade hon.

"Tack, det är bara bra med mig. Hur är det själv?"

"Jo, det är bara bra. Vad har du på hjärtat lilla vän?"

”Jag ringer bara för att berätta att dina trädgårdsdagböcker har kommit. De du beställde förra lördagen.”

Ingegerd drog en lättad suck. Hon behövde verkligen ha nya böcker. Det hade inte varit många sidor kvar i dagboken när hon gjorde gårdagens anteckningar och att plötsligt stå utan bok skulle ha varit katastrofalt. Särskilt nu när den fantastiska försommaren var här och det dagligen hände saker i trädgården.

”Så bra!” utbrast hon med nästan översvallande tacksamhet. ”Då hämtar jag dem i morgon när jag kommer till staden.”

”De ligger i kassan, redo att hämtas.” svarade Anna. ”Men det är ingen brådska för vår del, böckerna ligger inte i vägen.”

”Tack söta du, men ni har så mycket annat att ta hand om. Jag hämtar dem i morgon.”

”Okej. Ha det så bra!”

”Tack igen för att du ringde, kära du.”

Ingegerd sträckte på ryggen. Den molande värken var borta insåg hon. I samma stund som hon hade fått telefonsamtalet att tänka på hade ryggens protesterande gnäll försvunnit. Med ny energi återvände hon ut i köket och satte igång med sitt bak.

De nybakade syltkakorna smakade precis som de skulle. Hallonsylten var perfekt. Precis lagom söt och lagom syrlig. Och tillsammans med den spröda möra degen blev den en underbar liten kaka som smälte i munnen.

Ingegerd hade slagit sig ner i lusthuset som låg i skuggan från tre stora kastanjeträd, trädgårdens alla dunklaste hörn, och från sin plats inne i det sexkantiga inglasade rummet kunde Ingegerd se bäcken som rann längst ner i trädgården. Runt bäcken växte vit iris, kaveldun och funkia och det var en härlig, något mystisk, plats som lockade fram tankar om trädgårdstomtar, vättar och andra väsen som tyckte om att vara i skogiga svalkande skuggor. Under de stora kastanjerna växte hosta och bildade en mjuk matta kring de tjocka trädstammarna.

Ingegerd satt bekvämt tillbakalutad i den vita väggfasta soffan. Ovanför henne var det sexkantiga innertaket åldrat men välskött och till skillnad från skjulen och pergolan skulle det klara sig fint flera år till utan att målas om. Här och var ovanför de spröjsade fönstren satt inramade enkla akvarellmålningar som föreställde några av trädgårdens vackra blommor. Ingegerd log åt minnet av hur hon gång på gång hade försökt måla av trädgårdens helhet, men hur hon ideligen misslyckats. Hon lyckades aldrig fånga den djupa skönheten som fanns i trädgården och tillslut hade hon gett upp sina försök. Från trädgården lyckades hon bara måla enstaka blomstrande ädelstenar, och till och med det hade varit svårt. Hon mindes tydligt hur frustrerad hon hade känt sig. I vanliga fall kunde hon teckna och måla vad som helst, och det tog tid för henne att inse att hon aldrig skulle lyckas fånga det trolska i trädgården på bild.

Ingegerd såg kritiskt på de inramade bilderna. Några av dem var bra, andra var bättre än bra, medan ett par av dem knappast kunde kallas för konstnärliga och hon undrade vad som hade fått henne att känna sig tillräckligt nöjd med dem för att sätta upp dem. Hon skakade på huvudet och vände sedan ner blicken mot inköpslistan som låg tom på bordet framför henne. Noggrant började hon skriva ner allt hon behövde skaffa hem från staden dagen därpå.

När kaffet var urdrucket, kakfatet tomt och handlingslistan komplett reste sig Ingegerd och började gå tillbaka mot huset genom den grönskande trädgården. Vid kantnepetan stannade hon häpet till.

"Vad i hela…? Vem i hela friden är du?"

En svart och vit katt låg och sov bland de frodiga växterna. Den såg så tillfreds och lugn ut där den låg att Ingegerd först blev orolig för den. Men plötsligt snarkade katten till, ett roligt och annorlunda ljud i trädgården, och Ingegerd började le.

"Nåja. Du verkar ju gjort dig hemmastadd, katt. Du får väl ligga där."

Hon fortsatte sin långsamma promenad mot huset. Här och var stannade hon till och pratade med ett bi eller en humla eller för att rätta till något bland rabatternas gröna blad. Växterna sköt i höjden och sträckte ut sig på bredden, mer och mer för varje timme, och Ingegerd log när hon kände de vänliga växternas sinnesstämning. Hon njöt. Det var en underbar dag.

Allt var kort sagt precis som vanligt i Blomsterflickans trädgård.

Kapitel 3

”Snart väller värmen in. Och mördarsniglarna. Men vi ska väl vara glada att vi bor där vi bor – vi slipper åtminstone horder av turister.”

Ingegerd lyssnade med ett halvt öra på Ohlsson medan hon rensade ogräset utanför pilhäcken längs landsvägen. Det var härligt med grannar, men det var ju hiskligt synd att en del kunde vara så otroligt negativa emellanåt.

”Åja. Mördarsniglar är också djur. Fast vi har inte haft så många, eller hur? Förra året såg jag nog tio allt som allt.” försökte hon och kisade mot solen.

”Varje snigel lägger ca 700 ägg. Vips så blev dina tio sniglar plötsligt sjutusen! Och vi har bäcken, glöm inte det. Fuktigt och fint för de små rackarna.” Ohlssons röst lät domedagsaktig och Ingegerd fick svårt att hålla sig för skratt. Hon brydde sig inte om vare sig sniglar eller matematik så hon lät det hela passera med ett leende. Hon bytte ämne.

”Hjälper kamomillteet förresten? Det du fick av mig eftersom du hade svårt att somna?”

”Faktiskt somnar jag bättre nu, det gör jag faktiskt.” Ohlsson lät plötsligt lite nöjdare. ”Det var en finfin dryck det där du gav mig. Fast god tycker jag inte att den är. Det smakar hö."

"Smaken är som den är. Säg till om du behöver mer, jag har mer därinne."

"Tack för omtanken, Ingegerd. Jag säger till, det gör jag." Ohlsson lät plötsligt mjukare och vänligare. Det var inte ofta, men emellanåt kom det lite gladare toner från honom och Ingegerd försökte lägga de stunderna på minnet och ignorera de andra.

"Nej, nu ska jag lämna dig ifred med ditt påtande. Vi ses."

"Det gör vi, Ohlsson. Ta hand om dig och sniglarna nu." skrattade Ingegerd.

Ohlsson grymtade något ohörbart till svar och gick in till sitt. Ingegerd tittade efter honom när han gick iväg. Kutryggigheten hade blivit värre och hon hoppades att han inte hade alltför ont av det. Det var förresten svårt att veta om hans humör berodde på värk eller saknad. Hans hustru sedan trettiofyra år hade gått bort året innan och Ingegerd sörjde att han tvingades känna sorg. Plötslig ensamhet kunde göra vem som helst nedbruten, det visste hon mycket väl.

Ohlsson försvann in på sin grusplan och Ingegerd återvände till sin ogräsrensning. Medan hon arbetade lät hon tankarna fara – från Ohlsson, via kamomillte till Elsa. Hon skulle aldrig glömma sitt första möte med Elsa, Blomsterflickan som hade levt i huset före henne. Goa, rara Elsa med de härliga skrattgroparna och det långa håret som hängde i en mjuk silverfläta längs hennes rygg. Deras första möte var ett av hennes allra käraste och vackraste minnen. Mötet hade varit både färgrikt och doftrikt och Ingegerd kunde när som helst plocka fram minnet av hur hon stod vid affärens fruktdisk en dag och plockade bland de svenska äpplena. Hur lätt som helst kunde hon framkalla den syrliga doften från frukten som fanns framför henne i den stunden. Hon hade precis fått syn på ett fint och friskt äpple och skulle just till att sträcka sig efter det när en roterande gyllene känsla i hjärtat hade stoppat henne och betagen av hur den nya känslan hade hettat upp hennes bröst hade hon för första gången på väldigt länge känt glädje. Först förvånat, sedan lyckligt, hade hon vänt sig om och mött Elsas blick. Då, i samma stund hade hon vetat. Allt hon någonsin hade sökt efter fanns i de fårade ansiktslinjerna framför henne. Hon hade äntligen förstått meningen med allt. All sorg och alla tårar skulle äntligen ge med sig. Där, i mötet med Elsa, hade en läkeprocess börjat.

Tiden tillsammans med Elsa hade varit fantastisk. Ett år hade de fått tillsammans i huset och trädgården och Ingegerd hade fått lära sig allt om växterna och deras skötsel. Så här i efterhand visste hon att lektionerna varit överflödiga eftersom kärleken mellan henne och trädgården fanns och det var allt som behövdes för en Blomsterflicka. Det skulle bli samma sak för nästa Blomsterflicka när hon tids nog kom till huset och trädgården.

Ingegerd suckade en förväntansfull suck. Hon var gammal nu. Inom en snar framtid borde hon än en gång känna den gyllene roterande känslan i sitt bröst. En annan kvinna med sorgset hjärta skulle helas och bli lycklig i trädgården. Hon såg fram emot att välkomna nästa Blomsterflicka.

När pilhäcken var rensad samlade Ingegerd noggrant ihop kvistar, löv och ogräs i en korg. Det blev inte så mycket, bara en halv korg, så hon tog sin lilla samling i ena handen, följde pilhäckens yviga vägg och vek in på grusplanen intill huset. Själv hade hon ingen bil så oftast var platsen tom, men platsen var alltid iordningställd och välkomnande för eventuella gäster. Den här dagen väntade hon inget besök utan sneddade över grusplanen, passerade köksträdgården och slängde innehållet i korgen på komposten. Hon lämnade korgen upp- och nedvänd vid växthusväggen, sträckte på kroppen och njöt av att vara färdig med dagens trädgårdspyssel. Resten av dagen skulle hon tillbringa bland blommorna och dofterna. Hon såg fram emot att lyssna på surret från insekterna, fågelsången och bäckens porlande. Ingegerd började långsamt gå mot syrenerna för att se på de stora blomknopparna och kände sig lycklig, ja hon kände sig till och med välsignad.

I nådens år 1682

Elin tittade ner på den lilla mjölpåsen som stod bredvid henne. Det skulle räcka till ett par kakor och hon längtade efter att känna mättnaden från rågkakorna. Hon kunde redan nu känna doften av bröd som stekte mot hällen.

Hon suckade, skakade på huvudet och såg ner på spädbarnet som låg i hennes famn. Febern brände genom särken och kinderna var blossande röda på det lilla livet som andades med ansträngda andetag.

"Hur länge har hon varit svårt febrig?"

"En vecka." grät modern till svar medan hon ideligen snurrade en flik av förklädet kring handen. "En vecka. Snälla, gör henne frisk."

Elin lyfte upp barnet och la örat mot det lilla bröstet. Därinne tickade hjärtat snabbt och hetsigt, men såvitt hon kunde höra fanns inget susande ljud i lungorna. Hon la ner barnet på sina utsträckta ben och tryckte hårdhänt bakom barnets öron och ner längs halsen. Reaktionen blev snar, men stillsam, när barnet gnydde, knep med ögonen och darrade på läppen.

"Barnet måste ha mycket mjölk med honung i. Sedan måste du ge henne timjan. Koka upp timjan och dränk en bit lin i vätskan. Låt barnet suga på tyget tre gånger om dagen. Du ska också lägga en bit av tuggad pilbark i hennes mun varje kväll. Bara en liten stund innan du tar bort den. Pil hjälper bra mot svåra infektioner. Egentligen är flickan för liten för en sådan kur, men risken är stor att hon lämnar jordelivet, så försök."

Modern satte sig på huk framför Elin och la sin hand över det lilla barnets knutna näve.

"Hon är bara tre veckor. Jonas säger att hon kommer att dö, och att vi snart kommer att få gräva ner henne."Rösten sprack och kvinnan slog händerna framför ansiktet. Elin tittade på utan att känna något särskilt. Hon hade kanske känt något om hon inte själv varit likgiltig inför döden. Hon hade varit nära döden ett flertal gånger, och varje gång hade hon önskat att den hade omfamnat henne. Varje gång hade hon velat bli insvept i dess mörka tystnad där känslor som hunger och smärta inte fanns. Istället hade döden gång på gång släppt taget om henne och lämnat henne kvar på jorden med allt mindre ork och ett allt hårdare hjärta.

"Här, ta ditt barn. Gör som jag har sagt. Om några dagar är hon antingen bättre eller död."

Elin såg efter kvinnan som bar det feberheta knytet vid sitt bröst medan hon skyndade bort mot stigen. Platsen blev tyst och Elin satt återigen ensam på den liggande stubben som fungerade som bänk vid ingången till det lilla skjulet. Hon drog med trötta rörelser av sig Gudruns hätta och såg ner på tygstycket mellan sina händer. Det gick inte en dag utan att hon saknade den gamla kvinnan och stunder som den här, när folk i hemlighet hade sökt sig till hennes koja och sedan lämnat henne med en gåva, önskade hon mer innerligt än någonsin att kvinnan fanns kvar. De hade bara fått ett år tillsammans, men det året hade utan undantag varit det bästa i Elins liv. Från föräldralös tiggande mattjuv hade hon i ett trollslag gått till att bli önskad, älskad och duktig på allt som Gudrun lärde ut. Hon mindes så väl den brännande känslan i hjärtat som hon hade känt då hon för första gången träffat Gudrun. Aldrig mer, varken före eller efter deras möte, hade hon känt samma vidunderliga känsla. Det hade varit en känsla, nej förresten, ett löfte av att äntligen hitta rätt.

Elin höjde blicken och såg sig omkring i gläntan där läkeväxter och örter växte höga. När vinden drog genom libbsticka, salvia och kamomill förde de med sig en rik doft av nektar. Här och var hade hon planterat grönsaker och lite längre bort, precis intill en dunge av fläder fanns det lilla hägnet och geten.

Flädern var starkväxande och gav mängder med blommor och bär. Om Elin någon gång skulle lämna platsen skulle hon ta med sig ett sidoskott från den stora busken vars livskraft och livsgnista Elin avundades. Den var det enda som var vackert i gläntan där hon hade samlat det lilla hon ägde.

Allt hon hade var gåvor från människor som sökt hennes hjälp under de gångna åren och hon hade så hon klarade livhanken från år till år. Mer än så var det förstås inte. Hon var tunn i kroppen och hennes rödblonda hår var trots hennes tjugofem år redan slitet och tunt.

Var det här allt livet hade att bjuda på? Hon hade lovat Gudrun att bygga upp en fredad plats för sig själv och kommande Blomsterflickor, hon hade till och med hotat prästen med ord om att han skulle komma att ångra sig över den svarta handlingen han begått den där dagen vid slätten. Men hur skulle det gå till? Var det den här platsen hon hade lovat Gudrun? En koja i skogsbrynet? Platsen kändes som ett hån och varje morgon när hon vaknade gjorde hon det på en bädd av gräs, pinnar och grenar. Skulle det vara en fredad plats åt kommande

Blomsterflicka? Knappast. Och varifrån hade hon fått orden som hon hade yttrat till prästen? Vad visste hon om hans tankar och ånger? Ingenting. Elin skakade än en gång på huvudet och vek försiktigt ihop hättan. Hon slätade ut tyget mot sitt ben och reste sig sedan från den provisoriska bänken. Hon slog in hättan i det mjuka linnetyget som hon förvarade sin käraste ägodel i och la det sedan i den snidade trälådan på bänken. Precis som allt annat omkring henne var asken en gåva.

Tio år hade gått sedan Gudrun dog och än hade inget hänt som hade rättfärdigat hennes död. Elin överlevde varje dag och till en början hade hon förvånats över detta. Människor fortsatte att söka upp henne när de behövde hjälp och människor fortsatte skänka henne gåvor i hopp om att hennes helande kraft skulle bli ännu större. Till sist hade den ständiga överlevnaden istället börjat kännas som en förbannelse och varje dag i livet var som en ständig plåga. Livet var som en långsam och dödlig sjukdom.

Elin suckade. När som helst nu fick livet gärna bli bättre.

Kapitel 4

Bussen skumpade fram på landsvägen och Ingegerd höll en stödjande hand på den framförvarande stolens nackstöd. Hon satt vänd mot fönstret, tittade genom sin egen spegelbild och betraktade landskapet som rullade förbi utanför den stora glasrutan.

Det var en molnig dag och luften var sval, särskilt inne i bussen där luftkonditioneringen var påslagen på max och strödde ut kyliga luftstråk i den annars ganska ljumma luften. Ingegerd var glad över sin bruna kofta som skyddade henne från kylan och längtade tills bussen kört in i staden så att hon skulle få kliva ut i den något varmare luften.

Hon brukade åka till staden varje lördag, men även om det var med jämna mellanrum verkade utsikten från bussfönstret förändras från vecka till vecka. Varje gång tyckte hon sig se fler nya hus, fler nyare bilar och fler jäktade människor. Men hon tyckte sig också se färre träd, åkrar och ängar. Det var som om allt det nya sträckte sig längre och längre in över grönskan och de strukturerade raka linjerna tog över de lummiga grönskande områdena. Att följa förändringen var spännande, men också lite sorgligt. Hon tänkte på sin egen trädgård och på den rofyllda stillheten som fanns mellan rabatter och buskage. Det kom ofta besökare till trädgården, särskilt grannarna gjorde sig en hel del ärenden in, och varje gång fick hon höra hur fantastisk trädgården var.

"Hör och tittar gör jag varje dag, men här, i din trädgård, lyssnar jag och ser jag." hade en kvinna en gång sagt till henne. Orden berörde Ingegerd ända in i hjärtat och hon tänkte ofta på dem när hon tog den skumpande bussen genom det förändrande landskapet på väg in till staden. Grönska och natur gjorde stress till lugn och oväsen till melodier, och hon kunde inte begripa hur det kom sig att folk inte tänkte på det när de byggde upp allt det nya. Ju närmare staden de kom desto tätare blev allt det strukturerade och avstånden mellan bilar och hus minskade allt mer. Till slut övergick omgivningarna till höga flervåningshus och intetsägande parkområden.

Ingegerd klev av vid Rådhuset och tog tacksamt emot värmen som fyllde luften omkring henne. Medan hon väntade på att bussen skulle köra vidare och göra det lättare för henne och de andra flanörerna att se trafiken vid övergångsstället såg hon sig omkring. Själva stadskärnan såg ut som den hade gjort under hela hennes liv och hon såg nöjt att de gamla mässingsbokstäverna över apotekets entré satt kvar även den här lördagen. Och precis som de skulle stod de två vakterna i brons i givakt utanför porten till stadens gamla rådhus. Staden växte, men stadens hjärta förblev detsamma, vilket kändes tryggt tyckte Ingegerd.

Bussen skulle gå tillbaka kvart över två, vilket betydde att hon som vanligt hade fyra timmar på sig i staden. Gott om tid att hinna allt hon skulle alltså. Redan dagen innan, när hon hade suttit i lusthuset, hade hon bestämt sig för att börja med besöket i bokhandeln. Hon fick verkligen inte riskera att glömma att hämta ut de nya trädgårdsdagböckerna. Precis som hon hade bestämt lämnade hon därför busshållplatsen så fort den stora gula bussen hade kört iväg, sneddade över rådhustorgets kullersten och gick raka vägen mot den gamla tegelbyggnaden där bokhandeln låg. Innan hon sträckte sig efter dörrhandtaget tittade Ingegerd in i skyltfönstret där man hade byggt upp en hängmatta över ett hav av plastblommor och pocketböcker. En stor papperssol hängde i tunna ståltrådar från taket och fulländade skyltningen. Det var ingen tvekan om vad man försökte förmedla och Ingegerd log för sig själv när hon såg stråhatten som hängde på hängmattans stativ. Sommaren var på ingång och semestern med den, och fick bokhandeln som den ville skulle trädgårdarna vara överfulla av vilande läsande semesterfirare. Ingegerd öppnade dörren och klev in.

Ljudmassan överrumplade henne och hon såg sig häpet omkring när hon kom in i affären. Lokalen var full av folk, riktigt stimmigt tyckte hon att det var bland bokhyllorna och borden. Människor pratade högljutt med varandra och Ingegerd tyckte sig se förväntan i mångas ansikten. Så försiktigt hon kunde, för att inte välta ner några böcker, trängde hon sig fram till det lediga affärsbiträdet som stod bakom kassadisken.

”Oj, så många människor det är här idag!” utbrast hon. ”Jag har då aldrig varit med om maken till full bokhandel!”

Flickan bakom disken log ett stort tandställningsleende mot henne och Ingegerd besvarade glatt leendet.

”Vi har besök av en författare. Hon ska signera sin senaste bok. Det är därför det är så mycket folk här idag.”

”Jaha, så trevligt. Ja, jag ska inte störa i kaoset. Jag ska bara hämta mina böcker. Anna ringde igår och berättade att ni hade fått in min beställning.”

Medan flickan bakom disken tog fram de tre tjocka anteckningsböckerna berättade hon om författaren som var på besök och lite kort om den fantastiska boken som denne hade skrivit. Ingegerd lyssnade förstås till vartenda ord, men intresset kunde inte riktigt infinna sig och när hon gick ifrån bokhandeln med sina nyinköpta anteckningsböcker en stund senare kunde hon inte för sitt liv komma ihåg vare sig författarens namn eller titeln på den fantastiska boken.

"Milde tid så mycket folk på ett och samma ställe." konstaterade hon för sig själv när hon lämnade bokhandeln bakom sig.

Ingegerd gick och satte sig på en av rådhustorgets bänkar och tog fram en av de tre böckerna hon precis hade köpt. Alla tre var precis likadana och på den ljusblå framsidan stod det "Dagbok för din trädgård" med sirliga bokstäver. Hon bläddrade förtjust i exemplaret hon hade tagit upp ur påsen. Varje upplag var likadant: den vänstra sidan var blank och lämnade plats för ritningar, fotografier eller teckningar medan den högra sidan var linjerad. Det fanns alltså gott om plats för att notera varje dag och varje förändring som skedde i trädgården. Perfekt! Ingegerd la nöjt ner boken i påsen igen.

Klockan på armen visade bara fem i halv elva. Besöket i bokaffären hade gått betydligt fortare än Ingegerd hade räknat med, men så hade ju också mer än halva lokalen varit ett hav av människor. Det hade inte funnits varken plats eller ork att stånga sig fram till borden med trädgårdsböcker som annars var Ingegerds favorithörna. Där brukade hon tillbringa mycket tid medan hon drömde sig bort bland bilder och text. Nåja, det fick bli nästa lördag istället.

Precis när hon skulle resa sig hörde hon en välbekant röst bakom sig:

"Nämen! Så trevligt! Där är ju min lilla häxa."

Ingegerd kom kvickt på fötter och vände sig leende om mot Tage. Den gamle klasskamraten och livsvännen stod vid sin Monark med en ihoprullad tygpåse i sin lediga hand. Han var den enda som kallade henne för häxa, men eftersom hans röst var så full av kärlek och värme varje gång han yttrade de två stavelserna så lät hon honom komma undan med det hela. Faktum var att hon kommit att älska hans sätt att säga just "häxa" och det uppmuntrade henne att fortsätta dela med sig av sina huskurer till honom så fort han ynkligt berättade om en krämpa som uppstått.

"Tage! Så roligt att se dig." utbrast hon.

Förutom att Tage var hennes allra bästa och äldsta vän var han också den enda som kände till hemligheten med Blomsterflickan. Först hade han blivit förvånad förstås, hon mindes tydligt hur hans borstiga ögonbryn åkt upp och ner över hans ögon när hon berättat sin historia, men sedan hade han nyfiket accepterat allt det märkvärdiga hon berättat. Och när han hade fått höra berättelsen om Gudrun och därmed fått förklaringen till den inramade hättan hade han häpet konstaterat:

"Så då är jag inte helt ute och cyklar när jag kallar dig för häxa då."

Ingegerd tittade på Tage medan han klämde fast tygpåsen på pakethållaren och lutade cykeln mot ett träd. Plötsligt slogs hon av en tanke.

"Men, snälla Tage. Har du cyklat hela vägen till staden idag?"

Tage skrattade till.

”Ja, jag liksom fick för mig att det var en bra idé. Du vet – en gammal lantbrevbärare sliter sig inte från sin cykel i första taget.” Tage skrattade till. ”Men det var längre än jag mindes det.” erkände han.

”Det förstår jag.” sa Ingegerd och nickade häpet över hans tilltag. Inte för att han verkade vidare medtagen över sitt påhitt. Tvärtom var hans rörelser vakna och pigga. Hela Tage verkade sprudla och kvittra.

”Du verkar pigg idag, har det hänt något särskilt?” frågade Ingegerd nyfiket när han lämnade cykeln bakom sig och kom fram till henne.

Tage lyste av stolthet och med en röst som var full av glädje berättade han sin nyhet.

”Jag har blivit gammelmorfar förstår du. Jo du! En liten knatte. I förrgår. Han ska visst heta Love. Det tycker jag är ett knepigt namn förstås, men det är ju föräldrarna som bestämmer sådant såklart.”

”Nämen, så roligt! Gratulerar!” Ingegerd sträckte ut sin hand och strök Tage på armen innan hon med ett retsamt skratt fortsatte: ”Fast ’gammelmorfar’… låter inte det lite gammalt?”

Tage skrattade till och höll med om att det lät lite för gammalt för hans smak men att han inte tänkte bry sig om det.

Rätt som det var hördes en liten spelande melodi vilket fick Ingegerd att se sig förvirrat omkring. Tage däremot drog världsvant upp en liten mobiltelefon ur jackans innerficka och svarade: ”Tage Assarsson” med en ännu mer världsvan ton. Ingegerd tittade häpet på medan hennes gamla klasskamrat som en gång hade haft tuggat tuggummi i kepsens innerband obekymrat talade rakt ut i luften med en svart manick vid örat.

”Jasså, du har mobiltelefon du.” sa Ingegerd när Tage hade tryckt ner telefonen i fickan igen.

”Ja, det är från barnen. De börjar väl bli oroliga för att jag ska trilla omkull och dö någon dag. De vill gärna ringa och kolla mig emellanåt. Vi börjar ju bli lite till åren nu, du och jag, och faktum är att jag tycker om när de ringer. Det känns bra.” Tage log. ”Inte för att jag tycker att det verkar som om jag ska trilla omkull just idag, men man vet ju aldrig förstås. Och vill grabben, som har kommit upp sig och blivit personalchef, betala en sån där tjusig mojäng åt mig så är ju inte jag den som protesterar.”

Ingegerd skrattade och skakade på huvudet.

”Jag har bara min gamla röda telefon i hallen jag. Och det räcker för mig.”

”Ja, var rädd om den. Det är en sådan där kobra. De är värdefulla nu.”

”Pytt.” svarade Ingegerd. ”Det är husets telefon och den ska stå där den står.”

De avrundade sitt samtal och som vanligt sa Tage åt henne att ringa honom om hon behövde hjälp med något. Ingegerd lovade att hon skulle ringa honom i samma stund som något hände och log medan hon såg honom återvända till sin cykel. Nej, inte skulle han trilla omkull än på ett tag. Tage var gjord av segt virke, troligen skulle han leva tills han blev hundra år.

”Vi ses!” Tage vinkade med sin lediga hand när han rullade iväg med Monarken och Ingegerd höjde en hand till svar. Hon såg efter honom tills han försvann och såg sig sedan omkring på torget.

Det hade blivit mer liv och rörelse runt omkring henne. Folk hade börjat vakna upp och det verkade vara god handel vid marknadsstånden. Säljarna vrålade ut sina extrapriser så det skallade mellan husen och tillsammans med allt övrigt prat började det kännas lite väl högljutt. Ingegerd lämnade därför sin plats vid bänken och började strosa iväg längs gågatan. Härnäst skulle hon besöka Ranunkeln, en plantshop i gammal stil där de hade allt från stråhattar till smidesgrindar. Hon funderade på att köpa hem lite mer grönsaksfröer. Mycket av det hon hade satt tidigare på våren hade vuxit upp och var i stort sett redo att skördas. Men än hade sommaren bara börjat, det fanns gott om tid att så ännu en omgång för skörd längre fram.

Ingegerd tog ett stadigt tag om sin påse och gick iväg i solen.

Kapitel 5

"N</sub>ågon dag framöver måtte vi få regn." mumlade Ingegerd där hon stod intill köksträdgårdens planteringslådor. Junisolen brände het ovanför henne och hon var glad att hon hade tänkt på att ta på sig den mjuka sommarhatten med vida brätten innan hon hade påbörjat dagens arbete. Slangens vattenstråle strilade över grönsaksbäddarna. Jorden runt omkring grönsaksplantorna var lucker tack vare Ingegerds omsorg, men annars var marken omkring henne hård och packad.

"Hallå?"

Ingegerd stängde omedelbart av vattnet när hon hörde den obekanta rösten. Vem kunde det vara? Besök fick hon och trädgården ganska ofta, men det var sällan några nya ansikten och röster som visade sig. Hon la ifrån sig slangen och gick närmare huset.

Under flädern som växte vid husknuten stod en ung kvinna och Ingegerd såg frågande ut.

"Välkommen, kan jag hjälpa dig med något?" frågade hon artigt och tog automatiskt emot handen som sträcktes ut mot henne.

"Är det Ingegerd?"

När Ingegerd nickade till svar så fortsatte kvinnan sprudlande. "Jag heter Bodil. Jag och min sambo är nyinflyttade i huset intill, ja på andra sidan syrenhäcken där borta." Bodil tog en paus och pekade västerut. "Jag har hört så fantastiskt mycket vackert om din trädgård så jag är helt enkelt nyfiken." skrattade hon.

Jasså det här var en av de nya grannarna. Ingegerd hade förstås hört när flyttlasset hade anlänt ett par veckor tidigare, men eftersom nyfikenhet inte var hennes starkaste egenskap, i alla fall inte nyfikenhet på grannar och folk, så hade hon inte funderat så mycket över det. Flyttbilen hade kommit och gått medan hon, precis som vanligt, njöt av sina trädgårdssysslor. Somliga var nyfikna på allt och alla, på minsta lilla rörelse hos grannar och vänner, men det förstod sig inte Ingegerd på alls. I hennes ögon verkade det som om nyfikenheten endast ledde till ett jämförande och då och då även ett behov av att ständigt vilja känna sig bättre än den andre. Nej, var det inte bättre att vårda sig och sitt eget istället? Och njuta av det egna livet? Det var möjligt att hon resonerade fel, tänkte hon ibland, men då fick det väl vara så. Ingegerd var nyfiken på andra saker. På naturen runt omkring henne och den besjälade trädgården hon hade förmånen att få tillbringa sina dagar i. Och när någon helt obekant människa dök upp intill hennes husknut, som Bodil hade gjort, ja då blev hon också lite nyfiken.

"Så trevligt. Välkommen till bygden, Bodil." log Ingegerd stort. "Ja trädgården och jag trivs ihop, det gör vi visst det. Roligt att höra att den är omtalad och omtyckt. Kom med så visar jag dig gärna. Det är alltid spännande att gå runt tillsammans med en besökare, då får jag se trädgården ur någon annans perspektiv."

Ingegerd tog med sig sin nya granne på en liten rundvisning. De följde grusgångarna och till som tätt stannade de till och Ingegerd svarade så gott hon kunde på

Bodils frågor om jord, växter och trädgårdens uppbyggnad. När det hade lämnat rosenträdgården och nått fram till lusthuset stannade Bodil upp och såg bort mot lindens täta gröna krona.

"Det är så härligt att se en trädgård där allt inte är skapat vid ett och samma tillfälle, om du förstår vad jag menar. Sånt ser jag ofta i mitt jobb. Här får jag känslan av att allt har vuxit fram under en lång period. Många epoker finns representerade i byggnader och växtval. Trots det blir det inte spretigt utan bara… fantastiskt!"

Ingegerd blev oerhört glad över Bodils ord. Hon visste själv inte så mycket om historien bakom trädgården, men att platsen hade en egen själ var tydligt för var och en som kom dit.

"Ja, det är en sällsam plats, det måste jag hålla med om. Jag har levt här i många år och det går inte en dag utan att jag känner att trädgården ger mig energi och glädje. Sedan jag blev pensionär har jag haft ännu mer tid härute, vilket jag är tacksam över. Men vad arbetar du med då eftersom du ser olika trädgårdar?" De gick vidare på sin trädgårdspromenad och medan de strövade fram över grusgångarna fick Ingegerd veta att Bodil var tjugofem år och arbetade som frilansande skribent och fotograf och som sådan inriktad på just vackra trädgårdar.

"Precis en sån som du har alltså." log Bodil stort. "Det är enastående vackert, Ingegerd. Verkligen. Tack så väldigt mycket för att jag fick tränga mig på så här. Jag ångrar att jag inte har kameran med mig. Eller det kanske vi ska vara tacksamma över förresten" skattade hon "annars hade jag blivit kvar i flera timmar."

"Åh, det var bara trevligt att du kom. Ja, ett riktigt trevligt avbrott. Man kan ju inte vattna grönsaker hela dagen." skrattade Ingegerd. "Det är alltid roligt att träffa en ny granne. Och självklart är du välkommen tillbaka. Kameran också. Vem vet, kanske får du ett nytt perspektiv på trädgården genom linsen." log Ingegerd.

När de kom tillbaka till flädern vid husknuten fick Bodil syn på den svart-vita katten som tassade fram över grusgången. Den var på väg mot sin favoritplats i trädgården såg Ingegerd och log när det visade sig stämma. Katten kröp ihop i kantnepetan.

"Men är det här du håller till om dagarna?" utbrast Bodil. "Men Sture då."

"Sture?"

Bodil nickade med ena ögonbrynet höjt. "Jo, det är Peters katt, ja min sambos alltså. Fast vi ser inte så mycket av honom, och nu förstår jag var han bor på dagarna… Om du inte vill ha honom strykande häromkring så är det bara att stänka vatten på honom. Vi vill ju inte ställa till med besvär."

"Äsch. Det är ingen fara. Jag tycker faktiskt om hans sällskap. Och vem vet – kanske tar han en mus åt mig i höst." log Ingegerd.

"Hoppas inte för mycket bara. Sture är en sällsynt lat katt. Jag har svårt att tänka mig att han skulle börja jaga möss. Men, man kan ju alltid önska." Bodil sträckte fram sin hand och Ingegerd tog emot den. "Tack så hemskt mycket för idag som sagt, och kanske jag tar dig på orden och kommer tillbaka någon dag tillsammans med kameran."

"Du är så välkommen. Må så gott och jag hoppas ni kommer att trivas riktigt bra i ert nya hem och i trakten."

När Bodil hade gått återgick Ingegerd till sitt köksland och inom kort hade både bärbuskar och grönsaker fått en livgivande sjö med vatten till sina rötter. Hon var på gott humör. Det blev hon alltid av att vara i trädgården förstås, men det var extra roligt att få höra så mycket vackra ord från en besökare. Sture verkade ju också uppskatta trädgården, i alla fall kantnepetan, och Ingegerd gick bort till katten. Som vanligt sov han gott. Inte ens morrhåren rörde sig.

”Sture. Vad är det för namn på en katt egentligen? Nåja. Fin är du i alla fall.”

Kapitel 6

I samma stund som Ingegerd klev av bussen på Rådhustorget nästkommande lördag kände hon det och hon stannade omedelbart upp. Att hon stannade och var i vägen för andra la hon inte märke till över huvudtaget. Alla tankar på bokhandeln och havet av trädgårdsböcker sveptes bort och alla hennes sinnen uppgick helt i det hon kände.

I sin tanke kastades Ingegerd tillbaka femtiotvå år, till den stunden då hon stod böjd över kartongen med äpplen. Känslan och minnet fick kroppen att nästan vibrera och hon slöt ögonen.

Inne i hjärtat. Eller kanske bredvid. Någonstans i hjärttrakten fanns en hettande glädje. En roterande varm guldig rörelse som larmade om samhörighet. Det var en känsla som var lika stark som kärleken hon hade känt för Anders. Men annorlunda.

Det var en känsla av att hitta rätt. Att hitta hem. Att finna.

Nästa Blomsterflicka fanns någonstans precis i närheten.

Ingegerd öppnade ögonen och såg sig omkring. Torget var full av folk, både unga och gamla. En del gick i sällskap medan andra strosade ensamma. Somliga gick med bestämda steg mot sitt mål medan de allra flesta verkade ta dagen i ett lugnare och mer vilsamt tempo.

Förväntan och glädje bubblade likt champagnebubblor i magen och bröstet på henne. Stunden som hon hade funderat över och längtat efter så länge var äntligen här. Snart skulle hon få sträcka ut sin gamla rynkiga hand mot Blomsterflickans unga släta och i och med det sammanföra trädgården med sin kommande vårdare. Snart. Alldeles snart.

Ingegerd flackade med blicken över varje kvinna som passerade platsen där hon stod. Känslan i hjärtat sträckte inte ut sig efter någon av dem hon såg vilket förvirrade henne. Rädd att tappa bort Blomsterflickan innan hon ens hittat henne började hon syna människorna runt omkring henne lite närmare.

Folkströmmen tunnades för ett ögonblick ut. Torget blev öppnare och sikten bättre. Folk släntrade förbi henne utan att ta någon notis om hennes närvaro och Ingegerd kände sig mer och mer förbryllad. Kunde hon ta miste på känslan? Nej, knappast.

Hennes blick lämnade de förbipasserande och sökte sig längre bort mot torgets ytterkanter. I samma stund som hon fick syn på kvinnan som stod vid ett skyltfönster tycktes den roterande varma känslan över hennes hjärta få ny fart. Det var ingen tvekan om att hon hade hittat nästa Blomsterflicka.

Medan Ingegerd korsade torget betraktade hon kvinnofiguren som stod med ryggen mot henne. Kvinnan såg späd ut och av kroppsspråket att döma var hon allvarlig och ängslig. Hon stod rakryggad och höll huvudet högt, men ändå var det något i uppenbarelsen som ropade ut att hon helst av allt ville vara osynlig för omvärlden.

Kunde det verkligen stämma? Hur var det möjligt? Det fanns inget i den bräckliga varelsen framför henne som visade att hon också kände guldet i sitt bröst. Ingenting. Varken förväntan eller nyfikenhet speglades i den unga kroppen vilket fick Ingegerd att för ett ögonblick tvivla på sina egna känslor. Kanske spelade hennes rynkiga bröst och hjärta ett spratt med henne? Kanske var hennes önskan om att hitta nästa Blomsterflicka så stark att hon lurade sig själv. Nej, det var omöjligt. Känslan i bröstet var äkta.

Ju närmare hon kom desto långsammare gick Ingegerd. När hon tillslut stannade bredvid kvinnan visste hon först inte vad hon skulle säga och göra. Allt var så olikt hennes eget möte med Elsa, och hon visste inte riktigt hur hon skulle hantera det hela. Ingegerd tittade in i skyltfönstret som låg blottat framför dem. Hon ansträngde sig hårt för att se vad som egentligen fanns uppdukat framför henne och först efter några långa sekunder insåg hon att de stod framför en optikaffär. I montrarna framför dem låg ett tiotal glasögon konstnärligt utlagda bland enkla stiliserade blommor i papp. Kanske behövde kvinnan bredvid glasögon? Hur som helst kändes det som en bra inledning till deras möte.

Ingegerd drog sin bruna kofta tätare omkring sig innan hon vände sig mot kvinnan för att säga något om de vackra glasögonbågarna som fanns framför dem, men hejdade sig när hon såg kvinnans ansikte. Kinden som var vänd mot henne var täckt av ett kraftigt blåmärke och även om kvinnan försökte dölja sina ögon bakom ett par solglasögon så kunde Ingegerd se konturerna av ett svullet ögonlock. Hon drog förfärat efter andan och slog sin lediga hand över munnen.

”Men kära söta barn! Så du ser ut!” Ingegerd ignorerade helt kvinnans plötsliga undvikande rörelse. ”Du borde verkligen lägga lite vallörtssalva på det där.” fortsatte Ingegerd och glömde för en stund helt och hållet bort att de inte hade presenterat sig ordentligt för varandra.

Kvinnan la en tunn, nästan benig hand över sin kind och vände bort blicken. Hon tog ett steg åt sidan, bort från Ingegerd, som med ens insåg att hon varit framfusig.

”Oj, förlåt! Jag har ju inte ens presenterat mig och kommer redan med huskurer. Jag ber om ursäkt.” Ingegerd skrattade förläget till. Hjärtat sjöng i bröstet på henne över vetskapen om att nästa Blomsterflicka stod precis intill. De hade hittat fram till varandra. Men nästa Blomsterflicka verkade inte lika betagen av stunden. Mötet var inte riktigt som Ingegerd hade föreställt sig att det skulle bli, och hon blev lite fundersam ett ögonblick. Sedan la hon sina tveksamma tankar åt sidan och bestämde sig för att presentera sig ordentligt.

”Ingegerd heter jag. Trevligt att träffas.”

Kvinnan tittade kort på henne, och fastän Ingegerd inte kunde se kvinnans ögon genom de svarta solglasen så log hon ett stort leende åt det unga ansiktet framför sig. Guldet i hjärtat tog ny fart och hon var övertygad om att kvinnan framför henne också kände känslan. Som svar på, och som bekräftelse på, hennes funderingar ryckte den unga kvinnan till innan hon rättade till den lilla ryggsäcken som hängde över hennes smala axel. Jo, visst hade hon känt detsamma. Det var ingen tvekan om att kvinnan kände guldet i sitt hjärta. Stärkt av sin övertygelse fortsatte hon sitt samtal.

”Om du inte har någon vallörtssalva hemma så går det lika bra med timjan. Badda på blånaden med en fuktig kompress så ska du se att det dämpas. Fast det kanske du redan visste?"

Kvinnan tittade inte på henne. Istället stirrade hon tyst på skyltfönstret framför dem och varje liten rörelse hon gjorde var ryckig och nervös.

"Nej... nej... det visste jag inte..." Kvinnans röst var osäker, nästan lite rädd, och Ingegerd motstod lusten att dra tillbaka den mjuka hårslingan som hängde fram vid kvinnans solglasögon.

"Hur är det fatt egentligen? Mår du inte bra?"

Kvinnan trampade osäkert till och Ingegerd höjde på ögonbrynet. Flickan framför henne såg ut som om hon gjorde sig redo att fly bort från platsen.

"Det är inget." viskade den unga kvinnan och innan Ingegerd visste ordet av såg hon hur den unga kvinnan tog ett stadigare tag om sin lilla ryggsäck och skyndade iväg. Häpet såg Ingegerd hur hon småsprang över torget och försvann in på en sidogata. Ingegerd stod förbryllat kvar. Ensam.

Kapitel 7

Under dagarna som följde var Ingegerd fundersam och tankspridd. Hon kände sig till och med lite sorgsen till mods, vilket hon annars aldrig brukade göra, och de dagliga rutinerna tog längre tid än vanligt. Det hände ofta att hon stannade upp mitt i rörelserna, glömde bort vad det var hon skulle göra eller vart hon var på väg. Tankarna kretsade hela tiden kring mötet med den unga kvinnan och hon kunde inte sluta fundera över den starka känslan som hade fyllt hennes bröst.

Trädgården var också annorlunda. Det var som om det fanns en oro bland växterna som hon aldrig tidigare känt av och när vinden drog mellan de gröna stänglarna viskade de inte lika mjukt som de brukade.

"Det stämmer inte." sa hon för sig själv en eftermiddag medan hon plockade bland kantnepetans blomknoppar. Sture strök omkring hennes ben och verkade våldsamt intresserad av vad hon gjorde. Kanske var han orolig för sin favoritplats? Ingegerd tog ingen större notis om honom.

Det var tisdag och dags att se över trädgårdens alla kantväxter. I vanliga fall gick arbetet fort och lätt, men den här dagen rann timmarna undan. Det var som om hon måste prata lite med varje blad eller ogräs hon plockade upp och som om hon lyssnade på varje växts svar. Men hur hon än lyssnade och väntade fick hon inte svaret hon sökte. Allt hon kände var oro och ängslan, både i sitt eget hjärta och bland blommorna.

Hon stannade för ett ögonblick upp i sitt pyssel och tittade noga ner på växten under hennes händer. Kantnepetan var på vippen att slå ut. Under de skyddande foderbladen kunde hon skymta de blålila kronbladen och inom en vecka skulle grusgången hon satt vid kantas av en blåblommande böljande rännil. Blommorna var sena i år. Vanligtvis brukade de slå ut i slutet av maj, men nu var det redan en vecka in i juni. Ingegerd drog en svepande hand över blommorna. När hon först hade kommit till trädgården hade hon tyckt att kantnepeta var ett alltför alldagligt växtval för den enastående trädgården, men när hon hade frågat Elsa och hört hennes svar hade hon tänkt om. "Bäcken som rinner längst ner i trädgården är vild och hur jag än försöker kan jag inte tämja det kalla, ständigt porlande flödet" hade Elsa sagt till henne. "Jag skräms av vattnets sätt att århundrade efter århundrade skära genom mark och sten. Vatten är hårt. Men genom att plantera en böljande bäck av kantnepeta längs grusgången kan jag få en mjukare och mer doftrik bäck. Med hjälp av min planterade bäck försöker jag lära mig att älska bäckens ständiga flöde."

Ingegerd mindes vartenda ett av Elsas ord, och varje gång hon vidrörde vid kantnepetan hörde hon dem sjungas inom sig. Hon log ett försiktigt leende mot växten vid grusgången.

"Vackra bäck." sa hon och drog än en gång handen längs de uppsträckta blomställningarna.

Ingegerd klippte bort några blomställningar som av någon anledning hade vissnat och la den i hinken bredvid sig. Hon såg på de avklippta stjälkarna som stack upp ur marken och blev plötsligt orolig för trädgården. Det kändes inte bra.

"Varför gick hon sin väg?"

Mötet med den nya Blomsterflickan hade varit allt annat än bra. Det gick inte på något sätt att jämföra med hennes eget möte med Elsa och kanske var det just därför Ingegerd inte visste hur hon skulle hantera sina tankar. Hon kunde inte förstå hur det var möjligt att den taniga lilla kvinnan, ja flickan till och med, skulle bli trädgårdens efterträdare.

"Jag begriper ingenting." suckade hon ännu en gång och fortsatte sedan att påta bland växterna.

Först ett par timmar senare var hon färdig. Det hade tagit mycket längre tid än vanligt och när hon slog sig ner på den cirkelformade uteplatsen i den vita L-formade syrenhäckens inbäddade vrå hade solen redan letat sig in i bakom lindens stora krona. Men det gjorde ingenting. Ingegerd välkomnade den varma skuggan och slöt ögonen en stund. Som så många gånger förr lyssnade hon på trädgården, men lyckades inte känna lugnet i vinden vilket bekymrade henne.

Ingegerd öppnade ögonen och såg sig omkring. Fastän blomklasarna hade gått från gräddfärgat vitt till överblommat guldaktigt brunt var det en fantastisk plats och Ingegerd drog ett djupt andetag av den vänliga doftrika luften. Ovanför var himlen full av tussiga vita moln som långsamt rörde sig framåt och Ingegerd följde dem när de seglade fram långt ovanför henne.

"Så där var det minsann inte när jag träffade Elsa för första gången. Då visste jag precis. Direkt förstod jag att vi hörde ihop."

Visst hade det varit så. När hon hade vänt sig om och mött Elsa för första gången hade hon sträckt ut sin
50

hand mot den gamla. Och i samma stund som deras händer fattade varandra hade Ingegerd upplevt känslan av att komma hem. Jo, så hade det känts. Eller? Kanske hade hon varit så fylld av saknad, längtan och sorg att hon upplevt mötet med Elsa större än det egentligen hade varit? Ingegerd undslapp sig en förvirrad suck. Kunde det ha varit så? Skulle det kunna ligga en sanning i det? Kanske. Tanken var helt ny och skrämde henne men hon vägrade sopa bort de nya orden som dök upp i huvudet på henne. Hon drog med sin ena hand över träbänkens yta och fastnade omedvetet för en liten bubbla i målarfärgen. Hon började pressa sönder färgbubblan med sin pekfingernagel medan tankarna for. Kunde det faktiskt ha varit så att hon överdrivit sin känsla under alla dessa år?

Bara sex månader innan mötet med Elsa hade Anders gått bort. Bara ett enda lyckligt år som fru Persson hade Ingegerd fått. Hon mindes hur köttgrytans doft på spisen hade gått från att vara mustig och väldoftande till att bli kväljande och tjock i samma stund som mannen utanför ytterdörren hade presenterat sig som Anders byggarbetsledare och chef.

"Jag har ett fruktansvärt besked." hade han sagt, det var allt hon mindes av samtalet och plötsligt hade hon stått ensam kvar med en liten lägenhet i staden, arv och en påstridig begravningsentreprenör. Efter det hade sorgen övermannat henne och rispat sönder hennes liv. Att hon över huvudtaget lyckades kliva upp på morgnarna och göra sig i ordning var inget annat än ett mirakel och när hon la sig på kvällarna föll hon omedelbart in i en drömlös sömn. På dagarna hade hon fortsatt sitt arbete som illustratör, men fastän bilderna blev vackra och omtyckta av både författare och förlag så saknade de det magiska djupet som Ingegerd själv brukade kunna se i bilderna.

Efter sex månader hade chocken lagt sig, men saknaden var enorm. Det var då, just när hon återfått kontrollen över sin andning, som Elsas hand hade sträckts ut mot henne.

Kanske hade känslan förstärkts av hennes innerliga längtan efter någon som skulle ge henne livsgnistan tillbaka? Kanske. Ingegerd suckade igen, skakade på huvudet och tittade ner på bänken. Hon fick plötsligt syn på den spräckta färgbubblan och medan hon sopade bort flagorna muttrade hon för sig själv:

"Det där blev ju inte särskilt bra, Ingegerd lilla." Sedan drog hon undan den envisa hårslingan vid örat medan hon tittade bort mot rosenträdgården som skymtade bakom rabatten. "Nej, det här reder jag inte ut själv." konstaterade hon till sist med en uppgiven suck.

Ingegerd reste sig och gick in i huset. I hallen lyfte hon sin röda telefonlur och slog numret till sin gamle vän. Efter några signaler hördes den varma rösten i andra änden.

"Tage Assarsson."

Bara att höra rösten gjorde gott för själen och Ingegerd kände sig med ens något bättre till mods.

"Hej Tage, det är Ingegerd."

"Hej på dig du! Så trevligt att du ringer."

"Tage, har du tid att träffas? Jag har något jag skulle vilja prata om."

"Självklart! Är de något som har hänt?"

"Ja… jo… på sätt och vis."

"Jag tar monarken och kommer direkt."

"Åja." skrattade Ingegerd till. "Ta det lugnt. Sån brådska är det rakt inte."

"Jag har hela dagen fri. Jag kommer så fort jag kan. Kanske kan man få sig en kopp kaffe i det härliga lusthuset?"

"Kaffe och syltkakor står huset för." Ingegerd var tyst ett par sekunder. "Tack så mycket, kära Tage." sa hon sedan.

"Åh, det är inget att tala om. Jag kommer gärna, det vet du Ingegerd. Hej så länge."

"Hej."

Ingegerd la tacksamt på luren och gick ut i köket medan hon tänkte på sin käre vän. I livets alla stadier hade han funnits i närheten och hon kunde inte minnas en enda gång som de hade grälat eller varit ovänner. Ibland hade kontakten varit sporadisk och ibland nära och vänskaplig. Men även om livet hade inneburit tider med gles kontakt så tvekade ingen av dem på att den andre fanns där om så behövdes. De var livskamrater av allra bästa sort.

"Jaha ja." Ingegerd satte händerna i sidorna och såg sig omkring för att fokusera. Om Tage skulle kasta sig på monarken direkt innebar det att det inte skulle dröja mer än femton-tjugo minuter tills han dök upp.

Från det smala sidoutrymmet bredvid spisen tog hon fram den svarta plåtbrickan som hon hade köpt på en loppmarknad i staden några år tidigare. Under den skyddande lacken hade färgen i rosmönstret krackelerat vilket resulterade i att brickan såg betydligt äldre ut än den i själva verket var. Andra kanske tyckte att den såg bedrövlig ut, men Ingegerd älskade den.

Hon gick in i det lilla skafferiet och hämtade burken med syltkakor och la fram åtta kakor på ett runt vitt porslinsfat. Hon ställde fatet på brickan och täckte godsakerna med ett uppfällbart ljusblått skyddsnät för att hindra flugorna från att sätta sig på sötsakerna. Själva kaffet var det ingen idé att börja med riktigt än, så Ingegerd gick ut ur huset och slog sig ner på en av de två caféstolarna som stod på grusplanen utanför köket. Glasskivan i det lilla runda bordet reflekterade solen och fick henne att kisande titta ner i gruset vid hennes fötter.

Under bordet, på något sätt ringlande mellan och över grusstenarna, hade backtimjanen spridit sig i långa kuddliknande revor från planteringen vid husväggen. De små bladen var gröna och än så länge såg hon inte en skymt av några blomknoppar. Men snart skulle revorna vara täckta av lila blommor och doften av timjan skulle fylla platsen.

Intill väggen, över backtimjanens gröna golv, hade stockrosornas stänglar börjat titta upp över bladen och redan nu kunde Ingegerd se att blomningen skulle bli rik. De självsådda plantorna stod i täta klungor. Mellan dem skulle vita liljor så småningom blomma, men av dem kunde hon än så länge bara se de blanka spetsiga bladen mellan stockrosornas runda, matta och något sträva blad.

Grusplanen ramades in av pioner i vitt och rosa och när hon fick syn på de stora bolliknande blomknopparna som balanserade längst ut på de smala stjälkarna mindes hon att hon hade glömt att trycka ner ett rutat buskstöd över var och en av buskarna. Genom att placera ett rutnät strax under de översta bladrosetterna och blomknopparna hjälpte hon plantorna att orka hålla de överdådiga blommorna högt. Utan stödet skulle de tunga blommorna annars falla till marken i samma stund som knopparna öppnades och slog ut. Det måste omedelbart göras.

Ingegerd reste sig och gick bort till skjulet som var nästan helt dolt i syrenhäcken som i sin tur gränsade till grannens tomt. Från en av de nedre hyllorna drog hon fram buskstöden, la alla delarna i en skottkärra för att slippa bära och drog sedan med sig hela ekipaget tillbaka till grusplanen och pionerna. Eftersom hela konstruktionen var gjort i tunt smidesjärn och sedan målad i grönt var den inte alltför iögonfallande när den väl satt på plats.

När Ingegerd hade en pion och en uppsättning buskstöd kvar hörde hon det sprakande, knastrande ljudet av cykeldäck på grus och hon tittade upp i samma stund som Tage svängde förbi husknuten. Hon skyndade sig att avsluta sitt arbete och lät skottkärran stå kvar.

”Kära Tage.”

”Ingegerd.” Tage besvarade hennes breda leende, men lyfte sedan blicken och såg ut över trädgården som låg bakom henne. ”Här är allt lika fantastiskt som vanligt.”

”Fast det är oro i trädgården nu.” suckade Ingegerd och såg bort mot linden och de kringliggande rabatterna.

”Och med dig. Det ser jag minsann. Du har en rynka mellan ögonen som jag aldrig tidigare har sett. Vad står på?”

Ingegerd log och la sin hand på hans arm.

”Vi tar lite kaffe först, tycker du inte det?”

”Jo, det är jag minsann lovad.” Tage skrockade. ”Och glöm inte syltkakorna.”

Ingegerd skattade till och gick mot huset.

”Har jag lovat syltkakor så har jag. Det vet du Tage.”

”Jaha, det vet jag.” sa Tage nöjt från sin plats i solen.

De drack kaffe, åt kakor och trivdes i den skuggiga platsen inne i lusthuset. Då och då under samtalets gång återkom Tage till sin lilla Love som verkade vara ett märkvärdigt barn. Fast han bara var en vecka gammal hade han visst redan mött Tages blick, skrattat och till och med pratat. Ingegerd log åt den stolta gammelmorfadern som satt mitt emot henne och som verkade se mirakel i varenda en av

Loves rörelser. Men stolthet och kärlek kryddade verkligheten, det visste Ingegerd mycket väl och lät Tage hållas.

"Säger du det. Redan?" sa hon istället när Tage stolt berättade hur Love hade vinkat åt honom från sin plats i vagnen. "Love verkar minsann vara ett fantastiskt barn."

"Ja, Love är speciell. Första gången jag såg honom visste jag att han var något särskilt. Det skulle inte förvåna mig om han blir president när han blir stor."

"Men vi har ju kungahus?"

"Ja här ja. Men Love kan ju bli president i Amerika till exempel."

"Nej, bevare mig väl! Låt stackars Love slippa det." sa Ingegerd med spelad förfäran.

Tage skrattade och sörplade i sig lite mer av det varma kaffet.

"Så gott. Men berätta nu, vad är det för bekymmer du har?"

Ingegerd sträckte spänt på sig och drog ett djupt andetag. Hon tittade ut genom den öppna lusthusdörren och såg bort mot pergolan.

"Tage. Du vet ju redan allt det här om Blomsterflickan." började hon försiktigt. Ingegerd stannade upp, osäker på hur hon skulle fortsätta och tittade på sin vän som satt snett bredvid henne på den vita träbänken. Han nickade mot henne för att få henne att fortsätta.

"Jag har träffat den nya Blomsterflickan."

Tages buskiga ögonbryn åkte upp flera centimeter och det förvånade uttrycket i hans ansikte gled långsamt över till ett leende.

"Så spännande! Vem är hon?"

"Jag vet inte."

"Vet du inte?" frågade Tage häpet.

Ingegerd började berätta. Hon berättade allt om känslan, mötet, blåmärket och kvinnans sätt att skynda bort från skyltfönstret. Hon berättade om den förändrade sinnesstämningen i trädgården och de vissna blommorna hon hittat. Medan hon berättade lyssnade hon på orden som rann ur henne. Nog hade hon undrat och tvivlat, men det var först när hon hörde orden sägas som hon förstod hur svårt det hela egentligen var för henne. Kvinnan som var nästa Blomsterflicka var inte alls som hon hade förväntat sig, och det gjorde henne ängslig.

När orden tog slut satt Ingegerd tyst kvar. Hon såg ner på sina händer som ideligen plockade med kaffeskeden som låg på bordet.

"Jag vet helt enkelt inte vad jag ska göra." Ingegerd tittade på Tage. "Och den enda jag kan prata med är du. Ingen annan vet ju."

Tage knep ihop munnen och blåste upp överläppen. På samma sätt som han alltid hade gjort när han funderat över saker och ting. Ingegerd såg på honom där han satt tillbakalutade i lusthuset och precis då, i just det ögonblicket, såg hennes vän ut som han gjorde när de båda var tio år och var på väg hem från skolan. Huden var slät i ansiktet, ögonen fundersamma, håret ljust och lite för långt, överläppen uppblåst och spänd. Tage hade alltid varit en funderande människa.

Tage släppte ut luften ur överläppen med det välbekanta pysljudet och Ingegerd visste att han hade gjort sin första tankeanalys klar. Hon tittade spänt på honom medan han harklade sig.

"Inget."

Det blev tyst. Ingegerd väntade spänt. Men inget mer kom.

"Vad menar du med 'inget'?" frågade hon.

"Jag tycker inte du ska göra någonting alls. Om du nu har träffat Blomsterflickan, så verkar det ju otroligt att det skulle vara för sista gången. Om det är menat att hon är den som ska ta över efter dig här i trädgården och huset så måste det ju också bli så. Så småningom. Du behöver nog inte oroa dig."

"Men oron i trädgården? Växterna är inte lugna."

"Kanske speglar de bara din sinnesstämning? Kanske blir de oroliga när Blomsterflickan är orolig?"

Ingegerd nickade långsamt. Så skulle det kunna vara förstås, kanske var det hennes känslor som påverkade dem. Men hon kände sig inte övertygad. Aldrig tidigare hade hon behövt klippa bort så mycket vissna stänglar som de senaste dagarna.

Ingegerd lutade sig framåt över koppen. Där nere på botten, mot det vita porslinet, låg en brun droppe kvar. Den rann längs den rundade kanten när hon vickade på koppen.

"Jag behöver alltså inte oroa mig, tror du." sa hon tyst medan hon tittade på den lilla droppen som påminde om en liten snäll komet med sin kärna och sin svans.

"Jag är helt övertygad om att din oro är obefogad." sa Tage och underströk orden genom att nicka kraftigt.

"Ja, ja…" sa Ingegerd svävande. "Själv vet jag varken ut eller in, så jag ska inte påstå motsatsen. Men det hela oroar mig."

Tage la sin hand på hennes och fick henne att släppa greppet om kaffekoppen.

"Jag ser att det oroar dig, Ingegerd. Jag önskar att jag kunde lova dig att allt blir bra." Han kramade om hennes hand. "Men jag tror nog att din oro är obefogad, som sagt.

Har du förresten läst i dagböckerna? Där kanske står någonting som kan underlätta tankarna."

Ingegerd skakade på huvudet. "Nej, jag har inte läst dem. Öppnat några har jag gjort förstås och läst några ord här och där, men handstilarna är svåra och böckerna är gamla. Jag har inte tagit mig tid att läsa genom dem. Men du har rätt förstås. Kanske skulle jag förstå saker och ting bättre om jag läste dem."

"Det är värt ett försök tycker jag nog. Och försök släpp din oro. Blomsterflickan kommer i sinom tid. Vem vet förresten... Kanske var det inte alls meningen att ni skulle ses i lördags? Kanske var rätt tid inte inne?"

"Du menar att vi sågs för tidigt? Att det inte var dags?"

"Så skulle det kunna vara." nickade Tage och drog tillbaka sin hand.

Det skulle kunna vara en anledning till att mötet inte hade gått så bra. Ja, jo, kanske. Ju mer Ingegerd tänkte på saken desto bättre kändes det. Lugnet hon brukade känna började hitta tillbaka och efter en liten stund kändes det mycket bättre. Lättad kände hon att leendet var på väg tillbaka.

Kapitel 8

Dagen efter Tages besök fick vädret för sig att göra ett kraftigt omslag. Regnet piskade ner och till en början välkomnade den torra jorden blötan. Men efter några dagar med ihållande regn började marken mättas. Små pölar växte till regnsjöar i rabatterna och bäcken som rann längst ner i trädgården fylldes till bredden med svalt, friskt vatten.

Ingegerd gjorde sina dagliga sysslor iförd kraftiga regnkläder. Att sitta inne dagarna i ända och vänta på att vädret skulle bestämma sig för att visa upp ett mer positivt humör låg inte för henne. Dessutom ville hon vara nära trädgården. Det kändes som om den behövde hennes närhet och medan hon arbetade pratade hon extra mycket och extra kärleksfullt med växterna. Regnet föll på både växter och Blomsterflicka och de gröna bladen hukade sig under de fallande dropparna. Det smattrade mot regnjackans huva och det meditativa ljudet fick henne att orka längre än om solen stekte från varm sommarhimmel.

Regnet och Blomsterflickans extra uppmärksamhet gjorde gott. Trädgårdens färger fick tillbaka lite av sin lyster och blad och blommor växte sig frodiga. En efter en slog lupinerna ut vid lusthuset och årets första smultron lyste röda under det knotiga äppelträdet.

Då och då gick Ingegerd in i växthuset för att torka regnet ur ansiktet och för att hänga upp de blöta handskarna på tork. Men det var bara korta besök, så fort hon kunde återvände hon ut i det gröna paradiset som verkade behöva hennes sällskap mer än någonsin tidigare. Även om hon inte längre kände sig riktigt lika orolig så var hon fortfarande ängslig över sinnesstämningen som trädgården sände ut. Det var som om den hade ett behov av något och som om hon ensam inte kunde fylla dess tomhet.

Dagarna gick.

"Idag är det sommarsolståndet." sa Ingegerd för sig själv en morgon när hon stod intill köksfönstret och tittade ut över grusplanen. Därute regnade det, precis som det hade gjort i nästan tre veckor, men regnet verkade vara annorlunda den här morgonen.

"Jag tror minsann att det är på väg att bli en förändring i vädret. Kanske får vi se lite sol innan dagen är slut?"

Det var söndag och i och med det dags att se över bäcken och den långa växtremsan av iris, hosta och kaveldun. Att plocka längs vattenkanten var veckans enklaste arbete om man såg på hur hårt arbete det var. Men det var också veckans svåraste arbete eftersom det var svårt att städa det vilda så att det förblev vilt. Det fick inte bli tillrättalagt och ordnat.

Irisarna var inne på slutskedet av sin blomning. Här och var lyste stora vita blommor mot henne i skuggorna, men de vissnade bladen var fler och Ingegerd knep av dem en efter en medan hon gick framåt.

Precis när hon var färdig med dagens trädgårdssysslor tilltog regnet i styrka. Det gick från att ha fallit till att formligen kasta ner vatten från skyn.

Vattendropparna var stora och hårda och verkade tränga igenom den tjocka regnjackan. Regnet rann i bäckar på hennes kropp när hon skyndade mot huset.

Medan Ingegerd skyndade fram över grusgången skrattade hon högt för sig själv.

"Nej, det blev ingen sol idag. Du är inte särskilt bra på att spå väder, du inte."

Väl inne torkade hon av sig den värsta blötan. Sedan stannade hon upp och lyssnade. Regnet smattrade mot husets väggar och tak och det avlägsna ljudet var härligt. Men det var också ett rastlöst ljud. Som om världen därute ville skynda på något med sitt häftiga metronomliknande tickande.

Ingegerd gick ett rastlöst varv i det lilla köket innan hon satte sig i kökssoffan. Hon lutade sig framåt och tittade ut genom fönstret. Därute, i det hällande regnet, fanns trädgården. Den hukade så gott den kunde under de tunga dropparna, och de vispande rörelserna i grönskan förstärkte Ingegerds känsla av att det inte stod rätt till i trädgården. Hon kom att tänka på samtalet med Tage. Han hade föreslagit att hon skulle läsa dagböckerna på vinden eftersom det kanske kunde finnas svar på hennes oro där. Det var en klok tanke och Ingegerd reste sig och lämnade köket.

Hon gick genom vardagsrummet och när hon passerade det lilla skrivbordet såg hon på tavlan. Bar den på någon kunskap om trädgårdsängslan? Ingegerd önskade för en kort sekund att hättan skulle kunna berätta sin historia, men tanken var alltför befängd för att ens dröja kvar vid.

Ingegerd gick upp på vinden. Det var länge sedan hon besökte vindsrummet sist. Jo, för det var mer ett besök än något annat. På vinden levde nämligen historien, inte Ingegerd, och i samma stund som hon närmade sig dörren till dagböckernas rum kände hon den pirriga känslan av förväntan och nyfikenhet i magen.

Inne i rummet var luften sval och torr. Hur det kunde komma sig hade Ingegerd ingen aning om. Även om det var en regnig och blöt dag, som den här dagen, så var rummet med dagböckerna torrt och svalt. Det var som en huset själv tog hand om böckerna och såg till att rummet hade rätt förutsättningar för att kunna fungera som arkiv. Konstigt var det.

Ingegerd stängde dörren efter sig och stod några sekunder och bara drog in den andäktiga känslan av rummet hon befann sig i. Det här var böckernas rum. Varenda slät väggyta var täckt av bokhyllor och mitt i rummet, från golv till tak, stod fem breda bokhyllor. Med undantag för tre rejäla hyllplan fanns dagböcker på varenda hylla, alla placerade i kronologisk ordning efter när de skrevs. I de låga hyllorna precis under snedtaket fanns de allra äldsta böckerna. Hennes egna böcker, liksom Elsas, fyllde tre av de fem stora hyllorna mitt i rummet.

Ingegerd gick genom rummet och fram till det lilla fönstret som vette mot trädgårdens västra långsida och tittade ut. Regnet slog mot fönsterrutan och förvrängde vyn över syrenhäcken och det bakomliggande huset där Bodil, Peter och katten Sture bodde. Grönskan flöt ihop till en abstrakt tavla och allt hon lyckades urskilja var den bruna landsvägen som löpte som ett brett streck mitt i landskapet utanför.

Bredvid fönstret satt tavlan med Elsas inramade text och Ingegerd strök med ett finger över den enkla guldramen. Texten handlade om Gudrun och Elin och hur det gick till när Elin fick ta emot trädgården från prästen Jens. Texten var hämtad ur Blomsterflickan Saras första dagbok från 1712 och när Ingegerd hade funnit Elsas vackert avskrivna text hade hon genast bestämt sig för att rama in densamma. Själv hade Ingegerd inte läst några andra dagböcker än de som Elsa skrivit. Hon hade svårt för den gammelmodiga svenskan och handstilarna, vilket hon grämde sig över emellanåt. Tänk så mycket historia hon gick miste om bara för att hon inte lyckades tyda texterna. I böckerna som fanns runt omkring henne stod varenda trädgårdshändelse under de gångna trehundra åren. Där fanns historierna bakom rosenträdgården, växterna, köksträdgården, växthuset, skjulen, pergolan och träden. Allt hon kände till var det som hade hänt under Elsas och hennes egen livstid i trädgården.

På det lilla brickbordet som stod framför fönstret låg en anteckningsbok och ytterligare en text av Elsa. På pappret vilade en silverfärgad kulspetspenna.

Ingegerd lyfte upp texten och tittade på Elsas ord. Pappret var kraftigt och även om hon hade läst texten flera gånger förr, så började hennes ögon följa de mjuka raderna över pappret. En våg av saknad sköljde över henne när hon hörde den andra kvinnans röst inom sig när hon läste och för att riktigt kunna njuta av den föregående Blomsterflickans varma klang slog hon sig ner på den enkla pinnstolen som stod bredvid. Hon lyfte upp det kraftiga bladet för att få så mycket ljus som möjligt från fönstret och började återigen läsa de välkända orden.

"16 november, 1959.
Jag sitter här, intill fönstret, och försöker påbörja ett öppet brev. Det är svårt eftersom vördnaden över allt som finns runt omkring mig gör mig andlös. Det är här Blomsterflickornas rum förstås, men mest är det kanske trädgårdens. Här finns sidor som berättar om sol, regn,

frö och skörd. Här finns berättelser om sorg, gyllene värme och läkande hjärtan tillsammans med växters grönska och blommors doft. Dagböckerna är därför inte bara intressanta historiska dokument utan något så speciellt som en läsbar själ. Under de gångna vintrarna har jag läst samtliga böcker omkring mig, men ändå kan jag inte till fullo förstå det oerhörda i kedjan av Blomsterflickor och den symbios som finns mellan oss och trädgården. Du som läser detta är del av ett fantastiskt arv. Du är en länk i en mycket speciell kedja.

Här i rummet, vid Saras allra första dagbok, finns också dokumentet som visar att kyrkan givit oss marken som gåva. Det är vårt att förvalta för all framtid. Huset och trädgården ärvs utan några skulder till nästkommande Blomsterflicka i generation efter generation. Huset och trädgården har en framtid i oss.

För att förenkla för kommande Blomsterflickor har jag nedan skrivit ner namnen på de flickor som har levt här före oss.

> *Elin → 1703 (fick platsen i gåva 1692)*
> *Sara, 1702-1728*
> *Johanna, 1727-1781*
> *Ida, 1780-1820*
> *Josefin, 1819-1859*
> *Märta, 1858-1889*
> *Sofia, 1888-1919*
> *Karolina, 1918-1945*
> *Elsa, 1944 → 1968*
> *Ingegerd, 1967 →*
> *"*

Ingegerd tittade på de sista raderna på bladet. Årtalet då Elsa hade avlidit hade hon fyllt i precis som sitt eget namn och årtalet då hon själv kommit till trädgården. Av naturliga själv kunde hon inte fylla i listan mer än så. Det var nästa Blomsterflickas uppgift att fortsätta på listan.

Ingegerd la ner listan på brickbordet och vände sig mot fönstret. Där utanför rann regnet i en jämn ström mot glaset och envisades med att förvränga bilden utanför.

Dokumentet från kyrkan som Elsa hänvisade till fanns i rummet, men var en kopia. Originaldokumentet fanns numera i ett bankfack. Det hade blivit tvunget till det i och med huset lämnades över till Ingegerd efter Elsas bortgång. Byråkrati, både jurist och bank, hade krävt det. Numera fanns det även en digital kopia hos myndigheterna, vilket kändes ganska bra tyckte Ingegerd. Det skulle inte bli några problem med överlämningen till nästa Blomsterflicka.

Om det nu skulle bli någon ny Blomsterflicka. Ingegerd suckade. För tillfället kändes framtiden osäker. Förhoppningsvis hade Tage rätt i att hon inte skulle behöva göra någonting, men hon var inte övertygad.

Kapitel 9

Sommaren började lida mot sitt slut. Augustidagarna var varma och sköna men kvällarna kyligare och magiskt mörka. Ingegerd tillbringade som vanligt varenda dag i den magnifika trädgården, men hon tyckte inte riktigt att hon kände igen sig. Plommonträdet som hade haft så mycket kart i början av sommaren hade tappat många av sina frukter innan de hade mognat fram ordentligt. I rabatterna hade många växter redan börjat vissna ner och den senblommande klematisen vid pergolans ingång hade inte lika mycket blommor som den brukade. Det var sådant som hände, men trots att det inte var helt ovanligt oroade händelserna Ingegerd. Men hon försökte bortse från sin oro och fortsatte sina dagliga samtal med trädgårdens alla växter.

Det var mycket som skulle göras. Förutom sina dagliga sysslor var det hög tid att ta hand om rotfrukter, gurka, tomat, vinbär, krusbär och örter. Det var ett kärt besvär och skafferiet fylldes snabbt till bredden med olika sylter, marmelader, inläggningar och safter. Ingegerd njöt av arbetet. Skördemånaden med allt sitt arbete var ansträngande, men det fanns ingen annan gång på året som hon kände sig så rik.

En eftermiddag i slutet av augusti stod hon vid arbetsbänken i växthuset och flätade ihop gul lök för inför vinterförvaringen. Plötsligt kände hon hur kroppen skalv till. Det hela följdes av ett lätt illamående och hon satte sig ner på stolen som stod bredvid. Vad var det som hände? Hon kunde väl för allt i världen inte vara sjuk? Nej, det kändes inte riktigt så. Det var snarare en reaktion. Men vad fanns det att reagera på? Allt var som vanligt runt omkring henne.

"Kära nån." mumlade hon för sig själv när hon såg hur sin ena hand skakade. Men de var först när hon kände hur det ömmade kring hjärtat som hon blev riktigt rädd.

Ingegerd lutade sig bakåt mot stolsryggen, slöt ögonen och drog några djupa andetag. Känslan i kroppen mattades av och några minuter senare var det hela över. Förvirrad och fundersam avslutade Ingegerd sitt arbete och lämnade växthuset.

När hon kom ut i friska luften slöt hon ögonen och drog ett djupt andetag av den sensommarvarma luften. Det kändes bättre, faktiskt kände hon ingenting av… ja, av vad det nu var som hade hänt. Hon öppnade ögonen och hennes blick föll omedelbart på äppelträdet.

"Men, vad i all världen…" utbrast hon och gick närmare det knotiga gamla trädet. Trots att ingen vind drog genom trädgården stod äppelträdet och svepte med sina långa grenar över köksträdgården. Det verkade skaka. Då och då föll ett äpple ner till marken. När Ingegerd kom fram till trädet sträckte hon ut sin hand mot en av grenarna. Häpet kände hon hur oron i trädet stillade sig mer och mer under hennes hand för att tillsist bli helt lugnad.

"Något står inte rätt till. Men vad i hela friden…"

Ingegerd såg sig omkring. Trädgården låg lugn och stilla runt omkring henne. Förbryllad lämnade Ingegerd köksträdgården och gick tillbaka till huset. Hon gick raka vägen in i sitt sovrum, la sig på sängen och somnade.

När hon vaknade igen låg rummet i mörker. Ingegerd sträckte sig efter sänglampan och kisade mot klockan som stod på det lilla nattduksbordet.

"Tjugo över tio!" utbrast hon. "Nej, vad är det här för galenskaper." Hon hade sovit i sju timmar och därmed förstört hela nattsömnen.

Ingegerd reste sig upp och gick ut i köket. Där bredde hon sig ett par smörgåsar, kokade en kopp te och slog sig ner vid köksbordet.

"Vad är det med mig?"

Kroppen kändes inte riktigt rätt. Hon hade en ny, ovan och obehaglig känsla i skinnet och ena käkbenet var ömt. Hjärtat slog hårt och som om inte det var nog kände hon en sorg i hjärttrakten.

Plötsligt började sorgen rotera. Grå tårar for runt, runt kring hjärtat och Ingegerd släppte taget om smörgåsen. Med ens förstod hon att det inte var hennes egen kropp hon kände. Det var nästa Blomsterflickas. Och hon behövde hjälp.

Ingegerd reste sig omedelbart, gick fram till telefonen i hallen och slog Tages nummer. Att klockan visade efter halv elva brydde hon sig inte om. Efter sex signaler lyftes luren i andra änden.

"Tage Assarsson."

"Hej Tage. Det är Ingegerd. Jag behöver hjälp. Nu."

"Men kära Ingegerd. Hur är det fatt? Är du sjuk?"

"Nej, inte jag. Men jag måste iväg. Du måste köra mig i din bil."

"Va? Nu?"

"Ja, skynda på."

Ingegerd la på luren utan att vänta på Tages frågor och gjorde sig i ordning för resan till staden.

Fem minuter senare gick Ingegerd ut på landsvägen, precis i lagom tid för att se hur en bil närmade sig i faslig fart. Den bromsade tvärt in bredvid henne.

Ingegerd satte sig på passagerarsätet och medan hon drog på säkerhetsbältet sa hon:

"Mot staden. Så fort du kan."

Tage trampade på gasen och så fort det fanns tillräckligt med plats vände han ekipaget på vägen.

"Vad är det som händer Ingegerd? Vart ska vi? Vad är det som är så ohyggligt bråttom om du nu inte är sjuk och måste till sjukhuset?"

"Det är nästa Blomsterflicka. Hon behöver hjälp. Jag känner det här." Ingegerd höll sin hand över bröstet. "Den gyllene cirkeln består av grå tårar just nu. Jag måste dit."

"Var är hon då?"

Ja, var fanns hon? Det hade Ingegerd ingen aning om. I staden. Men staden var ganska stor.

När Tage såg hennes förvirrade blick skakade han på huvudet, sedan tryckte han hårdare på gasen.

"Vi får nog skynda på lite. Om vi nu ska lyckas hitta henne."

Ingegerd nickade stumt och tittade ut på augustikvällen som låg mörkblå utanför bilfönstret. För första gången sedan hon hade förstått att det var den andra Blomsterflickans behov av hjälp hon kände började hon fundera över vad det var som kunde ha hänt. Eftersom både hon själv och trädgården reagerade så måste det vara något som hotade kedjan av Blomsterflickor. Var hon svårt sjuk? Allvarligt skadad? Fanns det någon i närheten som gav henne hjälp?

Ingegerd slöt ögonen och kände på känslan kring hjärtat. Känslan var flytande, rinnande, roterande och sorglig. Hon suckade, öppnade ögonen och vände sig mot Tage.

"Kör till centrum. Det var där jag träffade henne."

"Mot centrum. Okej. Och känn nu efter hela tiden. Ditt hjärta är den enda GPS vi har.

"GPS?"

"Manick som visar vart vi ska köra."

Ingegerd nickade till svar och såg på sin vän som ställde upp i alla väder. Personen som alltid fanns till hands när hon behövde hjälp.

"Tack."

"Vi har ju inte hittat henne än." sa Tage.

"Nej, men ändå. Tack Tage."

Tage mötte snabbt hennes blick och log.

"Du vet att det här är en smula märkligt, eller hur?"

Jo, det kunde Ingegerd hålla med om. Det liknade inget hon tidigare hade gjort i sitt liv.

"Vad gör vi när vi hittar henne?" frågade Tage.

Ja, vad skulle de göra då? Ingegerd visste inte. Allt hon hade känt var att hon behövde komma till den unga kvinnan och hjälpa till.

"Jag vet ingenting, Tage. Jag vet inte var hon är, hur hon mår, vad hon behöver hjälp med eller vad som har hänt." Ingegerd tystnade en stund för att hitta de rätta orden för vad hon kände. "Allt jag vet är att våra hjärtan söker sig till varandra just nu. Hon ropar på mig, även om hon själv inte vet om det. Eller så vet hon… Jag kan inte förklara det bättre än så. Jag följer bara mitt hjärta."

"Då hoppas jag att ditt hjärta säger att vi ska svänga höger här, för nu ligger jag i den filen."

En stund senare körde de in i centrums mitt. Ingegerd som hade väntat sig ett mörkt och öde Rådhustorg blev förvånad över att se så mycket människor och lampor.

"Men jestanes så mycket folk!" utbrast hon.

"Ja, klockan är ju elva och det är fredag kväll vet du. De unga är ute och roar sig."

"Ja, det är förstås. Det är ju inte så väldigt sent ännu." Ingegerd såg sig omkring när de körde förbi torget. Ingenstans såg hon, eller kände hon, Blomsterflickan.

"Nej, här är hon inte. Fortsätt köra."

Tage lydde uppmaningen. Eftersom Rådhustorget låg ganska centralt i staden började han köra i cirklar, större och större cirkel för varje varv, så att de hela tiden hade Rådhustorget på deras vänstra sida. Varv efter varv, minut efter minut, passerade utan att någonting hände. Med jämna mellanrum passerade de en grupp ungdomar som rörde sig framåt i en klunga och pratade. De var på väg bort från centrum. Kanske på väg hem? Andra gången de körde förbi gruppen tittade en av männen i samlingen till på den röda Volvon som passerade. Och när Ingegerd och Tage körde förbi samma grupp för fjärde gången såg de hur hela gruppen skrattade och pekade åt dem när de körde förbi.

"De tänker 'tokiga pensionärer'" sa Tage.

Ingegerd höll med. "Ja, jag håller med dem. Vi är nog lite tokiga du och jag. Mest jag."

Som den taktfulla person Tage var svarade han inte på Ingegerds konstaterande. Istället sa han:

"Hur känns det nu?"

Frågan kom i samma ögonblick som en kall gråtande hand tog tag om Ingegerds hjärta. Hon drog hastigt efter andan och Tage tvärbromsade.

"Här… här…" viskade Ingegerd stötvis och försökte febrilt få upp dörren med sina skakiga händer.

Väl ute på gatan drog Ingegerd i sig den svala nattluften. Den lindrade känslan i bröstet, men lyckades inte läka den helt. Hon såg sig omkring. Blomsterflickan var nära.

Var befann de sig förresten? Ingegerd kände inte igen sig. Det här var en del av staden hon aldrig tidigare hade besökt. Området bestod av trevåningshus av tegel med själlösa fönster och portar. Mellan portarna fanns platta intetsägande rabatter med brudspirea. Antagligen var området ett resultat av kommunens behov av att snabbt bygga upp lägenheter när bostadskrisen blev alltför stor ett par årtionden tidigare.

"Vart ska vi?" Tages röst var frågande men full av energi. Ingegerd såg upp på sin väns bestämda och vakna ögon.

"Kom."

Ingegerd lät hjärtat visa vägen och det ledde dem fram till en av de själlösa portarna på andra sidan gatan. Hon drog i handtaget och den stora glasdörren öppnades.

"Hm, ska inte sådana här portar vara låsta? Annars kan ju vem som helst komma in." muttrade Tage.

Ingegerd brydde sig inte om att svara. Hon kunde inte svara. Det var som om länken i hennes kropp hade krokat fast i en annan kropp framför henne och nu höll på att dra samman de två människorna. Hjärtat drog henne framåt mot trappnedgången som ledde ner mot källarplanet och hon skyndade framåt så fort hon kunde. Hon la sin tunna åldrade hand på ledstången och tog några försiktiga steg nedåt.

"Hallå? Är du där?"

Rösten ekade i den steniga trappen och gav orden en kall och nästan ihålig klang. Inget hördes som bevisade att någon fanns där och lyssnade på henne. Men hon visste det, inom sig visste Ingegerd, att Blomsterflickan fanns framför henne och att hon också kände hur bandet alltmer flätades ihop.

"Hej, det är jag. Ingegerd. Vi sågs framför skyltfönstret för flera, flera veckor sedan. I staden. Kommer du ihåg mig?"

Först hände ingenting. Sedan, när Ingegerd tog ytterligare ett par trevande steg framåt i den dunkla trappnedgången, hörde hon hur någon drog kraftigt efter andan någonstans framför henne. Hon stannade och lystrade.

"Jag hör dig. Och jag kommer ner till dig. Jag är här för att hjälpa dig."

"Ropa på mig om ni behöver hjälp." sa Tage från trappnedgångens översta steg och Ingegerd nickade till svar. Sedan vände hon sig om och såg ner i mörkret.

Ingegerd skyndade nedför trappstegen så fort hennes höft tillät och när hon kom ner till källarplanet trevade hon med handen längs väggen efter strömbrytaren. Den fungerade inte.

"Då får vi klara oss utan ljus. Jag ser inte så bra. Du måste hjälpa mig lite. Var är du?"

Det kom bara en andfådd andhämtning till svar.

"Jag är här för att hjälpa dig. Jag kände i mitt hjärta att du behöver hjälp. Du vet, på samma sätt som ditt hjärta berättar för dig just nu att du kan lita på mig."

Det dröjde några sekunder innan svaret kom.

"Här." En viskande röst seglade fram genom källardunklet och Ingegerd försökte genast lokalisera varifrån det kom. Någonstans framför henne. Längre ner.

Hon gick långsamt framåt. Några uppmaningar och viskningar senare kom hon fram till ett av de inre förråden. Ingegerd sträckte fram sina händer, men mötte bara svalt stålnät.

"Men kära barn, är du inlåst?"

Viskningarna framför henne blev till tröstlös gråt.

"Tage! Du måste hjälpa mig nu!" ropade Ingegerd medan hon drog i nätet och ryckte i hänglåset som höll fast den nätade dörren.

Tages stabila steg hördes bakom henne och som om han visste precis vad det var som behövdes gick han iväg längs källargångarna. När han kom tillbaka hade han med sig en lång stång. Häpet och fascinerat såg Ingegerd på medan hennes vän lyfte av nätdörren från sina fästen och vred upp dörren på vid gavel. Men det fanns inte tid att diskutera. Flickan måste ut. Ingegerd tog ett par steg framåt och satte sig på huk bredvid den unga kvinnan. Hon omfamnade den kalla späda kroppen.

"Så ja. Så ja." försökte hon trösta. "Allt kommer att ordna sig. Följ med mig nu."

Kapitel 10

Ingegerd och Tage satt vid det lilla köksbordet. Klockan på väggen visade halv tre på natten och kaffet hade aldrig smakat så gott.

"Oj, oj, oj. Du milde tid. Tack snälla Tage. Igen. Jag hade inte klarat det här utan dig. Inte tösen heller."

"Ingen orsak kära Ingegerd. Jag är glad att hjälpa till."

De satt tysta en stund. Båda hade tankarna på olika håll.

"Jag hoppas att vi gjorde det rätta." sa Ingegerd och fingrade oroligt på kaffekoppen. "Det kändes, och känns fortfarande, rätt i hjärtat."

Tage nickade. Det blev tyst vid bordet.

"Du vet. Du kan inte hålla henne här mot hennes vilja. I så fall pratar vi ju kidnappning. Och sådant är förstås förbjudet. Brottsligt rent av."

Ingegerd tittade hastigt upp.

"Jag kidnappar inte folk! Jag har bara gett henne en plats att sova ut. Sedan, när hon är frisk och kry får hon göra som hon vill. Förstås." Ingegerd var tyst en stund. Sedan sa hon knorrande och indignerat: "Kidnappning. Jag? Har då aldrig hört på maken."

”Bara så du tänker efter noga. Men det vet jag att du gör, kära Ingegerd.” Tage sörplade ur det sista ur kaffekoppen och reste sig.

”Nej, nu får det vara slut med nattliga äventyr. Nu måste jag hem och sova. Ta hand om dig nu, Ingegerd.”

Ingegerd följde Tage ut till bilen som stod slarvigt parkerad längs landsvägen. Hon såg efter sin vän när han körde iväg och i samma stund insåg hon hur trött hon var. Nattens eskapader hade varit något i hästväg och hon kände sig lätt mörbultad i både kropp och huvud.

Ingegerd gick in. Innan hon gick och la sig tittade hon in i det lilla gästrummet. De djupa andetagen från dagbäddens vita lakan var lugna och trygga. Flickan sov. Ingegerd stängde dörren efter sig och gick och la sig.

Kapitel 11

orgonen därpå klev Ingegerd upp halv nio. Det
hade inte hänt på åratal och innan hon hunnit
landa i känslan av att vara utsövd kände hon sig
förvirrad och felplacerad. Först efter en stor kopp kaffe
kunde hon sträcka på kroppen och slappna av.

Efter kaffet gick hon fram till gästrummet, la örat
mot dörren och lyssnade. När hon inte hörde någonting
öppnade hon dörren på glänt och tittade in.

Hon såg inte mycket av flickan. Hon låg långt
nedstoppad under täcket och de sovande ljuden var djupa
och totalt omedvetna om den äldre kvinnan som stod i
dörröppningen.

Ingegerd öppnade dörren på vid gavel och gick in i
rummet. Hon gick fram till flickan och tittade ner på det
mörka hårsvallet som bredde ut sig över den vita kudden.
Hon såg så liten och späd ut och Ingegerd blev plötsligt
orolig. Vad hade egentligen hänt? Vad hade flickan varit
med om? Och vad i hela friden hade hon själv tagit sig till?
Att ta med sig en person på det där sättet... Å andra sidan
hade flickan verkligen velat följa med, lugnade hon sig
själv. Flickan hade sträckt ut sin hand till Ingegerd på
frågan om hon behövde hjälp att resa sig och sedan själv
gått ut ur källarförrådet tätt intill Ingegerd. I sin famn hade
hon haft den lilla ryggsäcken som hon burit på den där

dagen i staden då de setts utanför optikaffären. Och när Ingegerd hade sagt att de borde ringa polisen hade flickan sagt nej. Bilfärden hem hade skett i tystnad. Ingegerd hade suttit i baksätet tillsammans med den unga kvinnan och hållit hennes kalla händer mellan sina. Då och då hade flickan snyftat och som svar på det hade Ingegerd hyschat och sagt några tröstande ord. Flickan hade inte sagt ett ord, men med tanke på hennes kroppsspråk och känslan i hjärtat så var hon tacksam. När de hade kommit fram så hade Ingegerd lett in henne i huset och öppnat dörren till gästrummet. "Varsågod, flicka lilla, här kan du sova ut. Här ska ingen störa dig." Flickan hade gått in, mött Ingegerds blick med en utmattad nick och sedan stängt om sig.

Ingegerd såg sig omkring i rummet. Ryggsäcken låg i den lilla fåtöljen bredvid flickans enkla kläder. Hon gick fram till fåtöljen, lyfte upp jeansen, strumporna och de två tröjorna som flickan hade haft på sig. Här och var fanns lite smutsfläckar, antagligen från källarförrådet, och Ingegerd plockade med sig sakerna och satte igång en tvättmaskin. Medan maskinen snurrade och spolade gick hon ut i köket och gjorde i ordning en tallrik med ett par smörgåsar, ett glas saft och en frukt. Hon ställde alltihop på den svarta plåtbrickan och bar in i gästrummet. Så försiktigt hon kunde ställde hon ner alltihop på det lilla bordet bredvid dagbädden. Innan hon stängde om flickan gick hon och hämtade en morgonrock och hängde över fåtöljen så att flickan, om hon skulle vakna, skulle kunna ta på sig något. Sedan lämnade hon flickan och rummet ifred.

Hon gick ut ur huset och satte sig på en av caféstolarna och tog emot solens strålar. Det kändes bra trots den svala morgonluften. Trädgården låg lugn framför henne och någonstans ovanför pep svalorna sin enkla melodi. Hon tittade upp på dem där de satt på telefontråden. De var många, tjugo-trettio stycken, och de verkade sjunga uppiggande till varandra medan de rörde sig i sidled. Var det redan dags för dem att samla sig, sträcka ut sina vingar och lämna trädgården för det här året? Var den varma tiden snart förbi? Ingegerd tittade ut över trädgården. Det hade varit en bra sommar på alla sätt och vis. En del regn, mycket sol, härliga växter och kärleksfullt pyssel. Men det hade också varit en orolig sommar. Full av ängslan över något som hon inte kunde styra.

Det var lördag, men för första gången på flera år stannade hon hemma. Stadsåkardagen blev helt enkelt inställd. Och om hon hade förväntat sig att det skulle hända något märkligt, som till exempel att busschauffören skulle köra in på gården och plocka upp henne när hon inte stod i busskuren som vanligt, hade hon fel. Och om hon trodde att personalen på Ranunkeln eller bokhandeln skulle ringa och efterlysa henne hade hon också fel. Istället hände ingenting konstigt alls. Tvätten blev färdig, svalorna fortsatte att sjunga och dörren till gästrummet förblev stängd.

Förmiddag blev till eftermiddag. Eftermiddag blev till kväll.

Vid sjutiden ringde Tage och frågade hur det stod till med de båda kvinnorna. Han kände lite ansvar över dem, påstod han, eftersom han hade kört omkring dem i staden mitt i natten. Ingegerd hävdade att hon mådde strålande bra men att hon var lite trött eftersom det var en anspänning att ha kvinnan i huset. Hon var helt enkelt inte van. Hur kvinnan mådde kunde inte Ingegerd svara på eftersom denna fortfarande inte hade kommit ut ur gästrummet. Som svar på det undrade Tage om flickan levde, och Ingegerd garanterade honom att det inte var någon fara.

"Ja, jag hör av mig i morgon igen. Jag vill ju veta att allt är bra med er. Och så ringer du om du behöver hjälp, Ingegerd." Tages ton var uppfordrande.

"Det vet du att jag gör, Tage. Vi hörs i morgon. Tack för att du ringde."

Ingegerd la på luren med ett leende.

"Kära Tage. Du är minsann inte riktigt vid dina sinnen. Såklart flickan lever."

Som en bekräftelse på detta trycktes handtaget på gästrummets dörr ner och Ingegerd hoppade till av den överraskande rörelsen. Dörren drogs upp med en försiktig rörelse och Ingegerd tittade förvånat och nyfiket in i den allt mer vidgande dörrspringan.

Flickan stannade upp i samma sekund som hon fick syn på Ingegerd. Hennes blick sänkte sig genast och huvudet böjde sig något. Hon såg liten ut. Liten, skör och sorgsen. Ingegerd ville sträcka sig efter henne och hålla om henne. Någonting inom henne sa henne att flickan behövde tröst. Men en annan, större insikt och kraft, fick henne att avvaktande stå kvar. Ingegerd granskade tyst flickan som hade lindat in sin tunna, smala kropp i morgonrocken.

Efter en liten stund lyfte flickan ansiktet och Ingegerd mötte hennes blick. Hon hade sett flickan under nattens resa, men nu när de stod mitt emot varandra i den ljusa lilla hallen var deras ansikten och känslor mer blottade. Ingegerd såg in i de mörka, stora mandelformade ögonen. De satt ganska brett isär och flickans lätt öppnade mun var bred. Hur resten av ansiktet såg ut var svårt att avgöra, ett stort svullet blåmärke täckte hennes ena ögonbryn och övre delen av käkbenet. Ingegerd kände sig obehaglig till mods. Det var som om den lilla flickan försvann bakom det stora blåmärket, som om flickans själ hade dukat under och drunknat under någon annan, kraftigare, person. Blåmärket var allt Ingegerd kunde se för ett ögonblick och det skrämde henne. Flickan, eller rättare sagt vem som helst, var mer värd än blåmärket som täckte det yttre.

"Men kära söta…" var det enda Ingegerd fick ur sig och hon hörde hur ledsen hennes röst lät.

Flickan skakade på huvudet och fick med den väl invanda rörelsen håret att falla fram över ansiktet.

"Får jag låna toaletten?" viskade hon tyst.

Ingegerd nickade mot dörren som låg intill gästrummet och såg efter flickan. Varelsen som passerade Ingegerd var skör och hon kunde inte låta bli att undra hur mycket blåmärken som fanns på den lilla kroppen.

Toalettdörren stängdes och Ingegerd skakade på huvudet.

"Milda Matilda." viskade hon för sig själv. Vad hade hon hamnat i? "Hur ska det här gå?"

Ingegerd gick ut i köket. Tafatt började hon hälla upp lite diskvatten. Hon visste varken ut eller in för tillfället. Allt hade ställts på ända. Allt var upp och ner. Ingenting var som när hon själv hade kommit till huset och trädgården för första gången. Då hade allt bara varit glädje. Istället var det enda hon visste att hon måste se över sitt förråd av läkande salvor och oljor. Snarast. Tacksam över sin enda kloka tanke lämnade Ingegerd disken och gick ut i köksträdgården. Där valde hon med omsorg ut de finaste kvistarna av isop, timjan, lagerblad och lavendel. De var de bästa naturmedicinerna mot huvudvärk, blåmärken och små sår samtidigt som de var rogivande. Väl inne i huset strödde hon ut de färska kryddorna på platta korgfat och ställde in i skafferiet. Några kvistar timjan sparade hon för att göra en infusion som skulle stilla flickans svullna ansikte.

Resten av kvällen blev lång. Ingegerd gick omkring, ständigt beredd och vågade knappt gå längre bort än till caféstolarna på grusplanen utanför huset ifall den unga kvinnan skulle komma upp igen. Men hon såg inget mer av henne och hon började än en gång fundera över om hon verkligen hade gjort rätt. Man fick verkligen inte ta med sig folk hem hur som helst, det visste hon bestämt. Särskilt inte folk som hade suttit inlåsta i källarförråd. Att flickan själv hade följt med var kanske en förmildrande omständighet, men hade hon varit sig själv? Hade hon verkligen följt med av egen fri vilja? Var hörde hon egentligen hemma? Och vad skulle hända när någon saknade henne? Vad skulle hända när någon plötsligt tänkte: Var är flickan i källarförrådet? Ingegerd vankade av och an under kvällen och oron för vad hon hade satt sig själv och flickan i för knipa växte sig större och större för varje vankande timme. Till slut hade klockan tickat iväg och blivit tio och hon kunde äntligen gå till sängs. Som vanligt lät hon en lampa i köket lysa.

Ute i trädgården vilade växterna. De var utmattade, men lugna, och den svala kvällsvinden som svepte mellan blad och blommor vaggade dem till sömns. Det hade varit ett omvälvande senaste dygn, men nu såg allt ut som om det skulle ordna sig. Framtiden hade blivit tryggare.

Kapitel 12

Morgonen därpå var Ingegerd uppe klockan sex. Ljuset utanför fönstret var fortfarande trött och disigt, men himlen var klar och lovade en molnfri dag. Så tyst hon kunde skötte hon sina morgonsysslor och när det var dags för morgonfrukosten drog hon på sig sin värmande kofta och tog med sig frukostbrickan ut till grusplanens runda glasbord med tillhörande stolar. Luften var kylig, trots koftan, och daggen låg som ett fuktigt täcke över pionernas mörkgröna blad.

Backtimjanens revor hade blivit längre under sommaren. Det var verkligen tid att sålla bland dem för att gruset inte skulle försvinna helt under de mjuka stråken. Stockrosorna vajade vid väggen och de högresta stänglarna var fulla av bruna frökapslar. Ingegerd plockade några av de allra torraste frökapslarna, öppnade dem i sina händer och spred sedan ut dem intill husväggen så att blomningen skulle fortsätta. Backtimjanen lät hon vara för stunden. Kanske skulle hon hinna med det senare under dagen? Eftersom det var söndag var det dags för henne att se över bäcken igen, men det var verkligen inte mycket som behövde göras där nere vid den här tiden på året. Växterna hade blommat över sedan länge och allt Ingegerd behövde göra var att klippa bort eventuella vissnade blomstänglar och blad. Det borde bli tid över till att rensa bland backtimjanen. Allt berodde förstås på den unga kvinnan inne i huset. Ingegerd hade ingen aning om hur länge kvinnan behövde vila eller hur mycket ork hon skulle ha när hon väl klev upp.

Ingegerd åt sin frukost. Svalorna som hade hållit henne sällskap under gårdagen var borta.

"Det är ju märkligt hur snabbt man vänjer sig. Jag saknar deras sällskap." mumlade hon för sig själv mellan tuggorna.

När hon hade avslutat sin frukost satt hon kvar och såg ut över den prunkande trädgården. Växterna sträckte på sig och för första gången på länge såg hon livskraften flöda i bladen. Sommaren hade passerat sin kulmen och många växter höll på att vissna ner. Snart skulle hösten virvla in i trädgården med sin fuktiga doft och sina kyliga skuggor. Men det var med förväntan Ingegerd såg det komma. Sommaren var fantastisk, men om hon fick välja valde hon septembermånaden med sina äpplen, plommon, mullrika kompostjord och höststädning.

"Det är då trädgården behöver mig som mest. Och det är då jag behöver trädgården som mest." brukade hon säga. "Då behöver växterna extra omvårdnad inför den långa vintern och jag behöver den extra intensiva närheten innan det är dags för vintervilan i huset."

Ingegerd avslutade sin frukost och ställde in disken i köket. På vägen ut stannade hon till i hallen och tittade på den stängda gästrumsdörren. Efter en stunds övervägande gick hon tillbaka ut i köket, hällde upp ett glas vatten och efter att ha knackat en lätt knackning öppnade hon gästdörren så tyst hon kunde och ställde in vattenglaset på brickan bredvid dagbädden. Flickan sov tungt och Ingegerd ville inte riskera att väcka henne genom att stå kvar för länge så hon tog med sig det gamla saftglaset och det tomma fatet ut i köket.

Det gladde henne att den unga kvinnan hade ätit. Det kändes lugnande och Ingegerd blev med ens övertygad om att allt var som det skulle och flickan skulle söka upp henne när hon hade vilat ut.

Ingegerd drog på sig sina gummistövlar och gick ner till bäcken. Precis som hon hade trott fanns det inte mycket att göra vid vattnet den här söndagen. Irisarnas blomställningar hade för länge sedan klippts ner precis som hostornas klockliknande stänglar. Kaveldunet däremot stod frodigt och grönskande och dess bruna cigarrliknande blommor vajade högst uppe på de tjocka ljusgröna stjälkarna. Snart skulle det bruna höljet spricka och släppa ut frökapslarna.

Ingegerd gick längs bäckkanten. Här och där klippte hon bort någon halvvissnad växtdel som tog för mycket energi av plantan. När hon var färdig passade hon på att se över buskaget som skilde bäckremsan från pergolan. Det hade hon inte gjort på länge såg hon och hon bannade sig själv för att hon hade låtit buskarna av rosenspirea blivit så vilda.

Långt senare var hon färdig. Hon samlade ihop de bortklippta växtresterna och slängde dem på komposten innan hon gick och satte sig i den vitmålade dubbelgungan som stod på en öppen plats i närheten av pergola och bäck. Ryggen tackade för vilan och slappnade av mot den bekväma gungans ryggstöd. Ingegerd pustade ut. Att ha gett sig i kast med rosenspirean hade varit nödvändigt men betydligt mer arbetsamt än hon hade föreställt sig. Hon kände sig riktigt trött.

Ingegerd blundade.

En lätt bris drog i hennes tunna hårstrån vid ansiktet och när hon lyssnade på den sjöng vinden om lugnet som återigen hade hittat in bland trädgårdens alla växter. Lugnet förde också med sig dofter – senblommande kaprifol, buskros, buddleja, kaffe och dahlia…

Kaffe?

Ingegerd öppnade ögonen. Jo visst luktade det kaffe. Hon såg sig omkring och precis när hon skulle resa sig såg hon hur den unga kvinnan kom gående över grusgången med den svarta plåtbrickan mellan sina händer. Bilden var fantastiskt vacker. Solen föll på den mörkhåriga flickan som iklädd den alldeles för stora morgonrocken kom gående längs dagliljornas långa rabatt. Över henne svävade lindens enorma trädkrona och hon ramades in av klematisarnas höga, men enkla, spaljé.

Ingegerd såg på medan flickan närmade sig dubbelgungan. I dagsljus var blåmärket mer lila än blått på de mest intensiva fläckarna och utkanterna var rödaktigt flammiga. Den första känslan av sorg byttes snabbt ut mot ilska när hon såg på resultatet av någons våldsamma hand.

”Jag gjorde lite kaffe…” sa kvinnan lågmält och ställde ner brickan på det smala bordet som fanns mellan gungans två soffor. Sedan satte hon sig försiktigt ner. Ingegerd följde henne med blicken och först när flickan satt mitt emot henne svarade hon.

”Kaffe är precis vad jag behöver. Tack, det var snällt av dig.” Ingegerd log. ”Jag heter som sagt Ingegerd.” fortsatte hon sedan och sträckte fram sin hand mellan kaffekopparna.

Handen som tog hennes var tunn och för en stund hängde ett par händer sammanlänkade över bordet. En ung hand och en gammal. En tunn och finlemmad och en rynkig men kraftfull. Ingegerd såg på händerna och försökte känna handen hon höll i. Men handslaget var försiktigt och berättade ingenting om personen som satt mitt emot. "Vad heter du, kära vän?"

"Sanela." sa den tunna rösten. "Jag heter Sanela."

"Sanela? Oj, det var vackert! Det låter somrigt och soligt på något sätt."

Händerna lämnade varandra och Ingegerd la ner handen i knäet.

Flickan gjorde en försiktig nick som svar. "Det är kroatiskt. Jag är därifrån. Kroatien alltså."

Ingegerds hjärta svällde i bröstet när hon fascinerades av Blomsterflickans vägar. Den här gången hade hon tagit vägen över Kroatien för att tillslut landa i sin trädgård.

"Tack för att du hämtade mig." viskade Sanela nästan ohörbart och Ingegerd såg att det var en kraftansträngning för flickan att säga dem. Och inte bara på grund av det stora blåmärket som troligen ömmade när hon pratade. Orden var också laddade med mycket mer än ett enkelt tack. De var också ett uttryck för känslan att "slippa". Slippa att vara ensam i mörkret. Slippa att frysa. Slippa vara rädd.

"Inget att tala om." log Ingegerd till svar. "Har du sovit gott? Jag har försökt att vara så tyst som möjligt för att inte väcka dig."

Flickan nickade.

"Jag har sovit gott. Alldeles för länge. Jag borde åka tillbaka."

Ingegerd blev ställd och visste inte riktigt vad hon skulle svara. Hon drog sin hand över sitt rynkiga ansikte medan hon funderade. Huden under hennes fingrar kändes rynkigare än den någonsin tidigare hade gjort tyckte hon. Kanske var det de oroliga tankarna som fick huden att vecka sig så till den milda grad. Tanken på att Sanela skulle kunna lämna huset och åka in till staden igen var svindlande. Det gick knappt att förstå innebörden i orden. Det här var ju hennes plats, kände hon inte det inom sig? Antagligen gjorde hon det. Men kanske tillät hon sig inte att reflektera över sina egna känslor. Kanske tryckte hon ner det hon egentligen önskade, ville och kände och lät andra styra hennes liv? Kanske. Eller så ville hon kanske tillbaka till staden av egen vilja. Nej, det kunde inte vara möjligt. Än så länge kände hon inte Sanela, men om de fick en tid tillsammans på den här platsen var Ingegerd säker på att flickan skulle känna det.

"Åka tillbaka? Verkligen? Du behöver vila. Du är mer än välkommen att stanna här."

Sanela ryckte till. Som om orden brände på den redan skakade huden. Hon satt tyst, verkade överväga orden, och sa sedan tveksamt "Jag kan stanna tills jag mår lite bättre. Sedan måste jag åka."

Ingegerd mötte hennes mörka ögon. Svaret hade inte varit tillräckligt, men det var allt hon fick nöja sig med så länge. Förhoppningsvis skulle flickan snart må bättre och tänka om.

"Bra. Och vi ska nog få dig frisk och kry ska du se. Lite mer mat på de där taniga armarna ska du ha. Och så måste du ha salva på dina hemska blåmärken. Jag har en fantastisk timjankur som vi ska prova. Det borde få bort märket på några dagar. Och framför allt ska du vila. Riktig lugn och avslappnande vila ska du ha. I trädgården. Tillsammans med rosor och kaprifol. Jo, det kommer att göra underverk med dig."

Sanela tog sin kaffekopp med små försynta rörelser. Hon drack utan att knappt vinkla på huvudet och i sitt stilla sinne undrade Ingegerd hur försiktig och osynlig en människa kunde bli. Hon tvekade inte ett ögonblick på att Sanelas små rörelser hade med viljan att inte märkas att göra och hon hoppades att flickan snart skulle våga släppa ner sina axlar, andas med djupare andetag och våga ta för sig.

Sanela såg plötsligt orolig ut.

"Jag brydde mig inte om att ta på mina egna kläder. Jag... jag ber om ursäkt. Jag skulle inte ha gått ut i din morgonrock på det sättet."

"Vad?" frågade Ingegerd som först inte förstod vad flickan pratade om. Sedan insåg hon att Sanela hade märkt hennes forskande blickar och misstagit dem för irritation över morgonrocken. När tankarna väl föll på plats skrattade hon till.

"Åh, det är jag som ska be om ursäkt. Sitta och titta på dig så där." hon gjorde en kort paus "Ha på dig precis vad du vill, lilla vän. Dina kläder är förresten rentvättade. Jag hoppas att du inte tog illa upp, men de hade fått smutsfläckar. Jag la dem i fåtöljen i ditt rum."

Sanela nickade. "Jag såg det. Tack så mycket."

Ingegerd satt tyst en stund. Det var så mycket hon ville veta och så få saker hon vågade fråga. Hon visste inte riktigt hur hon skulle gå vidare med den försiktiga flickan.

"Så bra att du stannar ett tag, Sanela. Du behöver verkligen lite vila."

"Jag ska inte stanna länge, jag lovar. Jag vill inte vara till besvär."

"Åh, det är du verkligen inte kära vän." försäkrade Ingegerd. "För min del får du stanna hur länge du vill. Jag är bara glad att ha dig här. Men jag tänker... behöver du kontakta någon? Behöver du berätta för någon att du är bortrest ett tag?"

Ingegerd såg hur Sanela bet sig i läppen. Flickan verkade överväga frågan. Till slut kom svaret:

"Du har rätt. Jag ska lämna ett meddelande. Det räcker. Jag har min mobil med mig. I väskan."

Ingegerd försökte följa med i de fåordiga meningarna. Hon var inte riktigt säker på att hon hade förstått allt rätt, men det spelade ju inte så stor roll om hon förstod eller inte. Huvudsaken var att flickan hade ordning på vad som skulle göras.

Ingegerd lämnade det känsliga ämnet och började småprata om vädret. Sanela var tystlåten men Ingegerd lät sig inte avskräckas. Utan att ta notis om tystnaden som satt mitt emot henne i dubbelgungan övergick hon till att kärleksfullt berätta om bäcken och allt djurliv som fanns i det friska vattnet. Hon berättade om grodor och salamandrar och om snäckor och vadarfåglar. Och när Sanela efter en stund nyfiket frågade om fiskar log Ingegerd inom sig. Allt kändes rätt. De ängsliga tankarna på Sanelas eventuella flytt var borta. Med all rätt. För varför oroa sig över morgondagen redan idag? Det viktigaste just nu var att knyta ett band med Sanela och se till att hon blev frisk och kry.

Kapitel 13

Kompressen med timjan gjorde underverk för Sanelas blånader. Redan efter ett par dagar hade svullnaden försvunnit och den blålila färgen mattats av.

"Sådär ja. Nu är det hemska blåmärket borta. Nu ska vi bara se till att du äter upp dig några kilo också." tyckte Ingegerd ytterligare ett par dagar senare när märket var helt borta och den unga kinden var som den skulle vara – slät och mjuk.

Sanela satt på en av köksstolarna medan Ingegerd tittade till henne. Med ett vänligt leende tittade Ingegerd in i de stora bruna ögonen. På något sätt påminde Sanela henne om ett ungt rådjur. Lättskrämd och storögd. Och på samma sätt som rådjuret långsamt nosade sig framåt, uppmärksam på minsta fara, kom Sanela lite, lite närmare för var dag som gick. Samtalen var få och Sanelas svar lågmälda. Men Ingegerd var envis och gav inte med sig det minsta utan fortsatte hålla lättsamma konversationer igång när flickan var i närheten. Hon var fast besluten att tränga igenom flickans pansar. Emellanåt nådde hon fram och de få gånger Sanela ställde en fråga om det som Ingegerd precis berättat jublade hon inom sig av framgången.

Varje eftermiddag klockan fyra ringde Tage. Han var mån om kvinnorna i det gamla huset, men ville inte besöka dem riktigt än eftersom han var rädd att skrämma det stackars flickebarnet.

"Vem vet vad hon har varit utsatt för. Nej, hon behöver lugn och ro tillsammans med dig, Ingegerd. Dessutom tror jag nog att ni två behöver all tid tillsammans ni kan få. Det är mycket med huset och trädgården."

Ingegerd höll med även om hon inte sa det rakt ut. Emellanåt var det väldigt svårt att nå Sanela och flickan satt ofta för sig själv i trädgården. Hennes ögon såg lite lugnare ut, som om hon hittade friden bland trädgårdens växter. Den enda gången flickan återfått sin jagade blick var när hon hade lämnat det där meddelandet hon hade nämnt. Då hade hon flackat med blicken och sett så olycklig ut att Ingegerd inte hade kunnat låta det hela passera. Hon hade just bryggt en kanna kaffe och stod i köket när Sanela kommit ut ur sitt rum.

"Hur är det fatt, Sanela? Har något hänt?"

Sanela hade stressat skakat på huvudet. "Nej. Nej då. Det är bra. Jag får vara här och vila en tid."

Ingegerd hade följt Sanela med blicken när hon stannade till i hallen och såg sig villrådigt omkring. I Ingegerds huvud ringde varningsklockorna. Något var ordentligt på tok. Vem hade gett Sanela tillåtelse att stanna? Var det samma person som gett henne de hemska blåmärkena?

Sanela hade inte berättat något om sig själv eller vad som hade hänt den där kvällen. Och än hade Ingegerd inte frågat. Allt fick ta den tid det behövde, hade hon resonerat. Hon tvivlade inte på att hon skulle få reda på hela historien i sinom tid. Sanela mådde uppenbarligen dåligt, och troligen skulle hon må bra av att berätta och prata om saker och ting.

”För min del får du stanna så länge du vill, det har jag ju redan sagt.” sa Ingegerd och för att förstärka orden höll hon fram kaffekannan. ”Vill du ha lite kaffe? Vi kan ta med oss en kopp ut och sätta oss i solen. Det är bäst att passa på nu innan hösten och vintern kommer.”

Sanela nickade och tog emot kaffekoppen som Ingegerd räckte henne.

”Tack så mycket.”

”Åja, klart du ska ha lite kaffe.”

Sanela la huvudet på sned och minen hon gjorde påminde Ingegerd om ett leende.

”Ja, kaffet också. Men jag tänkte mest på att jag får stanna här ett tag.”

Ingegerd stannade upp på sin väg mot hallen och såg allvarligt på flickan.

”Du måste vila och bli frisk. Och tro mig, den här trädgården är den bästa platsen för sådant. Jag mådde själv dåligt när jag kom hit första gången, jag flyttade hit 1967, och se på mig nu! Kärnfrisk och pigg. Det är här den bästa platsen att läka på, det kan jag garantera dig Sanela. Kom nu, så går vi ut.”

Septemberdagen var vacker, men kylig i skuggorna, och Ingegerd gick ner till linden. Solen letade sin in mellan trädgrenarna och platsen vid stammen var varm och skön. De satte sig tillrätta och Ingegerd såg ut över trädgården. Hösten var på väg. Björkens krona skiftade här och var i gult och det fanns en svalhet och fuktighet i grönskan som inte hade funnits under sommaren. Kaffet var lite beskt och Ingegerd hummade missnöjt för sig själv när hon sörplade på den heta drycken. Kaffe var hennes livsmedicin, när det smakade gott det vill säga, och hon undrade förbryllat hur det kom sig att det smakade lite fel. Hade hon mätt fel? Tankarna avbröts när Sanela lågt började prata. Ingegerd släppte genast tankarna på kaffet och ägnade hela sin uppmärksamhet på den unga kvinnan bredvid.

"1967... Det är länge. Men det är verkligen en vacker plats."

Ingegerd nickade.

"Ja, det är länge. Och som jag sa – från början mådde jag inte så bra. Min man hade precis omkommit i en olycka. Jag var helt förstörd av sorg. Så här i efterhand minns jag inte dagarna som gick mellan olyckan och min första tid i det här huset."

"Oj." Sanela pausade en stund och verkade osäker på om hon skulle säga något. Det verkade som hon trots allt ville fortsätta samtalet så Ingegerd avvaktade. Strax därpå fortsatte Sanela: "Vad hette din man?"

Ingegerd såg på Sanela. Den unga kvinnan såg på henne med sina stora bruna ögon och för första gången sedan de hade träffats såg Ingegerd något mer hos kvinnan än det lilla och sårade. För första gången såg hon personen bakom de vackra ögonen, och då, i samma stund som hon mötte de bruna ögonen och kände hur den milda septembersolen sken på sitt skinn, kände hon sig trygg i tanken på att nästa Blomsterflicka äntligen hade hittat fram.

"Anders." svarade hon på flickans naiva fråga och log.

"Vad hände med honom?"

På näthinnan dök plötsligt minnet av eftermiddagen upp. Hon hade precis rört om i köttgrytan och lagt ner sleven på bänken när det knackade på dörren. Med ett leende hade hon öppnat, men leendet hade frusit fast när hon fått syn på den bistra mannen i farstun.

"Anders var byggarbetare." började hon. "Han var duktig och om inte olyckan hade kommit emellan skulle han säkert ha blivit både gruppchef och platschef så småningom. Och han älskade sitt arbete. Varje dag berättade han hur långt de hade kommit, vilka som hade gjort vad och vad de skulle bygga vidare på nästa dag." Ingegerd skrattade till. "Jag var inte värst intresserad, men det var härligt att se att han trivdes. "Men en dag hände det som inte fick hända. En av plankorna i deras byggställning brast, precis när Anders skulle passera med sina verktyg. Han föll. Fallet var inte så högt, men han föll illa. Slog huvudet så hårt att han avled strax därpå."

"Det måste ha varit fruktansvärt. Stackars Anders. Och stackars dig, Ingegerd." viskade Sanela och Ingegerd mötte flickans sorgsna ögon.

"Jo, det var hemskt. Det tog mig lång tid att komma över olyckan och den allra största saknaden. Trädgården hjälpte mig att bli hel igen."

Sanela nickade och såg sig omkring.

"Trädgården är fantastiskt vacker. Jag förstår att den ger dig mycket."

Ingegerd svarade inte. Hon ville så gärna höra något om Sanela, men vågade inte ställa de rättframma frågorna. Istället satt hon och hoppades att Sanela själv skulle börja berätta.

"Min mormor och morfar hade också en trädgård." började Sanela plötsligt och Ingegerd blev genast nyfiken. "I Kroatien alltså. Jag var där ganska mycket när jag var liten och jag minns att jag tyckte om att se hur allt växte. Jag fick ett eget trädgårdsland av min morfar och där planterade jag sockerärtor och morötter. Men jag var inte så duktig på det där. I alla fall inte i början. Jag rensade bort både ogräs och plantor, för jag kunde inte se skillnad på de gröna bladen. Jag antar att det gick bättre på andra försöket.”

Ingegerd lyssnade fascinerat till Sanelas berättelse. Beskheten i kaffet tänkte hon inte längre på utan drack ur koppen och ställde ner den på bänken mellan dem utan att lägga märke till sina egna rörelser.

”Jag hade en vindsnurra också. Den hade flera blad och alla var i olika färg. Jag tyckte om att se bladen snurra, så när det inte fanns någon vind brukade jag blåsa på snurran för att den skulle rotera.”

Sanela hejdade sig plötsligt, bet sig i läppen och tittade ner på sina händer.

”Oj, vad jag pratar. Förlåt.”

”Nej. Fortsätt. Jag vill höra allt om Kroatien och din trädgård.” envisades Ingegerd men flickan log bara ett snett leende till svar och var tyst. Det skulle inte komma något mer berättande, det insåg Ingegerd i samma stund som Sanela återigen stängde in sig i den osynliga lådan hon hela tiden verkade bära med sig.

Sanela skakade på huvudet.

Men en liten historia, och en liten öppning hade hon fått, och Ingegerd såg fram emot att lyssna på fortsättningen vid ett annat tillfälle. Hon lämnade det åt sidan och återgick till att prata om neutralare ting.

”Det är andra september nu. Och om en vecka eller så är det dags att ta hand om frukten i trädgården, föryngra växter och se till att allt är bra inför vintern. Det kommer att bli mycket att göra. Kan du hjälpa mig lite med det, Sanela?”

Sanela nickade och drack upp sitt kaffe.

”Självklart hjälper jag till. Nu har jag vilat länge nog. Säg bara till vad jag ska göra.”

"Vad säger du om att vi börjar redan nu då? Ogräs finns det alltid nämligen." log Ingegerd.

De satte omedelbart igång. Ingegerd satte ett ogräsjärn i handen på Sanela och visade henne hur hon skulle krafsa runt i jorden kring växterna i rabatten. Efter den korta introduktionen satte Sanela igång. Ingegerd såg på medan Sanela med mycket försiktiga drag vände den ytliga jorden och på så sätt fick de små ogrässkotten att lossna.

"Precis så där ja. Bra! Jag brukar lämna ogräset på jorden. Så länge de inte finns några fröer på ogräset så är det ingen risk. Och bättre näring finns inte för plantorna runt omkring än gamla växtdelar. Det fungerar ju som en kompost."

Sanela nickade bara till svar och fortsatte tyst och metodiskt sitt arbete. Ingegerd lämnade henne i fred och tog med sig sekatören till buskaget bakom lusthuset. Inte för att hon behövde klippa ned något där, men hon behövde en anledning att gå undan en stund och låta den unga kvinnan vara i fred. För att det skulle se ut som om hon gjorde något knep hon av fröställningarna från de överblommade lupinerna och släppte dem sedan över marken. Arbetet var helt onödigt eftersom lupinerna egentligen klarade av det hela alldeles utmärkt på egen hand, men Ingegerd plockade långsamt vidare bland de bruna stänglarna. Då och då kikade hon på Sanela från sin undangömda plats. Den unga kvinnan var så vacker där hon stod och bilden fick det att knipa till i hjärtat på Ingegerd. Färgerna var intensiva och glädjerika och efter en stund verkade det som om Sanela slappnade av lite i sitt arbete. Axlarna sänktes ner och ogräsjärnet rörde sig mer effektivt mellan växterna. Ingegerd såg inte mycket av ansiktet, men hon hoppades att kvinnan njöt av sin stund med grönskan.

När hon inte kunde hitta på några fler sysslor att gömma sig bakom gick Ingegerd tillbaka till Sanela. Sanela hade rensat tre rabatter och jorden som låg blottad mellan växterna var helt ren från ogräs.

"Strålande bra, Sanela. Så fint du har gjort. Tack snälla du för din hjälp."

Sanela log och för första gången sedan den unga kvinnan hade kommit till trädgården såg Ingegerd henne dra ett djupt andetag.

"Det var bara roligt. Jag tyckte om det."

Det var ingen tvekan om att hon menade det. Sanela hade för första gången fått känna på den verkligen kärleken mellan trädgård och Blomsterflicka och Ingegerd gladdes med henne för den varma lycka och kraft som hade funnits i kvinnans kropp och sinne under arbetets gång. Hon mindes så väl själv den första gången hon fick komma i kontakt med trädgården, det hade varit som en varm glädjevåg genom kroppen och den hade dämpat all sorg och hjälpt henne sortera sina tankar.

"Det blev verkligen väldigt fint, Sanela. Mycket bra. Vad vill du göra härnäst? Ska vi ta lite paus kanske?"

"Paus? Det behövs inte. Säg istället vad du mer behöver hjälp med, så tar jag itu med det. Ja, du får visa mig hur jag ska göra först förstås."

Ingegerd såg sig omkring. Det fanns mycket ett göra. Men så här i början fick det bli ett lätt jobb, så att Sanela kunde låta tankarna fara undertiden.

"Jo, du skulle kunna ta hand om backtimjanen vid huset. Revorna har blivit alldeles för långa och snart finns det nog ingen grusplan kvar är jag rädd."

Sanela nickade till svar och efter att Ingegerd hade visat henne hur hon skulle göra satte Sanela igång med arbetet. Då och då kom Ingegerd fram till henne och uppmuntrade och berömde arbetet. Och precis som ett barn blev Sanela överlycklig över berömmet.

Ingegerd betraktade Sanela och glädjen som fanns i varje rörelse hon gjorde. Sanela lärde sig snabbt och hennes händer fick kvickt in snitsen och rytmen i rörelserna. Resultatet blev mycket bra och berömmet som följde fick det unga ansiktet att le lite större. Det var en härlig eftermiddag i trädgården och alla, både människor och växter, gladdes åt den nya Blomsterflickans närvaro.

I nådens år 1692

Elin tittade misstroget på prästen som stod utanför hennes skjul. Han stod med huvudet nedböjt och trampade besvärat intill hennes eldstad där de orangea lågorna försökte tränga undan den kyliga morgonen. Än så länge hade han inte yttrat ett ord, och i sitt stilla sinne undrade hon hur länge karln tänkte stå tyst och glo rakt ner i marken.

Det var tidig vår och märkligt nog hade hon överlevt ännu en vinter i den kalla kojan vid skogsdungen. Hon visste inte riktigt om hon var hungrig. Troligen var hon det, för hon hade inte ätit sedan dagen innan, men hungern var en del av hennes liv. Den var lika naturlig som tröttheten, kylan och hopplösheten.

Efter en stund suckade Elin. Det var tydligt att prästen inte självmant skulle börja prata.

”Vad vill du? Varför står du bara där, rakt upp och ner, vid min eld? Har du ingen egen eld att stå vid?”

Prästen tittade upp, harklade sig och Elin granskade noga ansiktet som äntligen vänts upp mot henne. Karln var helt okänd. Hon hade aldrig sett honom förr. Han var ung, säkert femton år yngre än hennes egna trettiofem, och det välkammade håret låg som en mjuk mössa kring hans runda ansikte. Han såg välgödd ut. Troligen var han inte ett dugg hungrig.

"Jag är här för att hämta dig, Elin Gudrunsdotter."

Elin hajade till vid efternamnet han kallade henne.

"Gudrun var inte min mor. Vad min mor hette minns jag inte."

På det svarade prästen ingenting. Istället pekade han bort mot stigen.

"Lite längre bort står en vagn. Jag ska ta dig till prosten. Han väntar dig."

Elin stirrade på prästen som stod framför henne. Varför i hela friden skulle prosten vilja träffa henne?

"Ta du din vagn och besök prosten själv. Det finns inget hos kyrkan, prästen eller ens hos prosten som jag vill ha med att göra."

Hon vände sig om och började gå in i skjulet. Under åren som hade gått hade hon byggt vidare på sin träkoja och vintern som hade gått var den första på tjugo år som hon hade lyckats hålla snön helt och hållet utanför det lilla skjulet.

"Prosten har bett mig hämta dig. Han är gammal, snart ligger han nog inför döden och det sista han vill, säger han själv, är att träffa dig Elin Gudrunsdotter."

"Gudrun var inte min mor, sa jag ju!" fräste Elin. Men hon stannade upp och vände sig än en gång mot prästen.

"Varför i himmelens namn… Jo, för det borde du ju veta, du som dagligen jobbar med himmelen… varför skulle en prost vilja träffa mig? Jag är ju Elin. En häxa. En av Satans medhjälpare."

"Det… det… det sa han inte." stammade prästen till svar och verkade skakad över orden hon valt att kasta ut mellan dem.

Elin stönade när hon plötsligt kände hur hungern vred om tarmarna på henne. Hon hukade sig något och väntade på att anfallet skulle gå över.

"Har du något att äta?" kved hon.

Han nickade till svar och hon lät sig övertalas.

"Jag följer med. Om jag får lite att äta."

Prästen vände sig om och började gå mot det fallfärdiga stängslet som hägnade in Elins lilla trädgård. Elin såg efter honom medan hon hällde vatten över elden.

"När vi kommer tillbaka hit får du ge mig en ny eld. Och lite mat. Du ser välgödd ut, så du kan nog dela med dig."

Prosten var ingen annan än prästen Jens som hade fått högre position med åldern. Elin kände igen honom i samma stund som hon klev in i rummet. I samma ögonblick som hon mötte de grå ögonen och såg de beniga kinderna visste hon vem han var. Han satt i en bekväm fåtölj väl inbäddad i två tjocka filtar och framför honom på bordet stod en skål med rykande het soppa. Doften var fantastisk och Elin kände hur saliven rann till i munnen på henne. Hon hade fått bröd av prästen under den skumpiga obekväma resan in till staden, men även om brödet mättade så hade det inte funnits någon doft. Elin försökte låta bli att tänka på de härliga dofterna i rummet medan hon närmade sig mannen. Istället lät hon ilskan blomma upp.

"Men du borde veta hut!" utbrast hon. "Hur kan du låta hämta mig, som om jag vore någon av alla dina undersåtar, efter ett halvt liv? Hur kan du, som har allt i hela världen omkring dig, ha mage att hämta mig? Hämta mig?! Jag, som inte har någonting? Och varför har jag då ingenting? Jo, för att du tog allt ifrån mig!"

Jens sträckte upp en åldrad hand för att tysta henne, men Elin lät sig inte tystas.

"Jag är en häxa, minns du inte det? Minns du inte dagen på slätten? Ska jag kanske friska upp ditt minne? Det var då allt togs ifrån mig. Hör du vad jag säger, ditt elände?! Vet du hur många dagar jag låg i skogen och frossade, grät och var sjuklig efter att du använde din Gud till att krossa mitt och Gudruns liv?"

"Så, nu räcker det!" Den unga prästen som hade hämtat henne röt plötsligt till från sitt undangömda hörn och Elin såg förvånat på medan han med stadiga steg gick fram till henne och ställde sig mellan henne och bordet. "Prosten har kallat hit dig. Vem är du att rya och ryta i detta hus? Tig nu, kvinna, och lyssna på hans ord."

"Jag lyssnar inte på fähundar. Inte ens på Guds fähundar." viskade hon hätskt med flammande blick och gjorde sig beredd att gå.

I samma stund som hon vände sig hörde hon en gammal mans bräckliga stämma och hon stannade upp.

"Jag vill skänka dig din mark. Den du redan då, den där hemska dagen på slätten, visste att kyrkan skulle ge dig. Hur du visste det då, vet jag inte. De senaste tjugo åren har jag dagligen rannsakat mitt hjärta, ångrat min stora synd och försökt finna på ett sätt att mildra min gärning. Elin. Jag vill ge dig mark och hus. Och jag hoppas, från djupet av mitt hjärta, att du vill ta emot min gåva. Mitt eget straff från Gud kommer jag inte undan, men jag kan i alla fall ta emot det med ett något bättre samvete om du vill ha det jag önskar ge dig."

Elin vände sig om och stirrade på den gamle mannen som satt mitt emot henne.

"Vad sa du?" viskade hon.

Jens mötte hennes blick och hon såg hur de rödsprängda ögonvitorna blänkte i skenet från stearinljusen. Mannen var gammal. Det var ingen tvekan om att han var inne på sitt sista levnadsår. Han hade långa och djupa bekymrade fåror kring ögonen och stämde det som han sa hade fårorna bildats under tjugo år av ånger.

"Kyrkan har en gård. Den ligger intill en bäck med gott vatten. Allt som finns på gården är ett stenhus, ett litet uthus och plats för växter. Min förhoppning är att du vill ta emot min gåva och göra platsen till ditt hem. Huset är bra. Där finns eldstad i ett av de två rummen och trägolv. Marken jag vill ge dig ligger i skogen, men det är lätt att ta sig till och från staden."

Elin visste inte vad hon skulle säga. Ett hus. Självklart ville hon ha det. Allt var bättre än hennes eget försök till hem.

"Finns det något dokument? Något som lagligt visar att gården och platsen är min och att jag har fått den av kyrkan. En häxa kan aldrig vara nog försiktig." sa hon syrligt.

"Jag upprättar ett sådant dokument. Du får det i morgon när vi överlämnar gården till dig."

"Då vill jag ha gården. Men inte i egenskap av häxa. Utan som Blomsterflicka. Och jag vill att en präst följer med på resan och att denne präst välsignar marken för mig och kommande Blomsterflickor i samma stund som gården och dokumentet överlämnas."

"Allt det du har önskat i detta rum får du, Blomsterflicka." svarade Jens och för första gången på mycket, mycket länge kände Elin ett svagt hopp.

Kapitel 14

Dagarna gick i trädgården och höstsysslorna blev en efter en avklarade. Sanela verkade älska det fysiska arbetet och tillbringade i stort sett varenda vaken timme bland blommorna och grönskan. Ingegerd lät henne arbeta i den takt hon ville, men efter en vecka med hårt arbete började det bli svårt att hitta på arbetsuppgifter.

"Kära Sanela. Trädgården hinner inte producera ogräs i den takt du vill." skrattade hon en dag när Sanela besviket hällde en halv hink ogräs på komposten. Alla rabatter var välansade och växterna var enastående välmående trots den allt mer höstiga årstiden.

"På bara en vecka har du rensat alla rabatter och grusgångar minst tre gånger, du har ansat rosorna och höstgrävt potatislandet. Förutom det har du tagit hand om växterna och deras fröställningar, tagit bort en stor del av nässlorna bakom skjulet och städat ur växthuset. Du gör ett fantastiskt arbete, kära Sanela, och det finns fortfarande en del arbetsuppgifter kvar att göra innan vintervilan kommer. Men skynda långsamt, du måste hinna vila också."

Sanela log ett försiktigt leende och kom fram till Ingegerd som stod under linden.

"Den här trädgården är fantastisk. Jag mår bra när jag är i den och det är en skön känsla. Det är som att vi pratar med varandra, jag och trädgården." Sanela log förläget. "Det låter konstigt."

"Nej, inte alls. Jag har pratat mycket med trädgården under åren, den tycker om att få någon ny att prata med."

"När jag är i trädgården hinner jag tänka, och då är det så skönt att ha något handgripligt att göra under tiden."

"Vad tänker du på?" frågan rann ur Ingegerd innan hon hade hunnit stoppa den och för ett ögonblick kände hon sig lite osäker. Det var en framfusig fråga. Saker och ting som krävde flera dagars tyst tänkande var stora och svåra, och Ingegerd visste inte själv vad hon skulle ha tyckt om någon hade ställt samma fråga till henne om hon grubblade.

Sanela stod tyst. Efter en stund satte hon sig på bänken som omslöt linden. Utan att säga ett ord satte sig Ingegerd bredvid.

"Jag tänker på allt och inget. Ibland pratar jag med växterna. Det är som om vi har en dialog. 'Sådär, lilla blomma' säger jag 'nu har du fått bättre plats vid rötterna' och då hör jag i mitt huvud hur den säger 'tack, det känns skönare så här'." Sanela skrattade till, rodnade lite till och med, men Ingegerd brydde sig inte om att svara. Hon satt tyst och väntade på att Sanela skulle fortsätta.

"Ibland tänker jag på annat. Stora saker. Som på när du hämtade mig." Sanela tystnade en stund. "Och annat sånt." sa hon förklarande. "Idag har jag tänkt lite på mina föräldrar."

"Bor de i närheten?" Ingegerd väntade spänt på svaret. Var det dem hon hade hämtat flickan ifrån?

Sanela ryckte på axlarna och höjde på ena ögonbrynet. Som för att visa att samtalet var helt oviktigt och inte betydde något särskilt för henne.

"Egentligen vet jag inte varför de dök upp i huvudet idag. Jag har inte träffat dem på jättelänge. Flera år faktiskt. Och jag bryr mig inte om dem. Så jag förstår inte varför de envisas med att snurra runt i mitt huvud."

Ingegerd trodde henne inte. Människor dök inte upp i huvudet på det där sättet om de inte var förknippade med något speciellt.

"Var bor de då? Bor de här i Sverige, eller är de i Kroatien?"

Sanela kliade sig besvärat på handen. Hon hade visst fått ett myggbett såg Ingegerd, och tittade på medan Sanela efter en liten stund slutade klia och istället satte ner sina händer bredvid sig på soffan. Hon satt rakryggad och något framåtlutad och tittade ner på gruset.

"Det var de som tog mig till Sverige. När jag var sex år. Eller rättare sagt, jag skulle fylla sex år och på min födelsedag fick jag veta att vi skulle flytta. Pappa hade fått jobb på ett universitet här i Sverige, så hela familjen skulle lämna Kroatien. Ja, inte mormor och morfar förstås. De skulle bo kvar. Så vi flyttade. Men jag tyckte aldrig om det. Och så bråkade vi mycket jag och mamma."

Tonen var förklarande och enkel. Men det fanns inget förklarande och enkelt i orden hon sa, och Ingegerd ville åtminstone försöka förstå det Sanela tänkte och kände.

"Varför bråkade ni?" frågade hon och när Sanela ryckte till log hon försiktigt "Jag vill gärna förstå och försöka hjälpa till, Sanela. Snälla, berätta lite tydligare för mig varför du inte har pratat med dina föräldrar på länge."

Sanela bet sig i kinden och såg tankfullt framför sig. Ingegerd väntade. Hon hade hela dagen på sig, och nu när hon för en gångs skull höll på att bryta igenom Sanelas mur ville hon inte riskera att förstöra allt genom att skynda på och fråga hetsiga frågor. Den osäkra Sanela behövde tid på sig.

"Jag brukar inte prata om det här." sa Sanela kort. "Jag har liksom lämnat tankarna på mina föräldrar bakom mig. Men…" Sanela gjorde en paus. "Jag började i skolan här i Sverige. Det var lite svårt i början såklart. Att förstå alltså. Mamma gick också i skolan för att lära sig svenska. Det visade sig att jag lärde mig fortare än hon, och en kväll fick jag en örfil. Först när jag höll mig om min ömmande kind förstod jag att smällen berodde på att jag hade frågat henne en sak på svenska, och hon hade inte förstått mig. Mamma var säkert trött, ledsen och mådde säkert inte bra, det var säkert därför hon smällt till mig, men jag blev jätteledsen. Det gjorde ont i hela kroppen, inte bara på kinden. Fast jag visade det inte."

"Men kära barn!" utbrast Ingegerd men stängde sedan snabbt munnen. Hon ville inte störa Sanela i sitt berättande, men den unga kvinnans minne var så fullt av sorg. Ingegerd tittade ner på sina händer.

Barn lärde sig alltid nya språk fortare än vuxna, men att ge sitt barn en örfil… Själv hade Ingegerd bara känt Sanela ett par veckor, men hon hade redan förstått att Sanela behövde ständig positiv uppmuntran för att våga gå framåt. Att få en örfil istället för beröm när hon hade lärt sig något nytt innebar att Sanela redan som barn tog avstånd från sin mor. Kanske var det till och med så att Sanela lärde sig att hon inte fick vara bättre än någon annan? Kanske lärde hon sig att örfilar och slag var något hon skulle ta emot? Med tanke på de hemska blåmärkena Sanela hade haft i ansiktet när Ingegerd och Tage hade hämtat henne hade hon fått ta emot slag flera gånger i sitt liv.

Ingegerd suckade inom sig. Människor var så olika och alla reagerade på sitt sätt. Medan Sanela drog sig undan på grund av en örfil kanske någon annan växte sig starkare ur händelsen fast beslutna att bevisa motsatsen till svaghet.

"Fortsätt berätta."

Sanela ryckte på axlarna. "Det är inte så mycket att berätta faktiskt. Vi bodde i Sverige. Pappa jobbade och efter ett tag fick mamma jobb som städerska. Själv fortsatte jag i skolan, som alla andra barn. Och jag tyckte om skolan. Jag var duktig där. Men jag tyckte inte om att vara hemma. Mamma var så sur och bitter hela tiden. Hon skrek ofta åt mig, och jag började till slut skrika tillbaka. Jag ville inte vara hemma, och så fort jag kunde flyttade jag hemifrån. Jag bodde hos olika kompisar och så. Det var fem år sedan jag flyttade hemifrån, och jag har inte pratat med dem sedan dess. Jag mår bättre utan dem."

"Men du har inte åkt tillbaka till Kroatien heller." Orden var ingen fråga utan bara ett konstaterande.

Sanela skakade på huvudet. "Nej, jag tappade kontakten med min mormor och morfar när vi flyttade till Sverige. När jag väl flyttade hemifrån hade jag ingen kontakt med Kroatien alls."

När Sanela slutade dröjde det en stund innan Ingegerd kom sig för att säga någonting. Istället lyssnade hon på fåglarnas sång och bäckens porlande en stund.

"Tack för att du berättade, Sanela."

Sanela skrattade skuldmedvetet. "Det där har jag aldrig pratat om förut."

"Här i trädgården är det bra att tänka, prata och lätta sitt hjärta."

Ingegerd sträckte ut sin hand och la den på Sanelas. Hon klappade försiktigt den tunna handen.

"Vad skulle de säga om du ringde dem, tror du?"

"Mormor och morfar?" sa Sanela häpet.

"Nej, dina föräldrar menar jag."

Sanela skakade uppgivet på huvudet och drog undan sin hand. "Ringa dem? Varför då? Nej, det skulle jag aldrig kunna göra."

"Varför inte? De kanske är oroliga för dig? Det skulle jag vara." Ingegerd la handen i sitt knä och såg forskande på kvinnan bredvid.

Sanela skakade på huvudet. "Men det är du det, Ingegerd. Mina föräldrar skulle nog inte vilja att jag ringde dem."

"Vad tror du att de skulle säga om du ringde dem?" envisades Ingegerd.

"Troligen någonting i stil med 'vad vill du?'" suckade Sanela och Ingegerd kunde inte annat än att stämma in i den djupa sucken. Hon visste inte vilket som var sorgligast. Att Sanelas mamma och pappa tillåtit Sanela att försvinna ur sina liv? Eller att Sanela var övertygad om att hennes föräldrar inte skulle uppskatta om hon ringde?

De satt tysta på bänken under linden. Solen sken högt ovanför dem och där den strilande ner mellan lövverket försökte den lätta upp den tryckta stämningen genom att dansa sin sol och skuggdans över deras händer och ben. Men både Ingegerd och Sanela satt stilla och verkade helt omedvetna om solens försök att få dem att le.

"Lilla Sanela." sa Ingegerd.

Sanela såg frågande på henne och Ingegerd insåg plötsligt att hon hade sagt orden högt.

"Åh, förlåt. Jag pratade för mig själv."

De log mot varandra och Ingegerd klappade om Sanelas arm. "Så, vad säger du om att vi tar itu med något."

"Gärna det, Ingegerd. Jag jobbar gärna vidare."

Medan hon reste sig upp kom Ingegerd plötsligt att tänka på myggbettet.

"Oj, ja just det! Ta en kvist persilja, knip sönder stjälken och gnid sedan vätskan mot ditt myggbett. Då ska du se att klådan försvinner."

Ingegerd började gå mot huset, men på sin rygg kände hon Sanelas förvånade blick. Hon log för sig själv. Än så länge fanns det mycket hon kunde lära Sanela, och hon såg fram emot att få göra det.

"Förresten. Får jag fråga en sak?" Sanela lät nyfiken och undrande varpå Ingegerd genast vände sig om.

"Självklart får du det."

"När matar du egentligen katten?" Sanela knep ihop ena ögat och kikade på Ingegerd som brast ut i skratt.

"Sture?" sa hon och pekade på den svart-vita katten som låg intill kantnepetan. För en gångs skull var han vaken och tittade nyfiket på dem. "Åh, Sture är inte min katt. Det är grannarnas."

"Är han inte din…? Men han är ju typ alltid här?"

Ingegerd slog ut med armarna. "Jo." höll hon med. "Han verkar gilla att vara här."

"Han är lat." sa Sanela och satte sig ner på huk och klappade katten över ryggen. "Sture. Det var minsann ett bedrövligt namn på en katt." sa hon kärvänligt mot djuret som började spinna i samma stund som Sanela började klia honom på sidan av halsen.

Ingegerd skrattade hjärtligt åt dem.

Kapitel 15

Från sin plats vid diskbänken hörde Ingegerd hur Sanela klev in i hallen och drog av sig sina trädgårdshandskar. Ögonblicket därpå kikade Sanela in i köket. Ingegerd skrattade till när hon mötte den unga kvinnans rastlösa blick.

"Är du färdig med lusthuset redan? Herregud, jag har då aldrig sett maken till arbetsmyra i hela mitt liv."

Sanela log. "Men jag tycker så mycket om det."

"Din flit ger mig dåligt samvete över alla mina år här. Jag kan inte minnas att jag någon gång har jobbat så hårt som du gör."

Sanela tog av sig stövlarna och gick in i köket. Hon slog sig ner i kökssoffan och tittade nyfiket upp. Ingegerd väntade på frågan som hon såg skulle komma och sträckte sig efter kökshandduken. Vid det här laget hade hon börjat känna Sanela ganska väl, och hon kunde se på den unga kvinnans blick när det var något hon funderade över. Mycket riktigt kom det strax därpå en fråga från kökssoffan.

"Ingegerd. Hur gammal är trädet som står därute? Alltså det här uppe vid husknuten."

"Flädern? Ingen aning. Den var gammal redan när jag flyttade in här. Hur så? Varför undrar du?"

Sanela ryckte enkelt på axlarna. "Den ser urgammal ut, det var bara det. De tjockaste stammarna är grova, men det syns tydligt att de bara är sidoskott från originalplantan. Jag bara tänkte om du visste…"

Ingegerd torkade färdigt disken och hängde undan kökshandduken. Sedan satte hon sig på köksstolen mitt emot Sanela.

"Nej, du. Jag har ingen aning. Men jag vet att vi ska vara försiktiga om den. Den håller onda varelser borta." sa hon med spöklik röst och log åt Sanelas grimas. "Så trodde man i alla fall förr. Elsa, kvinnan som bodde här före mig, berättade att fläder även kallas hylle och att man alltid måste be Hyllefrun om tillåtelse innan man börjar beskära busken eller plockar hennes blommor. Det gör man för att hålla sig vän med Hyllefrun, annars kan det gå illa."

Ingegerd skrattade till åt Sanelas tveksamma, men förvånade blick.

"Ja, det händer titt som tätt att jag glömmer bort det. Trots det har allt gått bra här i huset och trädgården, så det är bara en gammal historia med mycket vidskepelse i. Och jag tycker den är vacker. Den växer så det knakar vissa år, men jag tycker om grenarna som sträcker sig över grusgången. Det är som att gå genom en midnattstunnel, särskilt när blommorna blommar i juni. Då lyser blommorna som stjärnor över en."

Sanela nickade och vände sig tankfullt mot fönstret. Ingegerd tittade på den unga kvinnan som iklädd Ingegerds gamla trädgårdskläder såg ut att ha boat in sig ordentligt i kökssoffans hörn. Det hade gått ganska precis en månad sedan hon kommit och hon hade förändrats mycket under sina dagar i huset. Blygheten fanns kvar, men det var inte det enda som syntes i det unga ansiktet längre. En stor dos nyfikenhet och lust att lära hade tillkommit vilket gjorde att de mörka ögonen hade fått en sällsamt vacker glans. Dagarna i trädgården hade fått Sanela att växa in i sin kropp, hon vågade sträcka ut armar och lyfta huvudet högt. Rörelserna hade blivit vaknare och mer glädjerika. Hon var intresserad av växterna som fanns runt omkring henne och förstod sig snabbt på hur vädret spelade roll för växtkraft och grönska. Den brutna lilla flickan som hade kommit till trädgården hade blivit en något mer självsäker ung kvinna.

Ingegerd visste mycket väl att hon borde berätta för Sanela om Blomsterflickan, trädgården, dagböckerna och hättan som satt på väggen. Men hon kom sig inte för. Det kändes aldrig som om det var rätt tidpunkt. Kanske berodde det på Sanelas inställning att snart lämna trädgården och huset? Ibland var hon på väg att berätta, men varje gång hon hade satt sig hos Sanela med intentionen att berätta hade hon avbrutits innan hon ens hade öppnat munnen. Sanela hade alltid börjat prata om något annat, precis som om hon kände på sig att det Ingegerd kom för att berätta skulle påverka hennes liv mer än hon för tillfället var beredd på. Och Ingegerd, som alltid lyssnade till sitt hjärta, insåg att Sanela inte var redo ännu.

Men nu satt de mitt emot varandra i köket, allt var lugnt runt omkring dem och Sanela verkade avslappnad och tillfreds. Kanske var det äntligen rätt tidpunkt? Ingegerd svalde och tog ett djupt andetag.

”Skjulen behöver målas om.” sa Sanela och avbröt därmed Ingegerds ansats. Igen. Istället för att fortsätta sin egen tanke nickade Ingegerd långsamt till svar och lät funderingarna på Blomsterflickan än en gång sväva ut i intet.

”Ja, det behöver verkligen rustas upp.” höll hon med och log. ”Det vore förstås bra om vi kunde hjälpas åt medan du är här. Det går lättare och fortare om man är två."

Sanela log.

"Självklart hjälper jag till. Det vet du, Ingegerd. Ge mig en pensel bara."

"Du är outtröttlig." skrattade Ingegerd. "Menar du nu? Säkert?" sa hon när Sanela nickade. "Ja, färg finns ju förstås. Det köpte jag i våras."

"Ja, då så. Då finns det inget som hindrar oss." sa Sanela och reste sig upp. Hon tittade ner på sina lånade kläder. "Men kan jag måla i de här? Tänk om det kommer färg på dina kläder?"

"Åja, det är ingen fara med det."

Ingegerd reste sig långsamt och sträckte på ryggen. Sedan följde hon efter Sanela ut i trädgården. Höften protesterade lite, så stegen blev till en början extra försiktiga. Egentligen hade hon helst av allt velat sitta kvar vid köksbordet och lyssna på sina egna tankar. Det fanns så mycket att tänka på när det gällde den unga kvinnan som nyligen flyttat in. Men det fick bli senare. Hon ville utnyttja varje timme av dagen till att vara med Sanela, och då fick hon också anpassa sig.

Ingegerd följde efter Sanela som gick med stora steg mot skjulet vid syrenhäcken.

"Vilken energi du har, Sanela. Det är helt makalöst. Är du inte det minsta trött?"

Sanela skrattade till och när hon vände sig om svängde den mörka blanka hästsvansen i vinden.

"Jag orkar. Och jag vill gärna underlätta ditt arbete här i trädgården."

"Ja, det gör du verkligen." sa Ingegerd sanningsenligt och kände tacksamt att höften äntligen knixade till och slutade bråka med henne för stunden.

Med färgburkar, penslar och stege fick Ingegerd och Sanela snart fason på det röda skjulet. När arbetet var klart stod de båda nöjda med händerna i sidorna och såg på den nymålade fasaden. Nedanför väggen var gräs och buskar nedstänkta med röd färg.

"Så bra. Nu håller det i flera år till. Tack söta vän." sa Ingegerd.

"Åh, det var bara roligt. Nu tar vi nästa."

"Skjulet vid rosenträdgården? Men det är inte nödvändigt, kära du. Vi kan ta det en annan dag.

"Äsch, varför inte måla det när vi ändå har färg och penslar framme?" frågade Sanela och Ingegerd mötte hennes kisande blick.

"Ja, varför inte…" svarade Ingegerd svävande. Hon hade ingen riktig ork för ännu ett skjul, men det ville hon inte riktigt säga. Istället började hon gå mot rosenträdgården med penseln i handen. Strax efter kom Sanela med stege och färgburk.

Väl framme vid skjul nummer två satte Sanela omedelbart igång med arbetet. Hon lutade stegen mot väggen och klättrade vigt upp med både färgburk och pensel.

Kvar på grusgången stod Ingegerd och såg upp mot den unga energiska kvinnan som penslade så att färgen skvätte åt alla håll. Det var underbart att se hur den försiktiga och försynta flickan levde upp i trädgården. Det var som om de grönskande rummen gav henne frihet och vingar. Trädgården var hennes plats, det kunde till och med ett otränat öga se. Det var här hon mådde som allra bäst. Att ens försöka föreställa sig tanken att hon rätt som det var skulle flytta från huset och trädgården var omöjligt.

Ingegerd var trött. Men hon ville inte gå in och lämna Sanelas tystlåtna, men ändock underbara, sällskap. Så hon stannade kvar där hon var. Med en målarpensel i ena handen och en färgburk i den andra. Efter en liten stund vände sig Sanela om och tittade ner.

"Är du trött, Ingegerd? Sätt dig ner och vila i så fall, så målar jag klart."

Ingegerd nickade till svar.

"Ja, jag måste nog vila lite. Jag är inte lika ung och pigg som du."

Ingegerd gick fram till den lilla väggfasta bänken som fanns vid en av rosenbågens pelare i rosenträdgårdens mitt. Precis när hon skulle sätta sig knixade höften till ännu en gång och hon stönade till medan hon försökte parera sin pågående rörelse. Hon lyckades undvika att falla, men den högra fotleden trycktes åt sidan med ett sprakande ljud.

Med ett flämtande lutade sig Ingegerd blundande tillbaka mot ryggstödet, helt omedveten om de taggiga rosornas klängen som hakade fast i hennes kläder och hår. Allt hon kände var vristen som hela tiden verkade pulsera i smärtsamma explosioner. Fastän hon inte tittade så kände hon hur leden svullnade upp.

"Ingegerd! Hur gick det?!" På ett ögonblick var Sanela framme hos henne och när Ingegerd öppnade ögonen såg hon rakt in i ett par oroliga mörka ögon.

"Åh, det är nog inte så farligt. Jag trampade snett. Det var min dumma höft som bråkade med mig så jag trampade fel."

Medan hon pratade såg hon hur Sanela genast satte sig ner på knä och började lirka av stöveln från den onda foten. De små vickande rörelserna gjorde ont och Ingegerd pustade ut när foten äntligen var fri från sitt fasta överdrag i gummi. Den svala luften kändes skön mot skinnet och hon tittade ner på sin vrist som Sanela försiktigt höll en decimeter ovanför marken.

"Kan du böja och sträcka på foten?" frågade Sanela oroligt.

Det ilade i både fot och kropp av smärtan, men Ingegerd bet ihop och gjorde som den unga flickan sa åt henne att göra. Efter en stund verkade Sanela nöjd och hon satte sig ner på gruset och lät Ingegerds onda fot vila mot hennes ben.

"Stackars dig. Du har fått en ordentlig vrickning eller sträckning. Foten är väldigt svullen."

Som om det inte var nog med en bråkig höft, nu hade hon en bråkig fot också. Ingegerd log ett trött leende mot det oroliga ansiktet framför sig.

"Det ordnar sig nog. Vi lägger en rosmarinkompress på det, så lägger sig svullnaden nog." sa hon lugnande till Sanela som verkade orolig.

Hon slöt ögonen och försökte tränga bort den bultande värken genom att lyssna på vinden som långsamt ringlade fram mellan växterna. Det susade svagt och stilla och luften som den förde med sig luktade fukt, höstvila och målarfärg.

"När vi sågs första gången, vid skyltfönstret, sa du åt mig att stryka lite vallörtssalva på blåmärket."

Ingegerd öppnade ögonen och såg ner på Sanela som funderade högt för sig själv. Sanela var tyst en stund, men Ingegerd ville inte avbryta hennes tankar genom att själv börja prata. Istället väntade hon ut Sanela.

"Och så skulle jag ha persilja på myggbettet. Du verkar väldigt bra på sånt. Huskurer menar jag."

Ingegerd höll med.

”Jo, huskurer är bra mediciner. Jag kunde en del innan jag flyttade hit, men Elsa lärde mig ännu fler. Det finns massor av mediciner omkring oss. Många växter har läkande egenskaper, fast det gäller förstås att veta hur man ska använda dem.”

”Fungerar det?”

”Hur kändes ditt myggbett efter persiljan?”

Sanela bet sig i läppen och tittade ner på handryggen där en liten röd prick lyste mot det bleka skinnet.

”Det slutade klia.” konstaterade hon och nickade.

”Jag kan många huskurer, men långt ifrån alla. Vissa växter är otroligt bra på många sätt: timjan, persilja, rosmarin, salvia… Det finns massor.”

”Det skulle jag också vilja kunna.” sa Sanela och tittade hastigt upp. Ingegerd log mot den vetgiriga Sanela. ”Förlåt, jag menade inte att du ska behöva lära mig ännu mera saker. Jag bara tänkte att det vore en rolig sak att kunna.” Orden rann ur Sanela och Ingegerd såg på henne. Flickan var fortfarande blyg och tillbakadragen. Hon hade fortfarande inte lärt sig konsten att säga ”Jag vill…” eller ”Jag kan…”, men det gick inte att säga annat än att hon hade gjort stora framsteg under sin tid i trädgården.

”Självklart vill jag lära dig, Sanela. Du som är så enastående duktig här i trädgården kommer ha lätt för att lära, annat kan jag inte tänka mig.”

Sanela log när hon fick beröm och Ingegerd bestämde sig för att spä på lite extra av den varan.

”Växterna älskar dig, Sanela. De kommer att visa sig från sin allra bästa sida nu när du ska börja arbeta tillsammans med dem. Jag har en bok därinne som innehåller alla mina hemliga medicinrecept. Den får du mer än gärna titta och läsa i. Det måste vi förresten göra nu när jag behöver lite rosmarin på foten.”

”Kom, så tar vi hand om din fot. Jag kan måla färdigt senare.”

Sanela reste sig och hjälpte Ingegerd på fötter. Långsamt och försiktigt tog de sig genom trädgården till huset. Väl inne i köket bäddade Sanela till Ingegerd på kökssoffan med ett par ordentliga kuddar.

”Så. En kudde under huvudet och en under foten. Lägg dig nu och berätta för mig var jag kan hitta din mirakelbok.”

Ingegerd sjönk ner på soffan och slöt ögonen för ett par sekunder. Promenaden till huset hade varit ansträngande och foten protesterade högljutt.

”Hur känns det Ingegerd?” Sanela lät orolig och Ingegerd kikade upp.

”Åh, jag är bara trött. Och så gör det faktiskt lite ont. Men det ska nog snart bli bättre. Om du är snäll och hämtar boken. Den ligger på skrivbordet i vardagsrummet. 'Mediciner för hemmabruk' heter den.”

Sanela gick och kom strax tillbaka med boken. Hon satte sig ner vid köksbordet och började bläddra varsamt i den uppslagna boken.

Ingegerd betraktade Sanela. Det var härligt att bli ompysslad, men ännu härligare att se hur Sanela hade tagit till sig boken och uppgiften och hur hon ideligen läste receptet för att försäkra sig om att allt blev precis som det skulle. En stund senare var infusionen klar och Sanela hällde upp det i en liten djup tallrik för att vätskan skulle svalna fortare. Strax därpå la hon med stolt leende och nätta händer på sin kompress på Ingegerds svullna vrist.

”Så skönt. Det känns redan bättre.” sa Ingegerd uppmuntrande när Sanela med rak rygg förväntansfullt satte sig vid köksbordet. Egentligen kände hon inte den minsta skillnad än så länge, men hon tvivlade inte ett ögonblick på att kompressen snart skulle ha effekt. Och eftersom Sanelas ögon lyste av både oro och förväntan kunde inte Ingegerd låta bli att undslippa sig den lilla vita lögnen.

"Redan?" sa Sanela häpet.

"Nej, kanske inte än." log Ingegerd. "Men säkert alldeles snart. Tack snälla du för hjälpen."

"Det var bara roligt." sa Sanela, men hejdade sig sedan. "Nej, så menar jag inte. Det är synd om dig och din fot, men jag tyckte det var intressant att använda boken." sa hon generat.

"Åh, jag förstår vad du menar, lilla vän. Det är en väldigt intressant bok. Du borde låna och läsa i den."

"Får jag?"

"Ja visst får du det. Där står mycket spännande recept och andra klurigheter. Det är en bok att ha roligt med."

"Tack, det vill jag gärna göra." Sanela log stort och plockade lite med boken som låg på bordet mellan den. "Nu går jag ut och målar färdigt skjulet. När jag kommer in är det kanske dags att byta kompressen."

Ingegerd såg roat på medan Sanela reste sig från köksstolen. Ytterligare en dos av självsäkerhet hade flyttat in hos flickan den senaste stunden och när Sanela gick ut i hallen och drog på sig de gamla stövlarna fanns det en ny yrvädersflicka i den smala tunna kroppen. Ingegerd gladdes åt förändringen hon såg, men i samma stund som hon hörde hur ytterdörren öppnades och stängdes slöt hon sina ögon och släppte fram sömnen.

Kapitel 16

Hösten smög sig in i trädgården. Allt det mörkgröna bladverket förvandlades långsamt till gult. De spänstiga välmående hostorna längst ner i trädgården blev tunnare och tunnare för att tillslut tappa all sin ork och lägga sig ner på marken. Riddarsporrar, stormhatt och iris blev svagare och svagare och knäade till slut i sina rabatter. Trädgårdslandet tömdes mer och mer och slutligen låg det helt tyst under endast ett par högresta purjolökars vaktande överinseende. De enda blommande ljusglimtarna i trädgården var några rosor som varje dag kämpade mot den kyliga luften och de fuktiga dimmorna. Täckta av daggdroppar slog de varje morgon ut sina rosa blad för att förgylla den annars så grågröna dagen.

"Hösten är här." sa Sanela en eftermiddag när hon stod och vände kompostjorden. "Frukten är slut på träden och blommorna håller på att gå i ide över vintern."

Ingegerd nickade.

"Ja, det är kyligt nu. Det är skönt när solen är framme, men här i skuggan är det kyligt även på dagarna. Men det är fortfarande lite höststädning kvar att göra i trädgården innan vi också kan gå i ide."

Sanela gjorde ett litet uppehåll i grävandet och tittade en stund på Ingegerd innan hon fortsatte sitt arbete. Vad blicken hade betytt förstod inte Ingegerd riktigt, men kanske var det helt enkelt så att Sanela verkligen inte ville gå i ide?

Ingegerd såg på den unga kvinnan som hade klättrat upp och ställt sig i den överfulla kompostlådan. För att skydda sig något från det smutsiga arbetet hade hon dragit på sig en gammal regnrock och kraftiga trädgårdshandskar. Med stadiga tag körde hon ner grepen i jorden under sig, drog upp ett överfullt lass med förmultnande trädgårdsrester och kastade över jord, pinnar och bladrester till kompostlådan bredvid. Hon såg stark och stadig ut där hon stod. Den lilla späda kroppen med dess bleka ansikte och mörka ögon hade blivit stabilare och gladare. Kanske till och med lycklig? Sanela hade fått mängder med sol, vila och näring vilket hade gett henne ett underbart rosigt skinn och starkare ork. Det var fantastiskt att se.

Själv var Ingegerd tröttare än hon någonsin hade varit. Foten hade visserligen läkt som den skulle, men skadan hade tärt på henne och när hon äntligen kunde börja gå som vanligt på foten kändes både höft och leder gnissligare och mer ömmande än tidigare. Hon somnade tidigare på kvällarna och sov längre på morgnarna. Det hade till och med hänt att hon hade somnat på träbänken under linden mitt på dagen. Kylan verkade också nå henne lättare nu. Hon blev fort kall och klädde sig varmare och varmare för varje morgon.

Ingegerd suckade och genast kände hon Sanelas oroliga blick på sitt ansikte.

"Hur är det Ingegerd? Är du trött? Vill du gå in?"

Ingegerd skakade på huvudet. Nej, det ville hon inte. Höstluften var underbar och trädgården ville ha sällskap nu när det snart var dags för den att gå och sova. Och själv ville hon känna allt ordentligt. Hon var gammal, åttiofem år förra veckan, och den nya Blomsterflickan hade flyttat in.

Ingegerd drog ett djupt andetag. Tanken på att det här kunde vara hennes sista kyliga höst var svindlande och lite, lite sorglig. Hon kände allt så väl i trädgården. Varje växt och varje blomma. Men ändå ville hon ha många fler stunder och många fler dagar i trädgården. Hon ville se förändringen från dag till dag – hur en knopp från ena dagen till den andra slog ut sina kronblad, hur de ljusgröna unga skotten växte till mörkgröna stänglar, hur fruktträdens blommor förvandlades till solvarma ätbara frukter.

”Åh, det är bara det att jag njuter, Sanela lilla. Det är en härlig höstdag och du är så vacker när du kastar jord omkring dig. Själv står jag bara här och tittar på, gammal som jag är.”

Sanela skrattade till.

”Du är snäll du. Vacker? Jag? Herregud, jag ser hemsk ut. Jordig och skitig.”

Sanela kisade mot henne på det där märkliga sättet som hon envisades med att göra och Ingegerd såg plötsligt för sig hur bara den ena ansiktshalvan skulle vara rynkig när Sanela blev gammal.

Sanela grävde vidare och inom kort hade hon nått botten på komposten. Där nere var jorden tjock och mullrik och erbjöd en fantastisk näring till vårsåddens alla bäddar. Fram tills det var dags att använda den fick den ligga kvar så den var lätt att komma åt. Lite av den kraftiga jorden la Sanela på toppen av det andra kompostberget i lådan bredvid för att nedbrytningsprocessen skulle komma igång bättre. Sedan ställde hon sig bredvid Ingegerd och såg på sitt dagsverke.

Ju mer tid de tillbringade tillsammans desto tydligare blev det att Sanela tyckte om platsen. Hon tyckte om huset och trädgården och hade inga problem att hantera Ohlssons gnälliga toner. Tvärtom verkade hon uppskatta samtalen med grannen och det hände ofta att hon fick honom att skratta.

”Det är en rar tös det där.” sa Ohlsson vid ett tillfälle till Ingegerd som nickande hade hållit med.

”Ja, det är hon verkligen.”

Nu stod de vid komposten. Ingegerd tittade på Sanela vars ansikte var lugnt, precis som det brukade vara när hon befann sig i trädgården. Men Ingegerd såg någonting annat också, något som hon inte riktigt kände igen.

”Så, nu tänkte jag städa ett par rabatter.” sa Sanela och mötte Ingegerds häpna blick.

”Men, kära du. Det har du ju redan gjort. Du behöver verkligen inte göra mer idag.”

”Fast jag vill. Jag behöver tänka, och då är ogräsrensning det allra bästa.”

Ingegerd höll med. Hur många gånger hade hon själv inte förlorat sig i funderande tankar vid rabattkanterna?

”Då går jag in och lämnar dig och dina tankar ifred.” Ingegerd klappade Sanela på regnrockens ärm innan hon vände sig om mot huset.

”Gå in och vila, Ingegerd. Du ser trött ut.” hörde hon Sanela säga och hon höjde ena handen till svar medan hon långsamt gick framåt på grusgången.

Ingegerd gick in i huset, satte på en kopp kaffe och medan hon väntade på att drycken skulle bli färdig stod hon vid köksfönstret och såg ut över trädgården. Längre bort, på andra sidan linden, skymtade hon då och då Sanela som verkade ha gett sig i kast med rabatterna intill pergolan. Ingegerd såg hur den mörka hästsvansen gungade till när den unga kvinnan jobbade och hon kände plötsligt hur hjärtat värmde. Nästa Blomsterflicka hade hittat hem, men fortfarande fanns det vissa orosmoln när det gällde framtiden. Sanela hade slutat säga att hon snart skulle återvända till staden, men Ingegerd visste inte riktigt vad som rörde sig i flickans huvud.

”Du borde verkligen prata med henne.” bannade hon sig själv.

Kaffet var färdigt och Ingegerd tog med sig den varma koppen in i vardagsrummet. Hon slog sig ner vid skrivbordet och tog fram trädgårdsdagboken. Innan hon slog upp den lediga sidan tittade hon upp på hättan som precis som vanligt prydde väggen mellan fönstren. Hade Sanela tittat närmare på den? Kanske, kanske inte. Hon hade inte frågat om den, men i Sanelas fall behövde det inte betyda att hon inte hade lagt märke till den.

Ingegerd drack eftertänksamt upp sitt kaffe innan hon började skriva i dagboken. Hon skrev några rader om höstens intåg och Sanelas kompostgrävande. Som vanligt blev det inte mycket skrivet, och hon la långsamt ner pennan bredvid boken. Hon var värdelös på att skriva dagbok. Ingegerd bläddrade igenom dagboken och tittade kritiskt på sina korta anteckningar. På ett uppslag var texten mer utförlig än vanligt och hon stannade till. Anteckningen var från den tjugoförsta september:

”Varje kväll läser Sanela ur ’Mediciner för hemmabruk’. Sida efter sida läser hon och emellanåt läser hon högt för mig, frågar eller bara förundras över vilket fantastiskt rikt apotek som finns i vår natur. Idag stod hon hela eftermiddagen i köket och provade olika recept. Det blev badolja (fast vi inte har något badkar),

massageolja, olika vinäger- och oljeinläggningar, salva mot narig hy samt ett par olika väldoftande potpurrier."

Ingegerd skrattade till för sig själv när hon läste dagboksanteckningen. Hon mindes tydligt att hela köket hade sett ut som ett laboratorium med byttor, skedar och kastruller överallt. Sanela hade läst recepten tre gånger innan hon började med sitt pyssel för att vara riktigt säker på att hon gjorde rätt och när hon hade det färdiga resultatet i sin hand hade hon varit riktigt nöjd.

Massageoljan hade de haft mest användning för. Den hade gjort underverk med Ingegerds stela fot och smalben.

Sedan hade Sanela nämnt något om att Ingegerd borde göra olika preparat och sälja dem. Det fanns gott om folk, påstod hon, som gärna skulle betala för naturmedlen.

Ingegerd satt vid skrivbordet, hennes blick var riktad mot hättan men tankarna var någon helt annanstans. Själv var hon alldeles för gammal för att börja sälja saker. Men Sanela då? Kanske skulle hon kunna göra det? Det skulle vara ett perfekt yrke för en Blomsterflicka.

Sanela. Ingegerd fick plötsligt lite dåligt samvete för den unga kvinnans skull. Hon borde verkligen ta sig i kragen och berätta. Sanela visste fortfarande inget om Blomsterflickorna. Hon visste inget om dagboksrummet på vinden eller om hättan på väggen. De hade aldrig pratat om känslan kring hjärtat, den roterande gyllene värmen, och Ingegerd visste inom sig att det var hög tid. Det borde ske snart. Kanske redan till kvällen? Nej, förresten. Det fick bli i morgon kväll. Den här dagen skulle hon ägna sig åt att försöka minnas allt hon behövde berätta. Så att allt blev rätt.

Ingegerd slog ihop trädgårdsdagboken och såg ut genom fönstret. De stora pilträden hade tappat nästan alla sina spetsiga blad och i och med det tillät träden henne att se ut över landsvägen. Som vanligt låg vägen tyst och tom.

Allt var lugnt. Förutom köksklockans tickande hördes inget i huset. Inte ens de små krafsande ljuden hördes för tillfället. Vid den här tiden hände det ganska ofta att möss flyttade in i väggarna, men så länge de inte bet sönder saker och ting var de också välkomna in i huset för att värma sig. Men den här eftermiddagen var till och med mössen lugna. Kanske var de ute medan vädret tillät för att sedan komma in och boa in sig bland de åldrade tegelstenarna och träreglarna i det gamla sneda huset. Eller kunde hon kanske tacka Sture för lugnet? Nej, hon trodde inte det. Den katten verkade inte göra någon nytta alls.

Dagen därpå var det lördag och för första gången på flera veckor tänkte Ingegerd ta sig till staden och till Ranunkeln. Hon behövde ha tag på vita tulpanlökar, kanske så många som fyrtio-femtio stycken. Ja, kanske ännu fler. Och hon behövde några som blommade som vackrast i maj månad. En morgon hade hon nämligen vaknat ur en dröm där hon hade suttit under linden. Det hade varit en vacker majmorgon. Från sin vilsamma plats hade hon sett på de vita stjärnorna under det ljusgröna levande kastanjetaket och i drömmen hade hon tänkt att hon äntligen hade gett trädgårdens mörka hörn det där lilla extra. Färgerna hade nästan varit lysande och i samma stund som hon hade slagit upp sina ögon hade hon bestämt sig för att förverkliga drömmen.

Tröttheten gjorde sig påmind och Ingegerd reste sig från skrivbordet. Hon ställde ut sin kaffekopp i köket och gick sedan in i sovrummet för att vila en stund.

I nådens år 1697

Elin sköt upp trädörren och kisade mot morgonsolen som fortfarande nådde fram över den täta molnmassan som sakta men säkert närmade sig. Det var ingen tvekan om att det skulle bli regn lite längre fram på dagen. Det var lika bra att få sysslorna gjorda så tidigt på dagen som möjligt.

Intill stenhusets vägg hade fläderskottet vuxit sig stor och nedanför den blommade lavendeln tät bredvid kungsmynta och salvia. Några steg bort från huset blommade mängder med vackra växter. Tillsammans spred de en ljuvlig doft omkring sig och drog till sig allehanda insekter. Trädgården som låg mitt emellan skog och äng var enastående.

Medan hon gick mot det skeva uthuset drog hon handen genom växterna och tackade dem för deras livskraft. Hon tvekade inte ett ögonblick på att det var deras nektar, doft och läkande blad som hade räddat henne från att bli vansinnig. Faktum var att den begynnande galenskapen hade försvunnit i stort sett samma stund som hon hade fått tillträde till gården. Då hade hjärtat plötsligt släppt sitt krampaktiga grepp om hennes sinne och själ och hon hade återigen fått tillgång till sin egen ork. Och det märkliga var att även gården med alla sina växter också verkade få ny kraft i samma stund som hon flyttat in.

Växterna som från början hade varit snåriga, misskötta och på många ställen döende hade fått ny energi när hon kom till platsen. Nya skott sköts från jorden och blommorna gick från att ha varit tillplattade och små till att bli stora, fylliga och rika på nektar. Allt hade gått från att vara sorgligt till att bli vackert. På bara några månader hade hon förvandlat ödegården till ett hem där hon faktiskt kände sig lycklig. Inte för att kyrkan fick veta det. Nej, mot dem höll hon sig fortfarande kort i tonen. Om de skulle mötas, vill säga. Förutom prästens resa för att välsigna gården åt kommande Blomsterflickor hade ingen av kyrkans män närmat sig. Och när hon själv kom till staden undvek hon kyrkan. Hon ville inte ha med dem att göra. Dokumentet som hon hade fått av prosten vid överlämnandet låg skyddat inne i kammaren och även om hon inte själv kunde läsa orden så kände hon i hjärtat att dokumentet var äkta och att huset verkligen tillhörde henne och kommande Blomsterflickor. Hon må avsky kyrkan, men dokumentet var viktigt.

Elin gick in i inhägnaden och var noga med att haspa efter sig. Sedan gick hon in i det låga skjulet och lämnade dörren öppen bakom sig. Hon hälsade geten god morgon när denna trängde sig förbi i det öppna dörrhålet för att komma ut och plockade sedan åt sig två ägg som hon hittade i hönornas reden. På vägen ut ur skjulet stannade hon till vid den låga krukan och hällde upp fröna hon hade haft med sig i den lilla förklädesfickan. Hönorna kom genast fram och började picka bland maten och Elin tittade på sina husdjur en stund innan hon lämnade hägnet. Hon stängde noga efter sig och stod sedan och tittade roat på medan geten tuggade på det långa gräset och en reva krasse som han fått tag på genom stängslet.

131

Inne i huset glödde det fortfarande i eldstaden och Elin kokade de två äggen till frukost. När det var dags att äta satte hon sig på det låga trappsteget in till huset och njöt av solen som sken på hennes ansikte.

Livet och tillvaron hade vänt från att ha varit plågsam och kall till att bli tillfreds och varm. Hon hade fått sin fristad, precis som hon hade lovat Gudrun den där hemska dagen tjugofem år tidigare. Kanske borde hon känna sig som en segrare, men det gjorde hon inte. Istället kände hon sig bara tacksam och, för en gångs skull, trygg. Efter ett hårt liv kändes kroppen sliten och trött och hon kunde inte låta bli att fundera över om det verkligen skulle komma en nästa Blomsterflicka. Det var inte så att hon tvivlade på Gudruns ord, men de kändes fjärran. Som om de var något hon hade hört i en dröm. Varje gång tankarna dök upp intalade hon sig att framtiden skulle utvisa vad som skulle ske med huset och Blomsterflickorna. Till dess fortsatte hon att älska och bli älskad av trädgården.

Kapitel 17

På lördagens morgon satt Ingegerd och Sanela vid köksbordet och åt frukost. Utanför fönstret föll ett ihållande höstregn och de hårda kalla dropparna knackade hårt på fönsterrutor och tak när de föll ner från de tunga grå molnen. Mitt på bordet hade Ingegerd ställt fram några ljus för att sprida lite värme och mysstämning till den mörka morgonen.

Det var slutet av oktober, och morgonen därpå var det dags att vrida tillbaka klockan. Sommartid skulle bli till vintertid. Det var dags för vila, inte bara för djur och trädgård, utan även för människor.

Det var tyst vid frukosten den här morgonen. Precis som under gårdagen verkade Sanela vara någon helt annanstans i sina tankar, och Ingegerd ville inte störa. Men visst var hon brydd. Något var inte riktigt rätt, det märktes tydligt.

"Vill du åka med in till staden idag, Sanela?" frågade Ingegerd och bröt därmed tystnaden. "Jag tänker trotsa vädret och besöka Ranunkeln."

Sanela hade just tagit en stor tugga av sin smörgås och skakade därför bara på huvudet till svar. Efter en stund svarade hon:

"Nej, jag blir här idag."

"Jag blir inte borta länge. Åker med tiobussen och kommer hem någon gång mitt på dagen."

Sanela nickade frånvarande och Ingegerd tittade frågande på henne. Till slut kunde hon inte hålla sig längre.

"Du verkar fundersam, Sanela. Både igår och idag. Är det något på tok? Mår du inte bra?"

Sanela log försiktigt över bordet.

"Jag mår bra. Det är okej med mig. Det är inget alls."

Ingegerd kände sig inte ett dugg övertygad. Det korta leendet och det snabba svaret, eller de snabba svaren rättare sagt, var inte likt den Sanela som hon lärt känna. Men hon ville inte vara påstridig och lät därför det hela passera.

Ranunkeln bestod av två gatuhus som låg intill varandra. Ingången till affären låg längs en av stadens äldsta gator, och från utsidan såg butiken liten och oansenlig ut. Husen var av korsvirke i gult och brunt och reglar och tak såg ovanligt sneda och vinda ut, som om hela huset var på väg att sjunka ner i ena änden. Här och var längs den murade stensockeln trängde stockrosor upp ur springorna i asfalten. Ovanligt nog hade man inte bytt ut de små fönstren till stora skyltfönster. Istället hade man hängt rejäla blomlådor under de tre fönstren som vette mot gatan vilket gav butiken en gammeldags känsla. Entrédörren var däremot ny. Helautomatisk till och med, vilket gjorde underverk för alla som kunde behöva den extra hjälpen. Ovanför den nya dörren stod det Ranunkeln med gammalmodiga bokstäver.

Ingegerd älskade affären. Hon såg alltid fram emot sina besök där och den här lördagen var inget undantag. Hon gick långsamt genom alla gångarna, ville inte riskera att missa något. Hon tittade på krukväxter och blomdekorationer med ett leende på läpparna och vände och vred på alla presentartiklar och böcker. Efter en liten stund fick hon syn på en hink full av färgglada vindsnurror. Ingegerd lyfte upp en vindsnurra och tittade närmare på den. Den var i plast, så att den skulle klara regniga dagar, och bladens yta hade ett sirligt mönster. Tunna blomrankor ringlade sig över de färgglada vingarna och när hon höll upp snurran mot den vassa lysrörslampan i taket såg hon att ljuset trängde igenom det brutna mönstret. Sanela hade haft en vindsnurra i trädgården i Kroatien. Den måste ha sett ungefär likadan ut. Ingegerd blåste försiktigt på snurran och de stora bladen roterade glatt i vindströmmen. Snurran var ett barns enkla leksak. Skulle en sådan verkligen passa i Blomsterflickans trädgård? Själv ville hon inte ha någon, men det skulle ju inte vara för hennes skull utan för Sanelas. Å andra sidan hade Sanela inte direkt sagt att hon tyckte om vindsnurror, hon hade bara sagt att hon hade haft en. Efter bara ett par sekunders tvekan bestämde sig Ingegerd. En sådan skulle flickan ha, det var ett som var säkert.

Lite längre in i butiken fanns en helt ny hyllsektion uppsatt och Ingegerd närmade sig nyfiket sakerna. Hyllorna var fulla av små påsar, pappersförpackningar, presentpåsar och glasburkar. De såg väldigt exklusiva ut och Ingegerd lyfte upp en liten glasflaska med gulbrunt innehåll för att förstå vad det var hon hade framför sig. Runt den lilla flaskhalsen satt ett litet brunt snöre, och i snöret fanns en liten etikett fastsatt. Hon öppnade den hopvikta etiketten och läste förvånat texten:

"Kamomillolja. För sköna stunder i badet."

Ingegerd tittade häpet på den lilla flaskan vars innehåll kanske skulle räcka till två bad, om man var snål.

Sedan tittade hon på prislappen och kände hur hakan föll ner flera centimeter.

"Femtiofem kronor!" utbrast hon.

Med blossande kinder ställde hon tillbaka flaskan på sin plats och började sedan metodiskt gå igenom de övriga produkterna. Där fanns allt Sanela hade pratat om – massageoljor, badoljor, salvor, krämer, tinkturer. Och precis som Sanela hade sagt var priserna höga.

"Kära tid." mumlade Ingegerd för sig själv innan hon gick vidare. 'Mediciner för hemmabruk' var tydligen en fantastisk tillgång. Om man hade vett att ta betalt, det vill säga. Tänk om hon skulle ta betalt nästa gång Ohlsson ville ha lite kamomillte? Och om gnällspiken klagade kunde hon säga åt honom att köpa sitt kamomillte på Ranunkeln nästa gång. Ingegerd skrattade åt tanken. Då hade Ohlsson nog häpnat. Ja, det hade hon själv också gjort förresten. Ta betalt av grannen – det skulle hon aldrig göra.

Ingegerd gick vidare i affären. Till slut var hon framme vid den stora hyllsektionen som erbjöd vårlökar och började leta bland tulpanerna. Strax hittade hon vad hon sökte och hon tog hela sju påsar av de vita tulpanerna. I drömmen hade mängder av vita blommor lyst som stjärnor under det ljusgröna vårtaket, och det var precis så hon ville ha det.

"Så, sjuttio stycken måste räcka." mumlade hon för sig själv när hon hade famnen full av prassliga lökpåsar och gick vidare.

Medan hon strövade fram mellan gångarna tänkte hon på Sanela. Den unga kvinnan hade inte varit sig riktigt lik de senaste dagarna, och Ingegerd var orolig. Under de åtta veckor som gått sedan Sanela bott i huset hade den unga kvinnan gått från att vara osäker, blyg, skadad och trött till att bli glad, energirik och nyfiken. Hon var ett underbart sällskap och en enastående kraft för trädgårdens alla utmaningar. Det fanns inte något arbete, varken litet eller stort, som hon vägrade göra. Tvärtom verkade hon älska utmaningarna. Hon älskade växterna och verkade veta precis vad som krävdes av henne för att de skulle må ännu bättre. Sanela var verkligen en sann Blomsterflicka. Emellanåt tänkte Ingegerd att Sanela var mer Blomsterflicka än hon själv någonsin hade varit. Fast det var ju skillnad förstås. Ingegerd hade levt i trädgården i många, många år och hon var gammal nu. För Sanela var trädgården helt ny. Det var inte konstigt att hon sprudlade och njöt. Ingegerd var själv likadan under sin första tid i trädgården. Jo, så var det förstås. Det var hon den första att erkänna. Varje morgon under de första åren hade hon sett trädgården som ett fantastiskt äventyr. Trädgården var fortfarande fantastisk, men den där första äventyrslustan hade försvunnit efter några år i det grönskande paradiset. Men det hade inte gjort något. Äventyrslustan hade bytts ut mot djup kärlek och vänskap.

Regnet smattrade mot hennes bärbara gröna tak. Det luktade höst i luften och kylan som svävande väntade över trottoaren, ringlade sig närmare och närmare Ingegerd när hon kom ut ur Ranunkeln. Envist försökte den leta sig in under hennes kläder, men Ingegerd var ännu mer envis och drog sjalen ett extra varv kring den blottade halsen för att hålla kylan på avstånd.

Det var lugnt i staden den här dagen. Det verkade som om folk höll sig undan höstregnet. Bussen skulle snart gå hemåt och hon skyndade sig så gott hon kunde till busskuren för att komma undan det kalla regnet.

När Ingegerd klev av bussen ute på landsvägen hade regnet slutat falla. Några enstaka droppar föll ner på henne från de yviga pilarnas kala grenar, men himlen hade gått från att vara mörkt grå till en betydligt ljusare nyans och regnmolnen hade skingrats. Det var höstkyligt i luften, men vädret påverkade inte Ingegerds glada humör där hon gick. Under bussresan hade hon funderat på de skojiga små glasflaskorna och presentpåsarna i cellofan som hade sett på Ranunkeln och såg fram emot att berätta för Sanela vad hon hade hittat.

Väl inne i huset skakade hon av sig de våta dropparna och så tyst hon kunde gick hon in i sovrummet och gömde vindsnurran.

"Sådär ja." sa hon nöjt för sig själv när vindsnurran hamnade i nedersta byrålådan.

I samma stund hörde hon hur ytterdörren öppnades och Sanela kom in. De välbekanta stegen trampade runt i hallen en liten stund och Ingegerd skyndade ut ur sovrummet så fort hennes bråkande höft tillät.

"Hej, kära vän." sa Ingegerd i avspänd ton från köket och hoppades att Sanela skulle tro att hon stått där länge.

"Hej." sa Sanela enkelt och försvann in i sitt rum.

Ingegerd såg häpet efter henne, men viftade sedan bort det hela. Istället satte hon igång med att göra lite kaffe och medan de varma dropparna föll ner i kannan gick hon in i skafferiet och hämtade kakburken. Hon öppnade locket och tittade ner i burken. Tre chokladsnittar låg och skramlade på botten.

"Tre? Men snälla du."

Att det var hon själv som hade länsat burken var hon övertygad om. Det hände alldeles för ofta att hon passade på att ta en kaka när hon ändå hade ett ärende i skafferiet.

Muttrande över sina egna kakfasoner backade hon ut ur skafferiet med kakburken i sin hand. De tre kakorna skulle Sanela ha till kaffet. Om hon ville förstås.

Ingegerd dukade fint på köksbordet. Kaffekoppar med fat, servetter, mjölk i en liten tillbringare och det vackra ljuset av bivax. Och precis när hon ställde fram det lilla, lilla kakfatet kom Sanela ut i köket.

"Åh, så bra att du kom Sanela. Vill du ha lite kaffe med mig?"

Sanelas ansikte var spänt och nickningen hon gjorde var lite ryckig. Ingegerd tittade oroligt på henne när hon slog sig ner på köksstolen. Själv satte hon sig i kökssoffan mitt emot och försökte se in i de mörka ögonen.

"Men, hur är det fatt Sanela? Mår du bra?"

Först kom det inte något svar och Ingegerd hann bli orolig på riktigt för flickans hälsa. Men precis när hon skulle fråga igen öppnade Sanela munnen.

"Jag har bestämt mig för att..."

Rösten var tunn och orden snabba och slutet på meningen var ohörbar. Ingegerd vred på huvudet för att hennes bästa öra ensamt skulle få ta emot orden och log uppmuntrande.

"Vad sa du hjärtat? Jag hörde inte riktigt. Vad har du bestämt dig för sa du?"

Sanela satt tyst och såg ner på sin kaffekopp. Ingegerd försökte igen.

"Vad sa du? Min hörsel är gammal och dålig, min vän. Jag hörde inte."

Då lyfte Sanela ansiktet och Ingegerd såg rakt in i de allvarsamma ögonen.

"Flytta. Jag har bestämt mig för att flytta."

Först visste hon inte vad hon skulle göra, så hon satt stilla. Och eftersom hon först inte visste vad hon skulle säga, så satt hon tyst. Efter en lång stund återfick Ingegerd rörelse-, tal- och tankeförmågan.

"Men kära du! Flytta?"

Inte kunde Sanela flytta från huset och trädgården? Det var helt otänkbart. Vad skulle hända med Blomsterflickan då? Och vart skulle hon ta vägen? Som om Sanela hade hört hennes förvirrade tankar började hon berätta om sitt beslut.

"Jag har tänkt på det länge nu. Det är dags. Jag skulle ju bara stanna tills jag mådde bra igen, det sa vi ju, och jag mår bra nu. Jag har gått upp i vikt, fått sol, känner mig frisk. Det är dags för mig att åka nu."

Ingegerd visste inte vad hon skulle säga eller göra. Flickan mitt emot henne såg inte alls frisk ut. Av den kraftfulla och energirika flicka som under hösten arbetat hårt i trädgården fanns inte ett spår, istället var hon väldigt lik den första Sanela som Ingegerd hade mött. Försiktig, ängslig och till synes helt utan självförtroende. Fast hon kunde ju inte hålla henne kvar. Eller? Ville Sanela lämna huset så måste hon få göra det.

"Men vart ska du ta vägen?" frågade Ingegerd oroligt.

Sanela log ett halvt leende.

"Jag ska tillbaka hem. Rickard väntar på mig. Jag har pratat med honom i telefon. Allt ordnar sig."

"När åker du då?"

"Nu. Snart. Lite senare i eftermiddag."

"Idag?!" utbrast Ingegerd.

Sanela svarade inte och Ingegerd kände sig helt handfallen. Hon kunde inte hitta någonting att säga. Köksklockan tickade på väggen bredvid, kaffet doftade och dagens första solstråle föll in genom fönstret. På stången framför den gamla vedspisen hängde kökshandduken prydligt bredvid den gamla spiskroken och köksvågen som stod längst in under skorstensstocken visade som vanligt på hundra gram. Allt var som det skulle i det gamla köket. Fast ändå inte. Något hade precis hänt, och det märkliga var att klockan fortfarande tickade och solen fortfarande sken. I Ingegerds hjärta däremot hade allt stannat.

”Det är slutet av oktober. Trädgården är fin inför vintern. Det finns inte mycket att göra därute nu. Möjligtvis att klippa ner de sista rosorna när de har vissnat. Men allt annat är klart. Vill du ha hjälp med något mer innan jag åker, så hjälper jag dig gärna Ingegerd.”

Inte kunde väl Sanela mena allvar? Skulle hon verkligen lämna huset och trädgården? Tanken var helt främmande. Det fanns ju så mycket mer till henne här. Dagboksrummet, historia, trädgårdsplanering, vårsådd, sol och regn. Här fanns livet.

”Men Sanela...” sa Ingegerd. Sedan tystnade hon. Vem var hon att ifrågasätta flickans beslut? Att Sanela hade funderat över saker och ting de senaste dagarna, det hade hon sett, men att det hade varit så stora funderingar hade hon inte haft en aning om.

”Jag har älskat att vara här. Trädgården och huset är fantastiska. Och du är också fantastisk, Ingegerd. Du har hjälpt mig när jag verkligen har behövt stöd och du har gett mig tid att läka i lugn och ro.”

Ingegerd lyssnade förfärat på Sanela som log ett lugnande leende över bordet.

”Jag vet vad du tänker. Du tänker 'varför ska hon tillbaka till källaren? Varför ska hon utsätta sig för slag igen?' och allt jag kan säga är: Nej, det ska jag inte. Jag är stark nu. Jag mår bra. Jag kan själv. Jag har lärt mig mycket om mig själv medan jag har bott här hos dig. Och förresten var det lite mitt eget fel förra gången. Den här gången kommer det att bli annorlunda. Rickard behöver hjälp, och jag är övertygad om att jag kan hjälpa. Jag måste i alla fall prova, annars kommer det alltid att kännas som om jag misslyckades."

Ingegerd visste varken ut eller in. De hade aldrig pratat om vad som hade hänt med Sanela och varför hon hade varit inlåst. Allt det där hade Ingegerd räknat med att de skulle ha tid att diskutera under den kalla vintern. Hon hade gått försiktigt fram för att inte skrämma. Men nu verkade det som om Blomsterflickan mitt emot henne skulle rinna ur hennes vårdande försiktiga händer.

"Misslyckades med vad?" Även om Ingegerd inte kunde behålla Blomsterflickan så behövde hon i alla fall förstå vad Sanela menade.

Sanela ryckte på axlarna.

"Misslyckades med att vara rätt person för Rickard. Och..." hon gjorde ett uppehåll och drog efter andan. "misslyckades med att vara bra." viskade hon.

"Men kära söta du! Misslyckas? Du? Det är inte möjligt. Du är jättebra!"

Sanela hade bestämt sig, det fanns inget Ingegerd kunde säga som skulle få henne att ändra sig. Insikten grep tag om Ingegerd och hon kände sig mer sorgsen än hon någonsin hade gjort.

"Men du har ju fortfarande inte träffat Tage..." hörde hon sig själv säga. Orden var förstås helt irrelevanta. Varför skulle det spela någon roll om Sanela hade träffat Tage eller inte?

"Tage?" sa Sanela frågande.

"Tage hjälpte oss när du kom hit. Du kanske inte minns honom."

"Jo, lite grann." Sanela bet sig i läppen och hällde upp lite kaffe till dem båda. "Kaffet håller visst på att kallna. Vi får skynda oss att dricka upp det." Hon gjorde en lång paus och såg på Ingegerd innan hon fortsatte. "Nej, jag har inte träffat Tage. Och det finns säkert massor av härliga människor här omkring. Ohlsson till exempel." log hon. "Och Sture. Men jag har bestämt mig. Det är dags för mig att åka nu."

Ingegerd rörde sig inte ur fläcken. Tankarna virvlade osammanhängande runt i huvudet på henne och hon förstod med ens att huset och trädgården var i fara. Framtiden var plötsligt inte helt säker. För vad skulle hända om Sanela faktiskt inte skulle komma tillbaka? Ingegerd skulle inte orka för evigt. Faktum var att hon redan nu undrade hur hon skulle orka med våren i trädgården med all sin nedklippning och plantering. Tage skulle säkert hjälpa henne, om han orkade, men trädgården skulle behöva sin Blomsterflicka.

Hon borde förklara. Men att börja berätta om Blomsterflickan och trädgården nu kändes helt galet. Det skulle bli som att i ett desperat försök hålla kvar Sanela. Tvinga henne att stanna. Och så fick det inte bli. Trädgården skulle vara en glädje, inte ett tvång. Sanela ville resa och trots att det skar i hennes hjärta var Ingegerd tvungen att låta henne gå.

"Jag köpte nya tulpanlökar på Ranunkeln idag. Kanske du kan hjälpa mig att sätta dem innan du reser?" frågade Ingegerd svagt och tittade upp. "Det vore trevligt att ha en stund i trädgården tillsammans innan du packar."

Sanela lutade sig framåt över bordet.

"Självklart, Ingegerd. Självklart vill jag hjälpa dig med det. Vad har du köpt för färg?"

"Vita."

"Åh, så fint! Var ska du ha dem?"

"Utströdda under kastanjeträden."

"Åh! När de blommar bland hostorna kommer det att se ut som om stjärnor har fallit ner från himlen."

Ingegerd nickade. Precis som hon trott skulle Sanela förstå.

"Ja. Jag tror att det blir fantastiskt bra."

Sanela drack ur de sista kaffedropparna och ställde ner sin tomma kopp på bordet.

"Så, ska vi sätta igång? Regnet har ju slutat, så det blir nog en skön stund i trädgården."

Ingegerd nickade, men kunde inte för sitt liv få ner något kaffe. Istället reste hon sig och nickade mot hallen.

"De ligger i den vita påsen. Jag köpte sjuttio stycken. Och jag hoppas verkligen att alla tar sig."

Iklädd stövlar och regnjacka stod Ingegerd med den vita påsen i handen i lusthuset. Hon tittade på medan Sanela stegade runt bland de vissnande hostorna och tryckte ner tulpanlökar i jorden runt omkring sig.

Det var en märklig känsla att se den unga kvinnan förverkliga drömmen. Å ena sidan kändes det fantastiskt att hon faktiskt skulle få se och njuta av de vita tulpanerna när värmen väl kom tillbaka. Det skulle bli precis som i hennes dröm. Å andra sidan kändes det sorgligt och vemodigt. Det här var det sista Sanela gjorde i trädgården innan hon skulle resa, och Ingegerd ville se och ta in varenda rörelse som den unga kvinnan gjorde.

"Så där ja." sa Sanela när hon kom tillbaka till lusthuset. Så gott hon kunde skakade hon av jorden och leran från sina handskar innan hon tog av sig dem och gick in till Ingegerd. "Det kommer att bli väldigt fint."

Ingegerd lyckades inte le.

"Du kan väl komma tillbaka i maj, på besök, och se
när de blommar?" frågade hon.

Sanela log.

"Gärna."

Det blev en stunds tystnad. Ingegerd kunde inte
förmå sig att säga någonting. Allt Ingegerd ville göra var att
be Sanela att stanna, men hon såg på den unga kvinnans
bestämda hakspets att hon hade tänkt över sitt beslut länge
och att det inte fanns någon möjlighet att ändra sig.

"Så. Det är dags för mig att packa min lilla ryggsäck.
Bussen går om en kvart." Utan vidare frågor gick Sanela
mot huset. Ingegerd stod kvar i lusthuset och såg henne gå.

Kapitel 18

Varje eftermiddag klockan fyra ringde Tage. Samtalen blev nästan aldrig långa. De handlade om Love. De handlade om vädret och den kommande vintern som meteorologerna hade förutspått skulle bli kall. De pratade aldrig om Sanela, huset och Blomsterflickan. Ingegerd hade bara kort berättat att flickan hade lämnat huset, och Tage hade inte frågat vidare. Men visst undrade han, det hörde Ingegerd genom telefonluren. Någon dag skulle hon orka berätta allt.

Tre veckor hade gått sedan Sanela hade lämnat huset och i samma stund som hon sett den unga kvinnan stänga dörren efter sig hade Ingegerd tappat kraft. Höften bråkade mer med henne. Vristen kändes ostabil. Hörseln verkade bli sämre och huden i ansiktet hade blivit ännu rynkigare. Det sista var kanske omöjligt, men det kändes i alla fall som om rynkorna och de bekymrade linjerna kring ögonen och munnen blivit tyngre. Inom sig visste Ingegerd att allt det där bara var inbillning. Egentligen fungerade hennes kropp lika bra som förut, men sorgen tyngde ner henne. Den smet åt som ett betongblock kring hennes hjärta, leder och sinne och hon kände sig mer ensam än hon någonsin hade gjort tidigare.

Den här dagen var precis som alla andra de senaste tre veckorna. Klockan var halv åtta och frukosten stod framdukad på köksbordet. Kaffe, juice, smörgås och ägg. Ägget var ovanligt. Det brukade Ingegerd aldrig ställa fram till frukost. Det var något med den klibbiga konsistensen som var svår på morgontimmarna tyckte hon.

Ingegerd suckade och tog med en trött hand upp smörgåsen. Hon tittade på den spröda ostskivan med sina tusentals nålstick och kände hur doften av vällagrad brännvinsost letade sig fram till hennes näsa. Hon tog en tugga och medan hon långsamt malde sönder brödet mellan sina tänder tittade hon ut genom fönstret.

Årets första snöfall hade kommit under natten. Det var inte särskilt mycket, men tillräckligt för att ge en vit hinna till trädens och buskarnas grenar. Snön lyste upp i mörkret och hon välkomnade ljuset. För växternas skull hoppades hon på ordentligt med snö. Snön skulle ge dem det värmande och skyddande täcke de så väl behövde för att orka med vårens stora kraftmätning. När det väl var dags skulle de behöva all ork och energi de hade för att växa.

Ingegerd suckade igen. Vad fanns det för livgivande snötäcken till gamla tanter? Ett sådant hade hon verkligen behövt. Det var inte bara ensamheten och saknaden efter Sanela som gnagde på henne. Hon ängslades också för trädgården. När Sanela hade rest hade vindarna som drog genom växterna inte längre fört med sig lugn och tillförsikt, istället hade Ingegerd uppfattat sorg och önskan om att bli tröstad. Trädgården behövde sin Blomsterflicka för att må bra, och nu när Sanela hade rest igen så... Ingegerd skakade på huvudet. Det hjälpte inte att hon tänkte samma tanke om och om igen. Allt hon kunde göra var att hoppas att Sanela skulle komma tillbaka.

Smörgåsen tog slut och kaffet blev urdrucket. Kvar

på bordet stod ett ljummet ägg och ett glas juice. Ingegerd satt en stund och såg på tingen innan hon bestämde sig för att helt enkelt plocka bort dem igen.

Novemberdagen gick i sakta mak. Ingegerd trotsade den råkalla luften och tillbringade mycket tid ute bland trädgårdens växter. När kylan började krypa in på kroppen gick hon in och ägnade sig åt att planera kommande vår. Så fort de oroliga tankarna om husets och trädgårdens framtid började rotera försökte hon styra undan dem genom att sysselsätta sig.

Det fanns ingen glädje.

Det fanns ingen Sanela.

Kapitel 19

”Sista november. 'Om Anders slaskar så braskar julen'” sa Ingegerd för sig själv när hon klev ut ur huset vid niotiden på morgonen. Hon skakade på huvudet när hon såg sig omkring. Hon hade aldrig riktigt förstått sig på det där uttrycket. Det stämde nästan aldrig. Och hur skulle julen bli om Andersdagen var som den här dagen? Natten hade varit kall och även om ännu mer snö fortfarande inte hade kommit så var det bara en tidsfråga innan de vita flingorna skulle börja falla. Det var kallt, minus tre grader, och det kom rök ur munnen på henne när hon muttrade för sig själv:

”Vi får väl helt enkelt se hur julen blir.”

Ingegerd gick ut till landsvägen. Där, intill vägkanten, låg två buntar med granris. Bonden hade lämnat dem åt henne kvällen innan, men eftersom hon inte ville arbeta i mörkret hade de fått ligga under natten. Nu lyfte hon upp buntarna i de kraftiga snörena och bar ner alltihop till rosenträdgården.

När hon gick genom pergolan och vidare in i rosenträdgården stannade hon plötsligt upp. Hon insåg med ens att hon faktiskt log. Det var ett svagt leende, men ändock ett leende, och bara känslan av det fick henne att le ännu större och bredare. Hon älskade trädgården för att den gav henne kärlek då hon verkligen behövde det.

"Tack, kära trädgård."

Trädgården kändes lugn och Ingegerd välkomnade känslan. Med den nya energin som äntligen letat sig fram till henne drog hon på sig de fodrade trädgårdshandskarna och gav sig i kast med rosenträdgården.

Rosorna hade tillslut gett upp. På marken låg de sista bruna kronbladen och Ingegerd gick ett varv och plockade ihop de fallna löven. Sedan klippte hon upp snöret som höll ihop granrisbuntarna och började lägga ut granriset kring rosornas nedre stammar. De behövde lite extra värme inför vintern och tillsammans med granriset skulle snön ge dem en skyddande kupol där kylan inte kunde tränga ner och förstöra de känsliga rötterna.

Ingegerd arbetade vant och metodiskt och efter en liten stund var marken inne i rosfållorna övertäckta med grönt ris. När hon var färdig tittade hon sig besviket omkring. Arbetet hade gått alldeles för fort. Ingegerd hade ingen lust att gå tillbaka till ensamheten inne i huset så hon tog fram ogräsjärnet ur skjulet och satte igång med att rensa i grusgången. Inte för att det behövdes, men det var ett sätt att sysselsätta sig.

Det var en härlig dag och för varje krafsande rörelse med ogräsjärnet kände hon mer och mer glädje. En timme senare var hon färdig och när hon ställde in ogräsjärnet i skjulet kände hon mer ork än hon hade gjort på länge.

"Räfsat grusgångarna? Sista november? Och på en tisdag till på köpet?" log hon för sig själv. Jo, det var ett galet tilltag och grusgångarna hade inte behövt omgången. De hade heller inte blivit särskilt snygga av hennes framfart. Nå, det skulle rätta till sig så småningom.

Ingegerd såg på klockan. Den visade halv tolv. Det var snart dags för lunch, men det hade varit trevligt med lite sällskap för en gångs skull. Den senaste tiden hade varit så ensam. Hon gick in och gick raka vägen fram till telefonen i hallen. Hon lyfte luren och slog numret till Tage.

"Tage Assarsson."

"Hej, det är Ingegerd."

"Nämen hej!"

"Jag står här hemma och ska snart steka salt sill. Men jag vill gärna ha sällskap. Vill du ha lite lunch idag?"

"Oj, tackar som frågar. Gärna det!"

Det var trevligt och härligt med lunchsällskap. Både huset och Ingegerds hjärta blev gladare och piggare med besökare i huset. Och maten smakade bra. Sillarna var goda, precis som Tage hade förutspått. Och löksåsen hade en fantastisk rund och fyllig smak, precis som en riktigt god sås gjord på grädde brukade få. Den lyckades med bravur att väga upp potatisens lätt överkokta konsistens.

Samtalet rullade på. Som vanligt fanns inga sorgsenheter när Tage dök upp, vilket var exakt vad Ingegerd behövde.

"Så, nu har tösen varit borta i en månad ungefär. Eller hur?" frågade Tage plötsligt. Och Ingegerd, som för en gångs skull inte tänkt på flickan på flera timmar, ryckte till i kroppen. Tage såg den ofrivilliga rörelsen.

"Jag antar att du saknar hennes sällskap?" sa han milt.

Ingegerd nickade. Försiktigt till en början, men sedan med kraftiga rörelser.

"Ja. Verkligen. Jag saknar Sanela väldigt mycket."

"Kan jag förstå. Hon verkade vara en rar tös."

"Först var hon väldigt försynt. Ängslig och försiktig. Men sen… ja, hon liksom blommade ut. Blev full av liv och kraft."

Ingegerd tystnade och försvann in i tankar som hon så länge hade hållit förbjudna för sig själv. Efter en lång stund avbröt Tage hennes funderingar.

"När kommer hon tillbaka tror du?"

Ingegerd log ett snett leende.

"Jag vet inte om hon kommer tillbaka, kära Tage."

"Jo, men det måste hon väl göra? Sa hon inget om det när hon åkte?"

Ingegerd skakade på huvudet.

"Jag vet inte om hon kommer. Och jag är orolig och rädd. För huset och trädgården förstås. Vad ska hända med dem om nästa Blomsterflicka inte finns här? Men mest är jag kanske rädd för hennes skull. Tänk om något händer henne, Tage?"

"Vi kanske ska åka dit och besöka henne? Du och jag? Vi kan ta bilen in till staden och hälsa på."

Ingegerd övervägde hans förslag men skakade tillsist på huvudet.

"Nej, det gör vi inte. Sanela måste få komma fram till ett svar själv. Det var det hon ville, så det är det jag måste låta henne göra."

Tage nickade.

"Okej. Men om du vill så kör jag gärna."

Tage sträckte leende fram en hand över köksbordet och Ingegerd tog tacksamt emot den fasta handen.

"Jag tror inte att du behöver vara orolig, Ingegerd. Ärligt talat så tror jag faktiskt inte det. Det här huset och den här trädgården har haft sina Blomsterflickor ända sedan urminnes tider, och det finns inte en möjlighet att cirkeln plötsligt skulle brytas. Sanela kommer tillbaka. Kanske inte idag, kanske inte i morgon. Men jag tror inte att du behöver oroa dig för husets och trädgårdens skull.

"Åh, om jag ändå kunde vara lika säker som du."

Det blev en paus i samtalet.

"Vet du, det är inte bra för dig att gå här alldeles ensam och fundera över stora ting som inte kan lösas över en kopp kaffe." tyckte Tage sedan. "Du borde göra något roligt istället. Medan du väntar på att flickebarnet kommer tillbaka, menar jag. Kom på min födelsedagsfest. Jag fyller ju år snart, och då kommer släkten och firar. Och lite annat löst folk som jag har lärt känna under åren. Några från bygden här omkring. Dina grannar till exempel. Du är väldigt välkommen, Ingegerd."

Ingegerd övervägde tanken och hon såg visst mer tveksam ut än hon kände sig, för Tage la huvudet på sned och sa bedjande:

"Lilla Love kommer också."

Då skrattade hon till.

"Gärna. Jag kommer gärna Tage. Så roligt!"

Pratstunden blev än en gång livlig och glad och precis som vanligt lyckades Tage få henne på gott humör.

Kapitel 20

Kalasdagen var inne. Ingegerd stod i hallen och tittade på sig själv i hallspegeln. Hon hade försökt rätta till sina gråa lockar så att de istället för att spreta ut vid öronen skulle falla lite vackert vid kinden. Det hade gått åt mycket muttrande och kammande med vatten för att hon tillsist skulle bli nöjd och nu när hon såg på den gamla gumman i spegeln tyckte hon själv att hon såg rätt så uppklädd ut.

"Det var länge sedan det var kalas, Ingegerd. Kommer du ens ihåg hur man gör?"

På den lilla hallmöbeln låg ett paket inslaget i ett vackert papper och banden som låg tillskruvade och krulliga mitt på paketets framsida glänste i guld och brunt. Även ett otränat öga kunde se att innehållet var en bok. En ganska fyrkantig bok. Men det var inte formen som skulle vara en överraskning, det var själva boken. Och den var Ingegerd oerhört nöjd över. Hon var övertygad om att Tage skulle älska boken som handlade om postverksamheten genom århundradena. Från de springande budbärarna till dagens möjligheter som erbjöds via internet och telefon. Ett stort kapitel ägnades åt lantbrevbärarnas arbete såväl som sociala roll i bysamhället. Det fanns mycket fotografier varav ett var ett flygfoto över Hjalmars backe. Att den lilla, men branta, svängda kurvan fanns med i boken tyckte Ingegerd själv var oerhört roligt och hon visste att Tage skulle gå igång och berätta om sina eskapader i den vintriga backen. Han skulle än en gång få anledning att berätta hur han hade försökt cykla upp med väskan full av post, men gång på gång kasat baklänges nedför den isiga slänten.

Medan hon satt på bussen för att ta sig de tre kilometrarna bort till Tages hus kände hon sig med ens lite pirrig i magen. Det skulle bli roligt, förstås, men det var länge sedan hon var på kalas. Men Tage ville hon gärna fira.

Två stationer senare klev hon av och började gå de sista metrarna till Tages röda hus. Det var kallt i luften. Det blåste och vinden som drog mot hennes ansikte kändes hård. Fortfarande hade ingen snö kommit, men de gråblå molnen skvallrade om att snön låg på lur, redo att kasta sig över de tomma vägarna, de sovande gräsmattorna och de kala träden. Ingegerd såg upp mot himlen medan hon gick och hoppades att hon skulle hinna hem innan snön fick för sig att börja falla. Tillsammans med vinden skulle det i så fall bli besvärligt.

Utanför Tages hus stod det mängder med bilar, och såvitt hon kunde se rörde det sig mycket folk innanför fönstren. Än en gång blev hon tveksam. Skulle hon in i det där gyttret av människor? Vad skulle hon säga och göra?

”Sluta fåna dig, Ingegerd.” sa hon till sig själv. ”Tage fyller år, och självklart vill du fira honom.”

Födelsedagsbarnet själv stod vid dörren och öppnade för henne när hon tog de två stegen upp till verandan.

”Välkommen!” strålade Tage. Dagen till ära hade han klätt upp sig såg Ingegerd. Kostym och slips. Och kanske hade han låtit trimma ögonbrynen? Ingegerd var inte riktigt säker, för de var buskiga, precis som vanligt. Men något var annorlunda med dem. Kanske hade han försökt kamma ordning på dem? Precis som jag och mina grå lockar, tänkte Ingegerd och log när hon kramade om sin gamle vän.

Det var fullt med folk inne i huset. Hur i all världen alla dessa människor hade fått plats i bilarna som stod parkerade utanför huset övergick Ingegerds förstånd. Av mängden folk att döma var det snarare en, eller kanske två, busslaster med människor som hade vällt in i Tages charmiga röda stuga.

Ingegerd fick ett glas champagne i handen. "Fint ska det vara när man fyller åttiofem." hade Tage flinande sagt när han hade satt glaset i handen på henne. Sedan började han visa runt henne och presentera henne för folket. Ingegerd själv blev presenterad som "min underbara vän, Ingegerd" vilket gjorde henne oerhört stolt och nöjd.

De tog sig sakta men säkert genom folkhavet och ju fler ansikten och ju fler namn Ingegerd hörde desto mer förvirrad blev hon. Till en början ansträngde hon sig att försöka lägga namnen på minnet, men efter tio handskakningar gav hon upp. Det var för många att hålla reda på. Längst in i vardagsrummet stod en ung kvinna med ett barn på armen. Ingegerd gissade att pojken var ungefär ett halvår gammal och i samma stund som hon såg Tages stolta gester insåg hon att hon alldeles strax skulle få möta underbarnet Love.

"Det här är Hanna, Peters fru. Ja, Peter är ju ett av mina barnbarn. Och den här lilla," Tage skrynklade ihop hela ansiktet i ett stort leende "är Love. Mitt barnbarnsbarn."

"Trevligt att träffas." sa Ingegerd och hälsade på Hanna. "Love har jag minsann hört mycket om. Hur gammal är han nu?"

Tage såg bestört på henne och Ingegerd försökte dra sig till minnes hur länge sedan det var som Tage hade börjat prata om den fantastiska krabaten Love.

"Ungefär ett halvår." svarade Hanna.

Som för att understryka att detta stämde alldeles utmärkt flaxade Love till.

"Ehh!" sa Love.

Tage for ut med armarna.

"Ja! Det är jag det!"

"Va?" sa Ingegerd förvirrad.

"Han sa 'gammelmorfar Tage' hörde du väl?" sa Tage med en röst som svämmade över av kärlek. Ingegerd och Hanna skrattade åt honom, men ingen av dem vågade säga emot.

Ingegerd och Tage stannade och pratade en bra stund med Hanna och Love och Ingegerd fick än en gång höra allt om den fantastiska Love. Själv tyckte hon han såg ut som vilket litet barn som helst, men det vågade hon förstås inte säga högt.

Emellanåt sörplade hon på sin välkomstdrink. Men hon gjorde det bara för att visa att hon minsann kunde sköta sig på kalas. Egentligen hade hon helst hällt ut det. Champagnen smakade inte alls gott. Det var beskt, lite strävt och en aning surt. Och varje gång hon tvingade sig att svälja några droppar var hon tvungen att blunda med ena ögat och knipa med ena tån. Varför valde folk att dricka champagne? Det förstod hon inte alls. Kaffe var mycket bättre. Men visst, det var inte samma finess med att skåla i en kopp kaffe.

Efter en lång stunds småpratande lämnade de Love och Hanna och gick vidare bland folket.

Att vara på kalas var fantastiskt roligt, trots att det bjöds på champagne. Ingegerd pratade med massor av folk, som alla presenterade sig än en gång, och hon fick gång på gång berätta hur länge hon hade känt Tage och i gengäld höra om den andres relation till födelsedagsbarnet. Precis som hon hoppades blev Tage väldigt glad över hennes present och när alla paketen var öppnade återkom han till boken och tittade närmare i den. Han skrattade frustande åt bilden på Hjalmars backe och berättade glatt historier från sin brevbärartid för folket som satt närmast honom.

Det bjöds på tårtor samt några småkakor. Tages yngsta barnbarn rynkade på näsan åt de fina frukttårtorna, men glufsade glatt i sig av drömmar, kolakakor och chokladsnittar. Ingegerd log åt dem. Hon var inte heller särskilt förtjust i gräddtårtor, men för etikettens skull tog hon en liten bit. Kaffet däremot smakade utsökt. Det var minsann annat än champagne det!

Just när Ingegerd började titta på klockan och övervägde om det var dags att gå kom en ung kvinna fram till henne. Ansiktet var bekant och Ingegerd letade febrilt i minnet. Precis i samma stund som handen sträcktes fram mot henne kände Ingegerd igen sin nya granne Bodil.

"Nej men hej! Så trevligt. Har du varit här länge?" Bodil kvittrade fascinerande kvittrigt och Ingegerd fick bita sig i läppen för att inte kvittra tillbaka när hon svarade.

"En bra stund faktiskt och jag är snart på väg och gå. Så roligt att se dig, Bodil. Trivs ni bra i huset? Ni har gjort så fint utanför så."

”Vi trivs fantastiskt bra! Och jag har berättat så mycket om din trädgård för alla jag känner. Den är fantastisk.”

”Tack så mycket.” log Ingegerd. Sedan kom hon att tänka på en sak. ”Hur känner du Tage förresten?”

”Vi träffades på trädgårdssällskapets träff för några veckor sedan. När han fick reda på att vi är grannar, ja du och vi alltså, så blev vi nästan bästa vänner direkt.” Bodil skrattade.

”Tage? På trädgårdssällskapets träff?” undrade Ingegerd och rösten avslöjade tydligen hennes förvåning.

”Ja, han var mest där för kaffets skull sa han.” Bodil skrattade ännu mer och Ingegerd kunde annat än skratta hon också.

”Ja, se Tage.” sa hon.

”Så trevligt att jag träffade dig här Ingegerd, jag hade tänkt fråga dig en sak. Som du kanske minns så är jag journalist och skriver främst om trädgårdar. Till våren ska jag göra en artikelserie på fem som ska handla om människor som har valt att bo lantligt och ha naturen nära inpå sig.” Bodil gjorde en paus. ”Ja, du förstår säkert vart jag vill komma. Du har ju en enastående trädgård och enligt Tage är du en hejare på örter och dess läkande egenskaper. Så, vad tror du? Vill du vara med? Får jag besöka dig, intervjua dig lite, fota dig och trädgården och sedan se till att du kommer i tidningen?”

Ingegerd trodde först hon hörde fel. Vara med i tidningen?

”Eh, vad?” var det enda hon fick ur sig.

”Ja, vad tror du? Skulle du ställa upp på det?”

Ja, vad skulle hon svara på det. Trädgården i sig var fantastisk, det var den verkligen. Men att svara på frågor och så...

”Jag måste verkligen fundera lite på det. Det är ju ingen idé att besöka min trädgård så här års. Det skulle i så fall vara i maj månad när allt är som vackrast. Jag kanske har lite tid att fundera?”

Bodil log igen.

”Vet du vad. Du ska få mitt visitkort så har du alla telefonnummer. Om du hellre ringer än knackar på dörren alltså.” Bodil öppnade sin handväska och drog fram ett litet vitt pappersark. Ingegerd tittade nyfiket på det lilla kortet där det prydligt stod: ”Bodil Nhilander. Frilansande journalist.” Längst ner i högra hörnet stod två olika telefonnummer och hon nickade.

”Så bra. Jag lovar att tänka över det. Så hör jag av mig till dig.”

Nöjd över det fortsatte Bodil att småprata en stund innan hon gick ut i köket. Ingegerd själv började göra sig i ordning för att lämna kalaset.

När hon närmade sig Tage reste han sig upp.

”Tack kära Tage. Det har varit fantastiskt roligt. Hoppas att du har en bra dag och att det blir trevligt i flera timmar till.”

”Ska du redan gå?”

”Åja, jag har varit här i tre timmar. Det är dags för mig att bege mig hemåt. Det har börjat snöa nu också, så jag vill inte riskera att behöva gå hem. Jag litar inte på bussen i snöväder nämligen.”

”Det är nog klokt det. Ta hand om dig, Ingegerd. Och tack för att du kom. Det var mycket trevligt. Och tack för din present. Den ska jag verkligen läsa från pärm till pärm.”

Tage följde med henne till dörren och innan hon försvann ut i snön och blåsten tackade hon än en gång för champagne, tårta och kaffe.

Kontrasten mellan inne och ute var stor. Där inne hade värmen, ljuset och glädjen funnits i varenda vrå. Men ute på verandan hade mörkret fallit. Det blåste och små, tunna, isiga snökorn skar genom luften och landade med små knattrande ljud på träräcket. Ingegerd drog kappan tätare omkring sig och började gå mot busshållplatsen.

Naturligtvis var bussen sen. Den var alltid sen när det var snöväder på landsbygden. De smala landsvägarna tillsammans med den glesa trafiken gjorde att vägarna snabbt snöade igen och blev svårframkomliga. Själva bussresan var långsam och halkig och Ingegerd höll sig hårt i ryggstödet på stolen framför. Resan var otäck tyckte hon och visste att hon inte skulle slappna av förrän hon var i trygghet hemma i sitt eget kök.

Minuterna släpade sig fram och snöflingorna som drog förbi utanför fönstren blev större och större. Tillslut var resan slut och det var med tacksamma, men något skakiga, ben Ingegerd klev av och skyndade in mellan pilträden. Strax därpå pustade hon ut i sin hall.

Kapitel 21

Under dagarna som följde höll sig Ingegerd inomhus. Ute virvlade snön i ett fasligt tempo och lindade in allt den rörde vid i ett vitt tjockt täcke. Vinden ven emellanåt så att Ingegerd trodde att taket skulle lätta på det gamla huset, men allt hon kunde göra var att försöka fördriva tiden så gott hon kunde i väntan på att vädret skulle lugna ner sig.

Bodils visitkort hade hamnat i den gamla emaljerade köksvågens skål tillsammans med kort, kvitton och räkningar och redan efter ett par dagar hade Ingegerd glömt bort tankarna på att ha en journalist i trädgården. Istället tillät hon sig att tänka mycket på Sanela och gång på gång sökte hon i sitt hjärta för att känna av den andra Blomsterflickans sinnesstämning. Men hur hon än försökte så kände hon ingenting och hon hoppades att det innebar att flickan mådde bra.

Saknaden var stor. Det gick inte en morgon utan att hon tänkte på hur mycket trevligare det hade varit att duka för två. Och det gick inte en eftermiddag utan att hon tänkte tillbaka på sensommaren och hösten tillsammans med Sanela. Särskilt när hon tog fram trädgårdsdagboken och skrev om den stormiga vintern.

En vecka före jul höll Ingegerd på med sina julförberedelser. De få julprydnaderna hon hade sattes fram och ett par grankvistar ställdes in i en zinkhink intill den öppna spisen i vardagsrummet. Hon klädde grenarna sparsamt med några små stearinljus och lite halmpynt och lät sedan kvistarna bidra till julstämningen med sin fantastiska doft. Men till skillnad från alla andra år kände hon inte av julfriden. Istället kände hon en obeskrivbar oro och hon hetsade sig igenom sina sysslor. Det var som om hennes kropp skyndade på, fastän det inte fanns något att skynda om. Kroppen och sinnet hetsade henne och hon förstod inte varför.

Känslan accelererade under dagen och tillslut började hon till och med andas stötvis.

"Men kära nån, Ingegerd. Hur är det med dig? Vad håller du på med? Ta det lugnt nu." intalade hon sig själv och medan hon drog några djupa andetag sökte hon i sitt hjärta efter Sanela. Hade känslorna med flickan att göra? Men det var som om hon inte hade tillträde till sitt eget hjärta. Hur Ingegerd än sökte inom sig så nådde hon inte fram till känslans kärna vilket förbryllade henne. Något var tokigt.

På kvällen gick den stressade oroliga känslan över till obehag och när Ingegerd återigen kände hur grå sorgdroppar började rotera kring hennes hjärta slog den hemska sanningen ner i henne. Det var inte hennes egen kropp hon kände, det var den andra Blomsterflickans.

"Sanela!" utbrast hon och la en hand över sitt hjärta. Strax därpå var hon framme vid telefonen i hallen. Klockan på väggen i köket visade strax efter åtta och i samma stund som hon konstaterat att det inte var för sent för ett telefonsamtal så lyftes luren i andra änden.

"Tage Assarsson."

"Sanela är i fara. Vi måste åka, Tage!"

”Kära söta. Jag kan inte köra i det här vädret, Ingegerd lilla. Det är halv snöstorm därute.”

”Men jag måste till flickan!”

Tage uppmanade henne att ringa polisen och hoppades att de kunde hjälpa.

Ingegerd hasplade ur sig ett ”Ja, det gör jag. Hej då.” och la på luren. I samma stund grep sorgen tag om hennes hjärta, allt blev plötsligt kallt och när hon sökte i sitt hjärta hittade hon inget av den vanliga närheten. Istället var hjärtat ett tomt intet.

”Kära Sanela.” viskade Ingegerd och slog telefonnumret till larmcentralen. Rösten som svarade var rak, tydlig och uppfordrande och när Ingegerd bad om polis eftersom Sanela höll på att skadas krävde de ett efternamn eller åtminstone en adress där misshandeln pågick. Ingegerd lutade sig handfallen mot väggen och slöt ögonen.

”Jag vet inte.” viskade hon. ”Sanela heter hon och Rickard slår henne. Ni måste hjälpa.”

”Vi måste ha mer information.” Rösten i andra änden var något förlåtande.

Ingegerd fick lägga på. Och medan hon slog numret till Tage än en gång föll en tår ner för hennes kind.

”Tage Assarsson.”

”Vilken adress har hon? Var hämtade vi henne förra gången? Polisen kan inte köra, för de vet inte var hon är.” Orden rann ur henne i samma strida ström som tårarna på hennes kinder.

”Jag vet inte. Vi körde efter ditt hjärta, så jag vet inte adressen Ingegerd.”

Ingegerd la på luren och gick ut i köket. Hon satte sig i kökssoffan. Vad skulle hon ta sig till nu? Sanela behövde hjälp, men Ingegerd, som kanske var den enda som visste vad som pågick, kunde inte komma. Polisen ville hjälpa, men utan någon information kunde de inte köra på någon utryckning. Minuterna gick långsamt. Och på samma gång som Ingegerd kände sig rädd och skrämd av känslan som tagit över hennes hjärta kände hon sig också ledsen och orolig. Vad hände med Sanela just nu? Var fanns hon?

Oron fick Ingegerd att ideligen gå rundor i huset. Fram och tillbaka gick hon. Från köket till vardagsrummet. In i sovrummet och ut i hallen. Efter en stund öppnade hon dörren till gästrummet och gick in i det lilla ljusa sovrummet som Sanela bott i under sin vistelse i huset. Där inne blev närheten till Sanela ännu större och det var med ett tungt hjärta Ingegerd satte sig på dagbädden. På det lilla bordet bredvid sängen låg 'Mediciner för hemmabruk' och Ingegerd sträckte sig efter den. Hon tryckte den mot sitt bröst och även om den inte lindrade den ömmande svarta kanslan så kändes det ändå bra att hålla om någonting. Ingegerd la sig ner på dagbädden med boken i famnen. Efter en liten stund somnade hon och föll in i en orolig sömn.

Två timmar senare vaknade hon upp. Kroppen var stel och nacken kändes öm. Sömnen hade inte alls varit bekväm och Ingegerd satte sig grimaserande upp i sängen, la undan boken hon fortfarande hade tryckt mot bröstet och reste sig upp. Medan hon rättade till dagbädden sökte hon i sitt hjärta efter Sanela. Känslan var förändrad. Hjärtat värkte inte längre. Istället var det som om det satt ett stort blåmärke i bröstkorgen och känslan var öm, trött och nästan drogad. Tacksam över att den svarta smärtan försvunnit gick Ingegerd återigen ut i köket. Hon satte sig än en gång vid köksfönstret och försökte se ut i mörkret men allt hon kunde se var den blåaktiga snön och de blåaktiga snökornen som drog förbi fönsterrutan i ett piskande tempo. Ingegerd sökte gång på gång i hjärtat efter Sanela men hittade bara den ömmande tröttheten. Hon försökte jämföra känslan med förra gången Sanela råkat illa ut och insåg sorgset att det var värre den här gången. Då hade de roterande grå sorgdropparna försvunnit i samma stund som Ingegerd nått fram till källaren, men den här gången hade hon inte kunnat komma fram till Sanela och dropparna hade gått över i något annat. Att hon inte visste vad oroade henne och hon gned hårt sina händer mot varandra.

"Du skulle inte ha låtit henne åka." sa hon till sig själv. "Då hade det här aldrig hänt. Stackars Sanela." Men det var lätt att vara efterklok.

Minuterna tickade iväg och Ingegerd satt kvar vid fönstret och tittade ut på snöflingorna som hetsigt sköts ner mot marken från de kompakta molnen ovanför. Då och då fastnade en snöflinga på fönsterrutan och fortsatte bygget av de stora isrosorna som täckte nedre delen av glasrutan.

Nästa morgon kände hon sig bättre. Förutom en ömhet över bröstet och den efterhängsna oron så fanns inget som gjorde ont eller värkte och allteftersom timmarna gick började Ingegerd mer och mer återgå till sin julförberedande vardag. Radion med sin ständiga julmusik höll henne sällskap medan pepparkaksbaket tog över hela köket. Medan hon pysslade funderade hon över känslan och Sanela. Hon tvekade inte ett ögonblick på att något hade hänt och att Sanela blivit skadad. Vid ett tillfälle ringde Ingegerd till och med till sjukhuset för att försöka få reda på om Sanela fanns där och vad som i så fall hade hänt, men sjukhuspersonalen lämnade inte ut några uppgifter till personer som inte var nära anhöriga. Precis som vid samtalet till larmcentralen hade Ingegerd varit tvungen att lägga på luren utan att nå fram.

Ju mer Ingegerd funderade desto säkrare blev hon på att trädgården och huset var den enda platsen där Sanela skulle bli fri och hel i sinnet. Det var som om Ingegerd plötsligt insåg att Blomsterflickans trädgård fanns för att rädda ett liv. Var det inte så att hennes eget liv hade räddats tack vare Elsa och den vidunderliga platsen som var Blomsterflickornas egen? Jo, visst var det så. Hennes eget liv hade varit svart och mörkt tills huset och trädgården hade omfamnat henne med sin läkande energi. Det var först efter att hon hade kommit hit som den tunga sorgen efter Anders hade övergått till saknad och ett älskat minne.

Ingegerd stannade upp mitt i kavlandet. Tankarna var så rätt och så självklara.

Sanelas liv måste räddas.

Sanela måste komma tillbaka.

Så fort vädret hade stillat sig så pass att det gick att köra på landsvägen skulle Ingegerd be Tage om hjälp och åka ner till staden efter Sanela.

Resten av dagen tittade Ingegerd ideligen ut genom fönstret. Varje gång hoppades hon att vädret hade lagt sig och att landsvägen på något magiskt sätt hade plogats och blivit framkomlig. Då och då körde i och för sig plogen förbi med sina gulblinkande ljus, men snön på vägen lät sig bara tillfälligt tillrättavisas. Inom kort hade drivorna kastat sig över den plana marken och återigen bildat tjocka snösjok. Det var som om vinden hade bestämt sig för att aldrig mer stillna och under sin vansinnesfärd kring träd och hus drog den med sig mängder med snö och lyckades emellanåt flytta hela snövallar. Att sätta sig i en bil och försöka köra skulle vara idiotiskt, rent av livsfarligt, och Ingegerd suckade varje gång den bistra sanningen gick upp för henne. Hon kunde inte komma till Sanela förrän vädret blev bättre.

Kapitel 22

Julafton kom och Ingegerd vaknade vid sjutiden på morgonen. Det första hon la märke till var att vinden inte längre ven utanför huset. Istället var allt lugnt och tyst, nästan isolerat tyst. Vädrets ihållande vindar hade äntligen gett upp. Det var mörkt utanför rullgardinen, än skulle det dröja innan ljuset skulle leta sig fram över vinterlandskapet och medan hon väntade på att det gråaktiga morgonljuset skulle börja leta sig in i rummet låg hon kvar i sin varma säng.

Allt kändes bra. Ömheten i bröstet hade försvunnit och faktum var att hon istället kände sig pigg. Ja, glad till och med. Men hur kunde det komma sig? Hur Ingegerd än sökte i sitt hjärta kunde hon inte hitta någonting annat än lugn. Och känslan var välkommen. Den berättade för henne att Sanela mådde bra.

"Glad julafton på dig, gamla gumma." sa hon för sig själv, log och drog upp täcket till hakspetsen. Klockan var bara strax efter sju, men dagen var speciell och därför tänkte hon inte kliva upp förrän tidigast halv åtta.

Fem minuter över halv åtta kunde hon inte ligga kvar längre. Då kröp det i kroppen på henne och kaffesuget var starkare än någonsin. Hon sträckte sig efter adventsljusstaken på fönsterbrädan och tände de glittrande ljusen. Ett varmt sken spred sig i sovrummet och hon log när hon såg ljusens strimmiga mönster på väggen och i taket.

Ända sedan hon hade kommit till huset hade hon tillbringat julaftnarna ensam. Men det fanns ingen sorg med det. Tvärtom hade julafton alltid varit en dag full av tacksamhet, ro och stillhet. Traditionerna var djupt inrotade i henne vid det här laget. Dagen började med frukost intill den öppna brasan i vardagsrummet, sedan blev det bakning och radiolyssnande, lutfisk till lunch och de gånger vädret tillät tillbringade hon eftermiddagen i trädgården. Fåglarna skulle ha sin julkärve och om det var kramsnö ville hon gärna göra en snölykta på grusplanen framför köket. Efter stunden ute i trädgården var det dags för kvällsmat som brukade bestå av griljerad skinka på kavring och julöl till det. Men det bästa med julafton var ändå kvällen. Då satt hon alltid framför den öppna brasan och läste. Inte julevangeliet, för det tyckte hon var ganska tråkigt, utan "Legenden om julrosorna" av Selma Lagerlöf. Författarinnans målande beskrivningar av växterna var enastående och underbara, och varje år grep berättelsen tag om Ingegerds blomsterhjärta.

Väl ute i köket tittade hon ut genom köksfönstret och såg på medan solen långsamt spred sitt morgonsken över trädtopparna. Det fanns en sällsam glädje i ljuset som sakta men säkert trängde undan den blåsvarta decembernatten den här morgonen vilket gladde henne.

"God morgon." viskade hon för sig själv när den första gyllene solstrålen letade sig in i köket genom den stora lindens snötäckta krona.

Ingegerd plockade ihop en frukostbricka och gick in i vardagsrummet. Med vana fingrar fick hon fyr på trästickorna i den öppna spisen och slog sig sedan ner i den röda öronlappsfåtöljen. Elden hade snart spridit sig till alla trästickor och de värmande gula lågorna smekte den gamla skorstensstockens sotiga tegelstenar. Det doftade härligt och Ingegerd njöt i fåtöljen med sitt kaffe, sin smörgås och två pepparkakshjärtan.

Förmiddagen rullade på. Radion som stod på köksbordet spelade julmusik och mellan de välkända melodierna pratade radiofolket varmt och innerligt och ideligen önskades lyssnarna god jul. Ingegerd sjöng med så gott hon kunde och önskade God jul! tillbaka så fort hälsningen kom från de små högtalarna. Det var en härlig stund och helenabakelserna blev fina. De gyllenbruna kakorna släppte fint från sina formar och hela köket doftade sött och varmt.

Efter lutfisk, potatis och vit sås var det dags att gå ut i trädgården. Ingegerd klädde sig varmt från topp till tå och så försiktigt hon kunde, för att inte snön skulle falla in i hallen, sköt hon upp ytterdörren. På trappsteget bildade dörren ett svepande triangelformat mönster i den tjocka snömattan och med barnslig glädje satte Ingegerd ett fotavtryck mitt i triangeln. När hon lyfte bort foten log hon åt avtrycket. Snö var fantastiskt. Så länge det var vitt och orört, det vill säga. Så fort det packades ihop och blev en isig tjock matta som var lätt att halka på var det inte så roligt längre. Men än så länge var det bara vackert och Ingegerd stod länge i dörrhålet och bara njöt av det hon såg.

Det var en strålande vacker vinterdag och för första gången på över en vecka kunde hon se hur mycket snö som egentligen hade fallit. Snön låg som ett bländande vitt bomullstäcke över mark och buskar och var bara helt och hållet fantastiskt vackert.

Ingegerd klev ut i det vita. Hon drog ett djupt andetag och kände hur den kalla luften rann ner i bröstet på henne. Kylan bet i hennes näsa, trots att hon bara hade varit ute några minuter, och hon förstod snabbt att det inte skulle bli någon snölykta byggd den här julaftonen.

Det var djupt. Här och var fanns det snödrivor som sträckte sig nästan en meter upp, och även om det inte var lika illa precis intill huset så var hon tvungen att skotta upp en gång så att hon kunde ta sig ut till landsvägen åtminstone. Det var då, i samma ögonblick som hon bestämde sig för att skotta, som hon insåg att skyffeln stod i skjulet intill syrenhäcken. Inne i skjulet. Gissningsvis femton meter och tre snövallar bort. Muttrande över sin egen dumhet började Ingegerd pulsa fram genom snön. Skyffeln måste hon ha.

Det var jobbigt. Foten och benet sjönk ner i den tjocka pudriga snön och efter en evighet av stånkande, stönande, pustande, flåsande och muttrande vände sig Ingegerd om för att se hur långt från huset hon hade kommit.

”Milde himmel!” utbrast hon när hon insåg att hon bara hade kommit ungefär sex meter och fortfarande troligen befann sig någonstans på grusplanen. Det var långt kvar. Ingegerd suckade tröstlöst och skakade på huvudet. Hon var för gammal för det här.

I samma stund som hon skulle vända sig om för att fortsätta sitt försök såg hon något som rörde sig på andra sidan av det stora fläderträdet vid husknuten. Det var någon där.

”Hallå? Vem är det som kommer på besök mitt i snökaoset?” frågade hon vänligt och väntade på att figuren skulle komma runt hörnet. Hon tittade ner på sina ben som var halvt begravda i snön och började mödosamt vända sig om mot huset och den än så länge okända besökaren.

Ingegerd tog ett par trevande steg tillbaka och i samma ögonblick som hon själv kom fram till trappan kom besökaren pulsande runt hörnet.

Ingegerd gapade.

Där, intill fläderträdets snötäckta grenar, stod Sanela.

I nådens år 1702

Marknaden var rörig. Folk skrek åt varandra, hetsade fram köp och jämförde hantverk och kvalité. Barfota barn sicksackade mellan folk och stånd och ideligen hördes gråt från någon av de mindre som missbedömt avstånd och sin egen snabbhet och därför blev ensamma och sist kvar i springtävlingar och uthållighetstävlingar.

Det var jobbigt. Trångt och skrikigt. Ljuden var värre än trängseln. De skorrade i hennes öron och gnagde på hennes tålamod. Men det fanns inget annat att göra än att bita ihop.

Elin valde omsorgsfullt bland linne- och vadmalstygerna som låg i balar på ett av marknadsstånden. Linnetygerna var vackra, men vadmalstygerna varmare. Hon kramade tygerna om vartannat men beslöt sig tillslut för vadmalstyget. Vem skulle egentligen bry sig om huruvida hon var vackert klädd i sin lilla trädgårdstäppa eller inte? Dit kom det nästan aldrig någon längre. Och om det mot förmodan skulle dyka upp någon som behövde hennes kunnande om läkande växter så var de i sånt trångmål vid sitt besök att de troligen inte la märke till om hon var klädd i linne eller vadmal.

Elin betalade tyget. Hon nästan sprätte ner pengarna i försäljarens hand i sin vilja att bli av med kyrkans fördömda pengar. Eller prosten Jens fördömda pengar rättare sagt. Han hade levt längre än någon hade trott och vid hans bortgång året innan visade det sig att han hade efterlämnat en pengapung åt Blomsterflickan. Hon skulle aldrig glömma prästens min när han dök upp vid hennes hus en vinterkall dag för att överlämna Jens gåva. Elin hade inte velat ha den förstås. Hon hade till och med stängt dörren framför prästens motvilliga nuna och fortsatt med sitt kardande vid den öppna elden. Först dagen därpå, när hon öppnat dörren för att gå ut till sina husdjur hade hon fått syn på den fördömda pengapungen som stod mitt i snön. På påsen hade det hängt en lapp med någonting skrivet. Elin kunde inte tyda de märkvärdiga strecken och först hade hon velat kasta ut pengarna i skogen men sedan hade förståndet tagit över och hon hade öppnat den lilla pungen. Det hade varit mycket pengar. Alldeles för mycket pengar. Överdrivet mycket pengar och den enda anledningen till den överdrivna mängden pengar kunde bara vara dåligt samvete och ånger.

Det fanns saker hon behövde som hon skulle bli tvungen att betala för och förståndet hade satt in innan hon med all kraft hade kastat ut pengarna bland ris, träd och mossor. Elin hade behållit pengarna. Ibland var hon glad över det, men mest avskydde hon de blänkande mynten.

Marknaden på stadens torg var stor. Det fanns allt från levande kreatur till små askar, smycken och trasmattor. Elin skulle inte ha så mycket, bara nytt klänningstyg och kanske ett par nya hönor, men hon passade på att se sig omkring. Allt var så annorlunda mot hennes egen trädgårdstäppa i skogen. Hon kände inte igen någon. Alla hon känt när hon var mindre hade precis som hon vuxit upp och förändrats. Själv var hon fyrtiofem år och allt hos henne hade blivit gammalt. Framför allt kände hon sig gammal. Livet hade farit hårt fram med henne och om hon inte hade fått huset var hon säker på att döden skulle ha hämtat henne för länge sedan.

Elin såg sig omkring. Husen som omgärdade torget var välbyggda och vackra och högt ovanför henne var himlen nästintill molnfri. På det hela taget skulle man kunna säga att det var en fin dag och hon såg redan fram emot den långa promenaden hemåt. Men än var det inte dags att börja gå. När hon för en gång skull befann sig i staden tänkte hon passa på att ta sig en ordentlig titt på allt som fanns omkring henne.

Elin gick fram till ett av matstånden och köpte sig ett ordentligt fat med revbensspjäll och rotfrukter. Det doftade fantastiskt gott och hon slog sig ner med sin mat på en bänk och satte omedelbart tänderna i maten. Köttet var mört. Det föll isär och smaken var rik på kryddor. Elin led inte av hunger på något sätt, men att få äta sig mätt på fläskkött var ovanligt och hon njöt av måltiden. Hon var tacksam över att köttet var så mört eftersom hennes tänder hade blivit allt sämre. Några av framtänderna hade fallit ur de senaste åren och några av de bakre tuggtänderna hade gått sönder. Ibland hade hon haft ont av tandlossningen, men i och med att tanden väl föll ut så försvann värken.

En stund senare var maten slut och Elin satt mätt i solskenet och såg ut över människohavet. Hon skakade på huvudet. Det fanns inget där som lockade. Allt hon såg var en stimmig hjord, och hon gjorde sig redo för att köpa det sista hon behövde och sedan påbörja vandringen hemåt.

I samma stund som hon reste sig fick hon syn på tre präster. De gick längs husväggarna, precis som om de höll sig så långt bort från marknaden och allt folk som möjligt. I vanliga fall skulle Elin ha dragit sig undan från dem och deras Gud, men av någon anledning som hon inte förstod drogs hon åt deras håll.

Elin tog ett par trevande steg framåt i riktning mot prästerna och kände med ens hur hennes hjärta började glöda. Det var som om en ofantligt stor kärlek bredde ut sig över hennes bröst och som om hennes hjärta sträckte sig efter något längre fram. Ju fler tafflande och häpna steg Elin tog desto mer kände hon hur glädjen i hennes bröst började rotera och tillslut var det som om hela hennes bröst bestod av en gyllene varm roterande känsla.

Endast en gång förut hade hon känt känslan.

"Gudrun?" viskade hon för sig själv och skyndade sig över torget. Plötsligt var Gudrun nära och känslan som omfamnade Elin var fantastisk. Precis som den hade varit den där gången hon mött Gudrun.

"Gudrun?"

Elin skyndade sig fram och kastade sig in framför prästerna. Hon tittade på deras häpna ansikten. Två av de tre prästernas ansikten var fulla med avsky, men Elin såg rakt in i den tredje prästens ansikte. Ansiktet framför henne var ungt, kanske inte mer än sexton-sjutton år, och ögonen som mötte hennes var gröna. Kinderna var runda och hakan spetsig. Tillsammans med det kortklippta bakåtliggande håret såg ansiktet hjärtformat ut. Den alltför stora bruna prästdräkten hängde tungt över armar och ben och dolde effektivt både händer och fötter

"Försvinn. Vi lämnar inte allmosor." sa den ena prästen till Elin som knappt hörde hans ord genom suset som fyllde hennes huvud.

"Flytta dig kvinna." sa den andre prästen och Elin kände hur en av prästerna försökte pressa henne åt sidan så att vägen framför honom skulle bli fri. Men hon stod kvar. Fastare än hon någonsin hade gjort stod hon som

177

förankrad i marken framför den unga prästen vars ansikte liknade hjärtat som brann i hennes bröst.

"Jag heter Elin." sa hon och släppte inte de gröna ögonen med blicken. "Vem är du?"

"Sara." kom svaret.

De två prästerna bredvid blev plötsligt väldigt hårdhänta. En av dem gav Elin en rungande örfil så att hon snubblade bakåt och klev ut i rännstenen. Med ett kippande ljud drog hon upp foten ur sörjan och såg förfärat på medan de två äldre prästerna slog den unga prästen som sekunden innan hade presenterat sig som Sara.

"Du har då aldrig varit till något annat än besvär!" skrek den ena innan han slog Sara på örat.

"Ända sedan du kom har det varit bråk med dig! Nu får det vara nog!" vrålade den andre och tog ett stadigt tag om Saras smala handled.

"Låt flickan vara!"

Elin försökte kliva emellan och drog häftigt efter andan när hon kände hur ännu en örfil träffade hennes högra kind.

Ute på torget stannade människorna för ett ögonblick upp och tittade till på skådespelet. Och när prästerna märkte uppmärksamheten de hade dragit på sig släppte de plötsligt taget om både Sara och Elin. Elin tog genast tillfället i akt och drog åt sig Sara.

"Låt flickan vara sa jag." väste hon åt dem.

På torget började folket återvända till sina egna sysslor. Efter en liten stund var det ingen som såg på kvinnan eller kyrkans män.

"Samuel lever under beskydd hos kyrkan. Han är vår. Släpp taget, kvinna." sa en av prästerna hårt.

”Under beskydd?” hånskrattade Elin tillbaka. ”Jo, jag tackar ja. Kyrkans beskydd verkar ju vara precis vad man behöver.”

”Vi har fått i uppdrag att tukta och beskydda pojken. Han har alltid varit en riktig vettvilling och har just därför dragit på sig många hot, från både män och kvinnor. Genom kyrkan får han lära sig att styra upp sin vettvillighet. Under tiden lever han under namnet Samuel. En ung och gudfruktig prästlärling. För att passa in bland de andra blivande unga prästerna och inte dra åt sig alltför mycket uppmärksamhet.” Prästen viskade. Ingen annan på torget fick höra den märkliga sanningen.

”Joho du. Tills ni anser att det är dags att HON lämnar er och gifter sig med någon ölstinn pösmunk där HON har tur om hon bara får ta emot slag en gång i veckan. Jag ger inte mycket för kyrkfolk och prästfolk. Ni är inget annat än rövare och lögnare.”

”Vet hut, kvinna!”

”Äh, ta du din Gud och göm dig i kyrkans innersta vrå där du hör hemma. Men lägger hand på Sara gör du aldrig igen!”

Elin drog Sara närmare sig och ställde sig framför den unga flickan. Prästen mitt emot henne tittade hätskt över hennes axel och Elin kände ett starkt behov av att rädda flickan undan från de bruna prästkåporna och männens sätt att styra upp hennes vettvillighet. Faktum var att hon kände att flickans liv måste räddas till varje pris.

”Flickan kommer med mig.”

Prästerna mitt emot henne började skratta. De fläkte upp sina prästtrynen i en skrattande grimas. Efter en stunds skrattande nickade den ena prästen åt Saras håll.

"Jaha! Vill du ha eländet så varsågod. Vi har då inget emot att bli av med honom. Det där benranglet är inget annat än besvär dagarna i ända."

Utan ytterligare ord lämnade prästerna platsen och Elin såg häpet efter dem. Hur kunde man lämna ett liv efter sig på det sättet? Var det något Gud hade lärt dem att göra? Hon skakade på huvudet och såg sedan på Sara.

"Sara..."

Hon visste inte riktigt vad hon skulle säga. Men mitt i all förvåning och röra så kändes allt bra. Hjärtat i henne sjöng och den gyllene känslan roterade fortfarande starkt. Det var inte Gudrun som hade ropat på henne som Elin först hade trott, det var nästa Blomsterflicka, och vad annat än glädje kunde Elin känna över det?

"Jag heter Elin. Och precis som du är jag en Blomsterflicka. Kom nu. Nu ska vi köpa några höns, lite fläskkött och sedan gå hem."

Kapitel 23

Ingegerd stirrade på Sanela. Hon kände nästan inte igen henne. Flickan som stod i snön, bara ett par meter ifrån henne, var liten och tunn. Ansiktet var smalt och blicken matt, som om Sanela fick kämpa hårt med att hålla ögonen öppna. Håret, som hade varit så blankt och friskt när hon rest från Ingegerd ett par månader tidigare, hängde livlöst ner över hennes axlar. Över den ena axeln hängde en välfylld ryggsäck och i ena handen bar hon en plastpåse. Trots sina vinterkläder frös hon så hon skakade.

Ingegerd ville skynda sig fram och lyfta upp den lilla frysande varelsen.

"Men kära söta barn!" fick hon tillsist ur sig. "Gå in i värmen! Du ser ut att frysa lilla vän."

Ingegerd gick före och öppnade dörren på vid gavel. Sedan gjorde hon några fösande rörelser med sin arm för att flickan skulle kliva in i värmen. Sanela tvekade inte en sekund och Ingegerd såg sorgset på medan flickan klev genom den väldiga snövallen och in i det varma huset.

Ingegerd lämnade inte flickan med blicken. Hon såg hur Sanela med skakiga, ryckiga rörelser gick in i hallen och sedan blev stående med ryggen mot Ingegerd.

"Så, nu ska vi se. Vi måste först och främst få dig varm." sa Ingegerd och drog igen dörren bakom sig.

”Ingegerd, jag…” började Sanela, men när hon inte visste hur hon skulle fortsätta tystnade hon och Ingegerd fortsatte att prata lugnande med ryggtavlan som stod vänd mot henne.

”Kanske du ska börja med att ta en varm dusch? Så gör jag kaffe så länge. Det låter väl bra? Eller är du hungrig? Vill du ha lite mat?”

Sanela svarade inte. Istället böjde hon sitt huvud och vände sig mot Ingegerd. Med sina frusna händer fumlade hon med plastpåsen hon bar i ena handen. Efter en stund fick hon upp handtagen, sträckte ner sin ena hand och drog upp innehållet. Ingegerd såg förfärat på krukan med timjan som sträcktes fram emot henne.

”Timjan.” sa Sanela. ”Jag tänkte att din egen nog är begravd i snö.”

Ingegerd såg in i flickans mörka ögon och fasade för fortsättningen.

”Snälla, hjälp mig.” viskade Sanela. ”Jag har så mycket blåmärken.”

Ingegerd ställde ifrån sig krukan på hallmöbeln och la en rynkig hand på Sanelas släta, men insjunkna kind. Beröringen fick Sanela att brista ut i tårar och det fick i sin tur Ingegerd att lägga sina armar om flickan. Tårarna blev till tröstlös gråt och Ingegerd kände hur hela den tunna kroppen i hennes famn skakade.

De stod länge kvar i hallen. Då och då kramade Ingegerd om Sanela lite extra och då och då försökte hon trösta genom att säga ”stackars liten” och ”så, bara gråt så pratar vi sedan” och det verkade som om det var precis vad Sanela behövde höra. Trots gråten slappnade hon av mer och mer i kroppen och tillslut hade de sista tårarna fallit.

Ingegerd klappade om flickan och tog ett steg tillbaka och såg på det rödgråtna ansiktet.

"Du behöver en näsduk." konstaterade hon och gick in i badrummet.

När hon kom tillbaka sträckte hon näsduken till Sanela medan hon själv började ta av sig alla sina tjocka ytterkläder. Golvet var blött efter snön som de fått med sig in, så hon slängde ner en enkel skurtrasa och började torka upp pölarna med ena foten. När de värsta pölarna var borta lät hon trasan ligga. Det fanns viktigare saker än en trasa på ett hallgolv att ägna sig åt.

"Seså, ta av dig ytterkläderna och häng upp dem här. Du är hemma nu, Sanela."

Vid de orden tittade Sanela upp och efter en stund nickade hon. Ingegerd log.

"Så, ska du börja med att ta en varm dusch kanske? Så kan vi se över dina blånader och ta lite kaffe vid den öppna spisen sen. Vi måste få dig varm så du inte blir sjuk. Det låter väl bra?"

Sanela nickade och började kränga av sig sin tjocka vinterjacka och halsduk. Undertiden öppnade Ingegerd till sovrummet som Sanela haft som sitt när hon var i huset förra gången.

"Ditt rum har väntat på dig."

Sanela kammade igenom håret med sina händer, tog upp sin ryggsäck från golvet och gick in i det lilla rummet. På det lilla bordet låg "Mediciner för hemmabruk" och på den lilla fåtöljen hängde morgonrocken över ryggstödet. Sanela gick fram till den renbäddade sängen och satte sig ner på de fräscha lakanen. Från sin plats vid dörren såg Ingegerd att ytterligare några tårar letade sig fram i de mörka ögonen.

"Så, ta den tid du behöver. Jag går ut i köket så länge." sa Ingegerd och lämnade flickan. Hon stängde dörren efter sig och blev sedan stående i hallen.

Med ögonen på den lilla timjankrukan suckade hon djupt. Allt hon dittills känt den senaste veckan höll på att få sin förklaring. Lugnet hon hade haft i hjärtat hela dagen berodde endast på att Sanela varit på väg. Blomsterflickan hade sökt sig hemåt. Nu var Sanela äntligen tillbaka. Men i vilket skick? Hur mycket blåmärken och svullnader gömde sig under de bylsiga kläderna? Med tanke på vad hon känt den där kvällen ungefär en vecka tidigare så var märkena många.

Ingegerd drog ett djupt andetag och bar med sig krukan ut i köket. Där började hon omedelbart att koka upp vatten för att göra i ordning Sanelas timjantinktur. Medan hon väntade på att vattnet skulle koka drog hon sin hand över de gröna mjuka stänglarna och luktade sedan på sina fingrar. Det doftade underbart gott och luktsinnet lockade fram bilder från hennes egen örtagård som nu låg och sov under ett tjockt snötäcke.

Hur illa var det egentligen med Sanela? Behövde hon läkare? Polis?

Vattnet hade kokat upp och Ingegerd ställde kastrullen åt sidan och la i de färska timjankvistarna.

Från sin plats i köket hörde hon hur duschvattnet började spola i badrummet och som om ljudet var det hemliga tecknet hon hade väntat på började hon brygga lite kaffe. Medan dropparna puttrade ställde hon fram ett fat, täckte det med en röd servett innan hon la på sex stycken nybakade helenabakelser och sex pepparkakshjärtan. Sedan ställde hon fram allt; tinktur och tillhörande kompresser, kakfat, den fulla kaffetermosen och kaffekoppar på det lilla vardagsrumsbordet. Hon vred fåtöljerna så att de stod snett mitt emot varandra så att man, om man satt, kunde njuta av den sprakande elden samtidigt som man lätt kunde se den andre. Ett par minuter senare hade hon fått ny fart på eldstaden och för att rummet skulle bli riktigt varmt och välkomnande la hon på ett par extra vedklabbar ovanpå de vanliga trästickorna som hon brukade nöja sig med att använda.

I badrummet slutade vattnet att spola och Ingegerd slog sig ner i sin röda öronlappsfåtölj. Hon sträckte fram sina fötter mot eldstaden och kände hur värmen försökte killa hennes fotsulor och tår. I rummet försökte dofterna från den öppna spisen samsas med nybryggt kaffe och nybakade kakor och tillsammans blev de en underbart julig doftessens.

Ja, just det! Det var julafton. Allt hade blivit så annorlunda i samma stund som Sanela dykt upp att hon hade tappat bort tanken på julen. Hon tittade bort mot amaryllisen som blommade ståtligt på ett bord. Dess stänglar var frodigt gröna och de röda klockliknande blommorna spejade ut över rummets alla fyra hörn.

Sanela stod plötsligt i dörren, med ena handen mot dörrposten och Ingegerd hajjade till när hon fick syn på henne. Sanelas steg hade varit tysta och försiktiga.

”Slå dig ner, Sanela. Här finns lite kaffe och en eld att värma dig vid.” Ingegerd log välkomnande när Sanela gick fram till den lediga fåtöljen och satte sig. Innan Sanela hann dra upp sina smala ben under sig och täcka över dem med den rymliga morgonrocken hann Ingegerd se ett blålila märke på den ena vristen.

”Sanela. Hur är det egentligen? Behöver du träffa en läkare?” frågade hon genast. ”Du vet själv att timjan är bra, men att man måste se till större skador.”

Sanela såg in i elden och nickade först bara till svar. Efter en stund lyfte hon blicken och Ingegerd kunde se rakt in i hennes mörka, sorgsna ögon.

"Det är okej. Jag har träffat läkaren." sa hon tyst.

Orden var befriande, men även om det var skönt att flickan var förhållandevis hel så fanns det en stor sorg hos henne.

"Berätta allt för mig, Sanela."

"Jag vet inte hur mycket jag klarar att berätta. Det är svårt." Sanela gjorde ett uppehåll. Ingegerd såg på medan den unga kvinnan fingrade på morgonrocksbandet. Sanela såg liten och skör ut, som om hon inte skulle klara av att någon petade på henne och Ingegerd såg att flickan verkligen behövde hjälp.

"Jag trodde verkligen att jag kunde förändra honom." började Sanela försiktigt. "Ja, jag trodde verkligen att jag skulle kunna få honom fri från sitt missbruk och sätta stopp för allt. Och i början gick det ganska bra. Han verkade faktiskt tycka om att ha mig i närheten." Sanela tystnade och medan Ingegerd väntade på att hennes historia skulle fortsätta lutade hon sig fram över kaffebrickan och hällde upp kaffe.

"Vill du ha lite?" frågade hon med kaffetermosens pip hängande över Sanelas tomma kopp. När det jakande nickandet kom fullföljde hon rörelsen medan hon väntade på att Sanela skulle fortsätta.

"En kväll i förra veckan gick det helt överstyr."

Ingegerd mindes mycket väl vilken kväll det var och hur hon själv hade mått. Då hade hon varit rädd att hon aldrig skulle få se Sanela mer och hon mindes sos-personalens förlåtande ton när de talade om för henne att de inte kunde hjälpa. Ingegerd rös till. Det hade varit en av de värsta kvällarna i hela hennes liv.

"En granne ringde efter polis som satte stopp, i alla fall fick jag höra det senare. Rickard kom hem efter att ha varit borta i några dagar och han var helt vansinnig. Arg, våldsam... Han skrek mycket, att han skulle döda mig." Sanela tystnade. "Jag fick träffa flera läkare. Alla sa samma sak: att jag var blåslagen, men att det inte fanns några stora inre blödningar eller frakturer."

Ingegerd kände sig obehagligt sorgsen till mods. Att den unga kvinnan mitt emot henne hade fått ta emot slag efter slag, tills hon i stort sett tappat medvetandet, var fruktansvärt. Hur fungerade en människa som slog någon annan?

"Vad hände med... honom?" frågade Ingegerd försiktigt.

"Rickard. Polisen tog med sig honom. Han ska väl dömas så småningom tror jag. I alla fall pratade en av läkarna något om att grannen hade anmält honom för grov misshandel. Jag vet inte. Än så länge vill jag inte tänka på det."

Tystnaden bredde ut sig och Ingegerd sträckte ut en hand mot Sanela.

"Jag är glad att du kom tillbaka, Sanela. Nu ska vi se till att du blir bättre. Vill du ha hjälp med blåmärkena?" Ingegerd nickade mot kompresserna som hon hade lagt fram och Sanela nickade.

"Jag behöver nog lite hjälp med märkena på ryggen i alla fall."

Ingegerd reste sig och gick fram till Sanela som blottade sin rygg. I skenet från eldstaden såg de röda märkena smärtande ut och det var med sorg i hjärtat Ingegerd började badda Sanelas sårade hud.

"I samma stund som jag reste ville jag komma tillbaka. Det är konstigt, men det är som om det här är mitt hem." sa Sanela.

"Det här är ditt hem, Sanela." Ingegerd var tyst en stund. "Vi har mycket att prata om du och jag."

Sanela nickade.

"Ja, det är mycket jag vill prata om. Men jag orkar nog inte mer just nu. Jag är så väldigt trött. "

Ingegerd la ifrån sig kompressen och slog sig sedan ner i fåtöljen.

"Du ska vila upp dig nu. Sova, vila. Ta det lugnt helt enkelt. Jag finns här i huset om du behöver mig. Fast innan du går och lägger dig ska du ha din julklapp."

"Julklapp?" Sanela såg helt frågande ut.

"Ja, det är julafton idag. Då ska man ha julklapp."

"Är det julafton idag?" utbrast Sanela förvånat. "Just en bra dag att tränga mig på."

"Att du kom är den bästa julklapp jag någonsin har fått." sa Ingegerd bestämt och sannare ord hade hon nog aldrig tidigare sagt.

Ingegerd gick in i sovrummet. Hon hade plötsligt kommit att tänka på vindsnurran som låg nedbäddad i den nedersta byrålådan. Det var som om den hade legat och väntat in just det här ögonblicket och förtjust tog hon fram plastleksaken. Färgerna och de sirliga mönstren var vackrare än hon mindes dem och hon log när hon bar med sig tinget till Sanela. Sanela tog emot vindsnurran med ett helt uttryckslöst ansikte.

"Jag köpte den i höstas, samma dag som du reste faktiskt. Men det blev aldrig att du fick den då. Jag inbillar mig att det var ungefär en sådan du hade i dina morföräldrars trädgård?"

Sanela satt stilla. Efter en lång stund lyfte hon en hand och vred på de färgglada snurrade spetsarna och från sin plats i fåtöljen bredvid kunde Ingegerd se hur skenet från eldstaden fick de sirliga mönstren i plastvingarna att framträda.

"Om du inte vill ha den så kan Tage ta den till sitt barnbarnsbarn Love, tänkte jag." sa Ingegerd ursäktande.

"Tack." viskade Sanela tyst.

Ingegerd tittade på den unga kvinnan vars kinder var blöta av tårar.

"Såja, var inte ledsen. Det är ingen stor present, men jag tänkte liksom på dig när jag hittade den."

"Den är fantastisk. Tack."

"Varsågod lilla hjärtat. Och god jul på dig."

Senare på kvällen satt Ingegerd ensam kvar i fåtöljen i vardagsrummet. Hon satt lugnt och stilla och såg på medan elden falnade i den öppna spisen. Att Sanela hade kommit hade först känts överraskande och förvånade, men allt eftersom timmarna gick och hade sällskapet i huset känts allt mer självklart. Och när hon rannsakade sig själv så förstod hon att hon hela tiden hade vetat att lugnet i hjärtat betydde att Sanela varit på väg tillbaka till huset och trädgården.

Fast oron över Sanelas misshandlade kropp var stor. Vad skulle hända framöver? Även om Sanela var fri från Rickard för tillfället så skulle hon behöva möta honom igen. Rättegång skulle det bli och vad skulle hända efter det? Vad skulle utgången bli och hur skulle det påverka Sanela? Ingegerd kunde inte göra något annat än att finnas i närheten för flickan och hoppas att huset och trädgården skulle läka henne på samma sätt som den hade gjort sist. Tiden skulle ge svar.

Med en suck gick hon fram till bokhyllan, tog fram "Legenden om julrosorna" och satte sig för att avsluta julaftonen på rätt sätt.

Kapitel 24

Precis som förra gången Sanela kom till huset behövde hon sova och vila. Ett par gånger om dagen möttes de för att badda Sanelas rygg, äta lite och prata lite kort. Men det blev aldrig några djupare tankar som lyftes fram. För Ingegerds del var dagarna fulla av tristess, väntan och ängslan. Och när Sanela väl tittade fram ur sitt rum försökte Ingegerd vara tålmodig med alla sina frågor och försiktig med all sitt omhuldande. Hon ville inte förlora Sanela igen.

Vädret var vackert, men Ingegerd kunde inte komma ihåg att hon någonsin hade sett så mycket snö i trädgården förut. Vallarna var här och var skyhöga och hon hade fortfarande inte lyckats ta sig fram till snöskyffeln som stod insnöad i skjulet. Inom ett par dagar hade fåglarna ätit upp julkärvarna och för att djuren inte skulle behöva svälta alltför mycket började Ingegerd titta i sitt skafferi efter saker och ting som skulle kunna hjälpa dem. Det hon hittade la hon på en bricka och ställde ut på snön ett par meter ifrån huset. Från köksfönstret kunde hon sedan sitta och dricka kaffe medan hon tittade på fåglarna som tacksamt tog för sig av hasselnötter, mandel, russin, havregryn och kokosflingor.

Fjärde dagen efter jul vaknade Ingegerd tidigt. Rummet låg i mörker när hon slog upp ögonen, och hon tände adventsljusstaken. Det strimmiga ljuset rev sönder mörkret och lämnade det endast orört i skuggorna. Det hade varit en sån där natt när hon hade somnat i samma ögonblick som hon lagt huvudet på kudden, och när hon vaknade hade hon gjort det som genom ett trollslag. Nattens timmar hade passerat obemärkt och hon kände hur ett leende låg på lur i mungipan. Det var en bra morgon.

Ingegerd satte sig upp med kuddarna bakom ryggen och började fundera över den kommande dagen. Medan hon funderade över Sanela och allt de skulle behöva prata om böjde och sträckte hon på sina fötter och tår under täcket. Lederna kändes ganska mjuka den här morgonen, inte alls så där stela och knixiga som de ibland gjorde. Det var ett bra tecken och leendet som hade legat på lur i mungipan tog plötsligt över hela hennes ansikte.

"Vilken härlig morgon." sa hon för sig själv, sträckte på sig och klev sedan upp. Hon drog på sig den varma morgonrocken, klev i sina tofflor och gick ut i köket.

Medan hon väntade på att kaffet skulle bli klart tände hon ett par bivaxljus som stod på köksbordet. Tillsammans med julstjärnan som hängde i fönstret spred de ett härligt varmt sken. I samma stund som hon blåste ut tändstickan kom Sanela in i köket. Hon var klädd i morgonrock och hade sitt hår samlat i en slarvig tofs i nacken. Här och var hade hårtestar slitit sig loss, och Ingegerd anade att Sanela hade sovit med uppsatt hår. Själv hade hon aldrig klarat av det. Nu för tiden hade hon kort hår, men när hon var yngre hade hon haft sitt hår uppsatt i fläta på dagarna men utsläppt på natten. Annars kändes det som om någon hela tiden drog i hennes hår.

"Oj, jag hoppas att jag inte väckte dig."

”Ingen fara. Jag har varit vaken länge. Ville bara inte väcka dig.” Sanela såg sig omkring och när hon hörde att kaffebryggaren puttrande släppte ifrån sig de sista dropparna gick hon fram till köksskåpet och tog fram två kaffekoppar.

Ingegerd stod beredd att hälla upp när Sanela ställt fram kopparna på bordet. Sedan satte de sig ner. Sanela i soffan och Ingegerd på en av köksstolarna.

Ingegerd granskade flickan noga men fick inga ledtrådar av det hon såg.

”Hur mår du?” frågade hon därför.

Sanela nickade långsamt.

”Ganska bra tror jag. Jag har sovit mycket och vilat där emellan. Inga mardrömmar. Inte än i alla fall. Och timjanen har hjälpt bra. Jag är inte lika öm längre.”

Ingegerd tittade på den unga kvinnan som satt mitt emot henne. Det fanns ett lugn över ögonen som hon inte sett tidigare, men även om lugnet fanns där så räckte det inte för att säga att flickan såg ut att må bra. Det fanns inget leende och ingen glans. Istället såg hon skör, trött och trasig ut. Som om något hade fallit isär inom henne.

”Sanela. Jag är väldigt glad att du har kommit tillbaka och jag hoppas att du snart mår bättre. Eller rättare sagt, jag vet att du snart kommer att må bättre. Det här huset...” hon sökte efter de rätta orden att fortsätta meningen med, men gav upp efter en stund och började om. ”I det här huset och i den här trädgården finns allt som behövs för att du ska läka. Du kommer att bli förvånad över läkekraften.”

Sanela lyfte blicken och Ingegerd kunde se in i de mörka ögonen där frågor och ängslan snurrade om vartannat.

"Du har mycket framför dig nu. Med rättegång och sådant. Men både huset och jag finns här för att stötta. Du ska se att allt blir bra."

"Okej." Sanela tystnade och försvann in i sina tankar. Ingegerd väntade på fortsättningen. "Det är konstigt för… jag tror på varje ord du säger. Jag har aldrig trott på någon annan förr, så att tro på någon är… Ja, jag vet inte." Sanela log ett snett leende. "Jag bara svamlar. Jag är trött. Och rädd."

"Så klart att du är rädd. Det ändrar man inte på i en handvändning. Men jag finns här om du vill prata, Sanela."

"Tack." viskade Sanela. "Det vill jag gärna."

"Så bra. Vi har en lång vinter framför oss när vi inte kan göra annat än att bara vila, dricka kaffe och prata. Det går inte att göra något i trädgården. Jo, förresten. Vi måste skotta. Men det får vi ta en annan dag, för jag tror faktiskt att jag behöver din hjälp…" Ingegerd såg tacksamt att Sanela lyste upp vid tanken på att få jobba i trädgården. "Du ska se att allt kommer att ordna sig. Det här huset räddar liv."

Ingegerd tittade upp på köksklockan som hade tickat sig fram till halv sju. Dagen hade knappt börjat och hon såg fram emot vad än dagen skulle innehålla. Hela hennes kropp log av vilja, glädje och välkommet lugnt. Allt skulle ordna sig.

"Nej, vad säger du. Ska vi inte starta dagen med lite frukost nu?"

"Jo, verkligen." log Sanela tillbaka och med gemensamma krafter ställde de fram bröd, juice och ännu mera kaffe på bordet.

Medan de plockade i köket fick Ingegerd veta att Sanela inte helt hade lämnat sin lägenhet vind för våg. I sin lilla ryggsäckspackning hade hon fått med sig lite kläder och en bärbar dator med tillhörande laddare. Allt för att kunna sköta sin ekonomi. Hur hon skulle kunna betala räkningarna med den övergick Ingegerds förstånd, men hon brydde sig inte om att försöka förstå. Hon hade också ordnat så en vän tittade till lägenheten en gång i veckan. Huvudsaken var att Sanela kunde stanna i huset utan att bekymra sig över något så viktigt, men ändå, triviala ting som räkningar.

Kapitel 25

En vecka efter att Sanela hade dykt upp blev vädret sämre igen. Vinden tilltog, snön yrde över vägar och hus och emellanåt blev Ingegerd och Sanela strömlösa. Det var aldrig längre än några timmar, och det var aldrig någon fara eftersom de kunde hålla kylan borta med både öppen spis och vedspis, men ljuset var flackande och en källa till irritation. Särskilt för Ingegerd som muttrade högt varje gång huset slocknade runt omkring henne.

Solen såg de inte till, det enda som vittnade om dess närvaro var det gråaktiga diset som dagtid tog över världen. Ingegerd tyckte inte alls om det. Vilket fönster hon än såg ut genom möttes hon av samma vitgråa bild. Det var som om hela världen hade gått och blivit en svartvit film. Den öppna spisen fick arbeta hårt och Ingegerd inbillade sig att hon såg en skymt av solen i varje gulröd låga som sträckte sig upp mot teglet.

Sanela däremot verkade inte bry sig det minsta om vädret utanför. Hon verkade trivas mer och mer i huset för varje dag som gick och när fönsterrutorna skallrade av blåsten tyckte Ingegerd att det såg ut som om flickan myste. Själv ryste hon snarare än myste.

På nyårsaftons eftermiddag satt Sanela framför brasan när Ingegerd kom in i rummet. Ingegerd suckade rastlöst och förundrat i kroppen när hon såg den unga kvinnan sitta framför elden och i lugn och ro njuta av värmen.

”Det här vädret driver mig till vansinne, Sanela.”

”Ja, jag håller med om att det är ett påfrestande väder. Man kan inte göra annat än att bara sitta still, rakt upp och ner, och vänta på våren.”

”Men du ser så lugn ut när du gör det. Själv vaggar jag bara fram och tillbaka.”

Den envisa grå locken pekade rakt fram vid tinningen igen och med irriterade rörelser försökte Ingegerd tvinga ner den vid örat. Gång på gång tryckte hon fast locken, men lika många gånger sprätte den tillbaka upp i hennes synfält.

”Jag har så svårt att sysselsätta mig. Jag kan ju inte baka hela tiden. Och förresten så vet man aldrig när vi blir utan ström.”

Sanela log och klappade på den lediga fåtöljens armstöd.

”Sätt dig en stund, Ingegerd. Sätt dig ner och berätta för mig om det här stället. Vi har all tid i världen. Nu är det rätt tid.”

Ingegerd följde uppmaningen och satte sig tillrätta i stolen. Sanela hade rätt.

”Det här stället. Det finns mycket att berätta.” erkände hon.

”För några dagar sedan sa du att det här stället räddar liv och jag börjar tro att det faktiskt är sant. Jag mår bättre redan nu. Både i kroppen och i hjärtat. Så jag skulle vilja höra hemligheten. För det är en hemlighet, inte sant?”

Jo visst var det en hemlighet. Och det var en hemlighet som Sanela hade all rätt att få höra. Ingegerd lutade huvudet bakåt och tittade upp i taket medan hon funderade över hur hon skulle börja. Hon följde träbjälken och såg hur skenet från den öppna spisen lekte med skuggorna längs bjälkens grova drag mot det vitmålade taket. Det fanns så mycket som behövde vara med i historien och så mycket som Sanela skulle undra över.

"Ända sedan jag var här för första gången har jag känt mig som hemma." fortsatte Sanela och Ingegerd vände blicken mot henne. "Och när jag reste härifrån i höstas ville jag komma tillbaka i samma stund som jag klev på bussen. Och förra veckan, när jag bestämde mig för att resa hit var det som om en del av oron försvann redan när jag packade min ryggsäck. Och när jag kom hit, när jag rundade flädern vid husknuten och fick syn på dig så… ja, det kände som om jag äntligen kommit fram." Sanela tystnade en stund innan hon fortsatte. "Jag har aldrig känt mig hemma någonstans förut, så det är en väldigt speciell känsla för mig. Och jag tror att du vet varför, Ingegerd."

"Jo, jo visst gör jag det Sanela lilla. Och du har all rätt i världen att få reda på allt. Det är sannerligen på tiden." Ingegerd drog ett djupt andetag. "Du är en Blomsterflicka, Sanela."

Om hon trodde att Sanela skulle se häpen ut eller börja skratta så trodde hon fel. Istället såg Sanela uppmärksamt på henne. Det var som om den unga kvinnans blick var fastlåst vid Ingegerds och som om hennes hjärta väntade på att få veta vem hon faktiskt var.

Ingegerd började noggrant berätta historien om huset, trädgården, hättan och Blomsterflickornas liv i huset. Hon utelämnade ingenting av det hon själv visste och var noga med att berätta för Sanela att allt hon berättade kom från hennes eget liv i huset samt allt hon fått veta från Elsas dagböcker. Ingegerd berättade om sig själv och hur hon hade träffat den förra Blomsterflickan.

Hon beskrev rummet på vinden så innerligt hon kunde. Till sist berättade hon hur hon själv hade upplevt deras eget möte, om den roterande värmen kring hjärtat och hur hon plötsligt hade känt en grå, gråtande rörelse kring hjärtat den kvällen hon och Tage hade kommit och hämtat Sanela.

Berättelsen blev lång, mycket längre än Ingegerd själv trodde var möjligt, men hon ville vara säker på att verkligen förklara och berätta så att Sanela skulle förstå och inse att det Ingegerd berättade var sanningen och inte någon märklig fantasirik saga.

”Jag ville inte berätta för dig först, då när du kom i slutet av augusti, eftersom du var så bräcklig och liten. Och sedan, när det egentligen skulle vara hög tid för dig att få veta, hade du blivit så stark och självsäker och jag glömde liksom av emellanåt att du faktiskt inte hade fått veta… Jag hade tänkt berätta för dig samma kväll som du reste, men jag blev rädd att du skulle tro att jag försökte hålla dig kvar om jag började uppehålla dig med historien om Blomsterflickan… Nu, så här i efterhand, förstår jag att det kanske hade varit värt det. Då hade du kanske sluppit vara med om... ja, du vet.” Ingegerd pausade en stund i historien. ”Men, nu vet du.” avslutade hon lågt.

Sanela satt tyst och hur Ingegerd än försökte kunde hon inte se vad flickan tänkte. Var hon besviken, arg eller ledsen för att Ingegerd inte berättat förrän nu? Sanela visade ingenting och till slut kunde inte Ingegerd vara tyst längre.

”Tage är den enda som vet. Vet om det här med Blomsterflickorna alltså. Om mig. Om dig. Jag har inte velat berätta det för någon annan.”

Sanela tittade in i elden.

"Jag kände det också såklart. Den varma gyllene rörelsen i hjärtat. Det liknade ingenting jag någonsin tidigare hade känt. Det var som om hjärtat blev helt och lycka spred sig i hela kroppen. Det kändes som om jag var fri, alltså riktigt fri och skrattande sprang över en solig äng. Idag fattar jag inte varför jag kvävde känslan eller hur jag ens lyckades eftersom den var så stark." Sanela skakade på huvudet och tittade ner på sina händer och en liten rynka dök på hennes släta panna.

"Så, du menar att det är förutbestämt att jag ska leva och bo i det här huset och tillbringa varje dag i trädgården? Om jag är nästa Blomsterflicka så tillhör jag det här huset. Trädgården och huset ska läka mig, och jag ska skänka trädgården all min tid och hela mitt hjärta."

Jo, så kunde man också uttrycka det. Det lät mer som en uppoffring än som en gudomlig gåva. Ingegerd nickade motvilligt.

"Du är nästa Blomsterflicka, Sanela. Hur du vill leva ditt liv i huset och trädgården är upp till dig. Själv arbetade jag som illustratör ända fram till jag gick i pension och det fungerade utmärkt. Och Elsa, som levde här före mig, var lärarinna. Men ni lever i symbios, du och trädgården, det kommer aldrig att förändras."

"Det är fantastiskt." viskade Sanela, slog händerna för ansiktet och efter en liten stund såg Ingegerd hur små tårar letade sig fram längs händernas sidor. "Att det här är min plats… min plats i livet och på jorden… det är helt fantastiskt."

"Men kära barn, hur är det fatt?" frågade Ingegerd oroligt.

När Sanela drog bort sina händer möttes Ingegerd av ett fuktigt, leende ansikte. De mörka ögonen lyste av något som närmast kunde beskrivas som ett inre ljussken och de bekymrade linjerna som funnits i flickans panna var som bortblåsta.

”Det är för fantastiskt för att vara sant, Ingegerd. Jag vill gärna tro dig, men…” Sanela såg förväntansfull ut. ”kan du visa mig rummet på vinden?”

”Självklart. Kom så tittar vi genast.”

Ingegerd och Sanela reste sig ivrigt upp och började gå mot trappan som ledde mot övervåningen. På vägen stannade Sanela till och tittade på tavlan som satt uppsatt mellan de två fönstren.

”Gudruns hätta. Jag har sett den förstås och undrat över den, men aldrig vetat vad det var. Det är helt makalöst. Att den har klarat alla år.”

Sanela sträckte ut en hand och drog ett finger längs tavelramen. Ingegerd såg med glädje på medan den nya Blomsterflickan rörde vid sitt förflutna. Stunden grep tag i henne och hon kände sig med ens rörd.

Sanela lämnade tavlan och tittade istället ner på skrivbordet.

”Så det är därför det alltid ligger en trädgårdsdagbok här? För att varje Blomsterflicka berättar trädgårdens historia och ger den ett minne.”

”Ja, du har alldeles rätt. Alla Blomsterflickor har skrivit dagbok. Själv skriver jag i den varje gång jag har varit i trädgården. Men jag är inte särskilt bra på att skriva dagbok. Det blir mest korta sammanfattningar. Däremot har jag fyllt den med bilder. Det är mitt sätt att visa vad som händer. Nu har jag inte skrivit i den på flera dagar. Sista gången jag skrev var nog när jag ställt ut fågelmat till de stackars hungrande fåglarna. Det finns inte så mycket att skriva om för tillfället.”

Ingegerd sträckte sig efter dagboken som hon långsamt höll på att fylla och gav den till Sanela. Sanela tog nyfiket emot den och slog upp några sidor på måfå.

"Det här är fantastiskt, Ingegerd. Helt fantastiskt. Och vilka underbara bilder."

Ingegerd log åt flickan som med ivrig förtjusning bläddrade i boken.

"Kom. Nu ska du få se på något fantastiskt." sa hon och såg nöjt hur Sanela la ner dagboken på skrivbordet igen innan hon nickade förväntansfullt.

De lämnade bottenvåningen och ju högre upp i trappan de kom desto långsammare och mer värdigt rörde de sig.

"Är du redo?" frågade Ingegerd när de stod utanför den magiska dörren.

"Nej." viskade Sanela. "Men öppna ändå."

Ingegerd tryckte ner handtaget till dagboksrummet. Långsamt lät hon dörren glida upp men istället för att hänföras av rummets innehåll betraktade hon Sanelas ögon.

Att rummet var det mest fantastiska Sanela hade sett gick inte att ta miste på. Hennes ögon lyste och när hon långsamt gick framåt smög hon nästan på tå.

"Luften är annorlunda här." viskade hon.

"Ja, jag har aldrig förstått varför. Men det är bra för böckerna, de håller sig fina i den svala torra luften. De här till exempel," Ingegerd pekade mot bokhyllan under snedtaket på deras vänstra sida "skrevs i början av 1700-talet, och som du ser är de i gott skick."

"Kan man öppna och läsa i dem?" frågade Sanela andäktigt.

Ingegerd skrattade till.

”Självklart kan du det. Böckerna är en del av ditt arv och tillhör huset. Du får läsa i dem hur mycket du vill.”

”Underbart. Det här är helt enkelt underbart, Ingegerd. Har du läst dem?”

Ingegerd skakade på huvudet. ”Bara Elsas böcker. Jag har inte haft tålamod att försöka tyda handstilarna i de äldre böckerna. Språket och handstilarna är annorlunda och svårare att få ihop. I alla fall tycker jag det. Du lyckas säkert bättre.” Ingegerd gick längre in i rummet och lockade på så sätt med sig den försiktiga Sanela. ”Alla böcker här i rummet är Blomsterflickornas dagböcker och vill du veta namnen på kvinnorna och när de levde i huset kan du läsa Elsas sammanfattning. Den ligger på det lilla bordet under fönstret där borta.” Ingegerd pekade på det lilla bordet där listan, anteckningsboken och pennan som vanligt låg.

”Det är magiskt.” viskade Sanela och Ingegerd höll nickade med. Jo, det var sannerligen ett magiskt rum.

”Men det här är väl inget som vi vill att någon annan känner till? Jag menar, vad skulle hända i så fall? Om böckerna hamnade i någon annans händer?”

Ingegerd såg ömt på den lilla kloka Sanela. Hon visste precis. Instinktivt visste hon allt hon behövde veta.

”Som jag sa så har jag berättat för Tage. Men honom kan jag lita på till hundra procent. Han har förresten aldrig sett böckerna på riktigt, han har bara fått det berättat för sig. Hur du vill göra är upp till dig. Men jag råder dig att fundera igenom ditt beslut noga om du bestämmer dig för att dela din hemlighet med någon annan. Dagböckerna är speciella. De tillhör huset, trädgården och Blomsterflickorna.”

”Kan jag…?” frågade Sanela trevande och Ingegerd log så att varenda rynka i hela hennes ansikte drog ihop sig.

”Självklart Sanela. Jag ska inte störa dig. Jag går ner så länge.”

Ingegerd drog igen dörren efter sig när hon gick ut i trapprummet och innan hon stängde helt och hållet om Sanela såg hon hur den unga kvinnan med ett förtjust leende såg sig omkring. Det verkade som om hon försökte bestämma sig för vilken bok hon skulle välja. Efter en stund verkade det dock som om hon hade bestämt sig och genom dörrens glipa såg Ingegerd hur Sanela sträckte sig efter dagboksrummets allra äldsta bok.

Ingegerd stängde dörren och lämnade flickan ifred.

I nådens år 1702

Sara var en timid och stillsam liten varelse på dagarna som gjorde allt Elin bad henne om. Nätterna däremot jämrade hon sig och skrek emellanåt så att Elin trodde att flickan skulle vända ut och in på sig själv. Mardrömmarna var svåra och fastän det var svårt att tyda de skrikande och jämrande orden förstod Elin att det handlade om förnedring, ensamhet och övergrepp från prästerna som utåt sa sig leva återhållsamt och stilla. Elin led med flickan och försökte så gott hon kunde stilla oron, mardrömmarna och utmattningen genom att ge flickan olika salvor och drycker och genom att krydda maten med livgivande färska örter. Kurerna hjälpte bra, men mest läkning fick flickan av att vara ute i trädgården. Från tidig morgon till sen kväll grävde Sara i trädgården och på bara ett par veckor hade hon byggt upp ett helt nytt köksland med väl tilltagna jordbäddar för både grönsaksodling och örter. För att skapa en tydlig avgränsning mot stigen som gick utanför trädgården satte hon pilkvistar som hon dagligen höll efter för att de skulle bilda en tät och fin häck.

Allt eftersom veckorna gick blev det bättre med Saras mardrömmar. Hon började sova hela nätter i sträck och efter ytterligare en tid var hon helt återställd. Elin fick veta att Sara hade lämnats till prästerna när hennes mor hade avlidit i feber. Hennes far, som var handelsresande, lämnade sin dotter till prästerna efter en överenskommelse med en av de äldre prästerna. Saras far skänkte en stor summa pengar till kyrkan mot att prästerna tog hand om flickan. Till en början hade det gått bra, men när den äldre prästen dog av ålder började prästerna utnyttja flickan.

Elin, som såg hur Sara alltmer kom över sin smärta och sina minnen, gladdes med den unga kvinnan och trivdes riktigt bra i dennas sällskap. Tillsammans tog de hand om gården, djuren, maten och huset och Sara lärde sig fort ört- och läkekonsten.

"Det enda som var bra med kyrkan var böckerna." sa Sara en eftermiddag när hon satt vid husdörren och tittade ut på regnet som strilade ner. "Prästerna hade ett litet bibliotek och så ofta jag kunde var jag där. Jag skötte alltid mina sysslor först. Egentligen fick jag inte vara i biblioteket. Det var inte bra för en kvinna att ge sig på läsekonsten, tyckte de." sa Sara ursäktande när Elin storögt tittade på henne.

"Kan du läsa?"

Det visade sig att Sara var både läs- och skrivkunnig. För att sätta flickan på prov tog Elin fram den lilla pengapungen och drog fram lappen som hade hängt i det tunna tvinnade repet.

"Snart står jag inför Gud och då vill jag vara så ren i samvetet som jag kan. Därför skänker jag dig nu min förmögenhet med förhoppningen om att dessa mynt kan ge dig tillbaka lite av det liv jag tog ifrån dig. Jens."

Sara gav tillbaka lappen till Elin.

"Så står det." hon tystnade en stund. "Vem var Jens?" frågade hon sedan.

Elin glodde ner på pengapungen som stod på hällen i köket. Trodde han verkligen att han kunde köpa henne ett liv? Mer än någonsin hatade hon pengarna.

”Prosten Jens.” sa hon spottande med rösten full av avsky.

”Hans namn har jag hört många gånger i kyrkan. Där talar de väldigt väl om prosten.”

”Och så har jag gått och handlat för avskummets gåva. Som om jag har tagit emot hans önskan om förlåtelse. Men det kommer jag aldrig att göra.” Elin drog hårdhänt ihop pengapungen och var än en gång nära att kasta bort de gyllene mynten.

”Stopp! Vänta!” ropade Sara.

Elin tittade på henne. Hon kände själv hur hennes ögon brann av ilska, och att Sara inte backade undan från hätskheten förvånade henne. Det fick henne att stilla sig.

”Du behöver aldrig godta hans förlåt. Men det är dina pengar. Och de är dina att handla vad du vill för. Jag vill inte heller godta någon av kyrkans ursäkter. Använd dem på något som du vet att han skulle motsätta sig.”

Orden sjönk långsamt in i Elin och efter en stund nickade hon.

”Du har rätt, Sara. Du har fullkomligt rätt. Vi ska använda pengarna. Och måtte Jens sitta intill sin Gud i himlen och gräma sig åt det han ser.”

Hon log och tänkte på den kommande marknaden. En vecka senare skulle det bli skördemarknad i staden. Det brukade vara en stor händelse dit mängder med hantverkare, utställare och handelsmän kom för att sälja sina varor. Där brukade det finnas saker till hushållet, mat, kläder, smycken och värdefulla saker som böcker, instrument och vackra ljusstakar.

”Då tar vi oss in till staden du och jag, Sara.” log Elin.

När marknadsdagen kom gjorde Elin och Sara sig i ordning för den långa vandringen. Det var en kylig dag i slutet av sommaren och de klädde sig varmt i långärmade klänningar och långa mantelliknande kåpor. Elin tryckte ner pengapungen i sin klänningsficka och knöt sedan fast pungen med en lång rem på insidan av kåpan. På en marknad fanns det många människor, och en del av dem var enbart där för att plocka åt sig andras värdesaker. Och med en sådan förmögenhet som hon och Sara hade var det bäst att vara försiktig.

Mitt på dagen kom de fram till stadens torg. Redan på avstånd hade de hört de stimmiga och högljudda ljuden från folkmassan och med sin arm om Saras axlar förde Elin den ängsliga flickan framåt.

”Även om vi ser prästerna så kommer de inte att känna igen dig, tösen min. Du bär klänning och inte prästkåpa. Din hy har blivit slät, ditt hår har vuxit. Ja, du är vacker helt enkelt. Kom nu.”

Marknadsstånden var fler än någonsin tidigare. Bord efter bord var överfulla med varor av alla tänkbara slag och Elin och Sara gick länge och såg på allt som fanns tillgängligt för dem. Efter ett par timmars vandrande och funderande hade de kommit fram till att pengarna de hade med sig skulle räcka till allt de ville ha och lite till.

”Vi borde ha några grisar.” sa Sara och nickade bort mot kultingarna som stod kedjade vid en träpåle.

Elin nickade. ”Du har så rätt så. Vi tar två, eller kanske tre. Och så måste vi ha mer tyg. Snart är hösten och vintern här, vi behöver varmare kläder.”

Elin bet sig i läppen och kände hur den bakersta tanden vickade när tungan tryckte till den. När som helst skulle en av tuggtänderna också ramla ut. Snart skulle det bara bli gröt, välling och soppa kvar att äta för hennes del. Hon suckade.

"Hur är det fatt?" frågade Sara oroligt.

Elin skakade på huvudet. "Jag tänker bara på mat. Är du hungrig?"

Sara nickade.

"Här, köp dig lite att äta. Jag kommer strax. Jag har bara ett ärende först."

Elin tog upp ett mynt och gav till Sara, sedan gick hon iväg längs marknadsstånden. Lite längre bort, på andra sidan torget, hade hon sett böcker på ett bord och hon var nyfiken att se vad som fanns. Inte för att hon kunde läsa titlarna, men det oroade henne inte det minsta. Hon fick väl fråga om det skulle behövas.

Elin närmade sig bokståndet och tittade på böckerna som låg framplockade. Böckerna var exklusiva och dyra, och med varsamma händer drog hon över de bruna och svarta skinnbanden. I vanliga fall skulle hon aldrig ha närmat sig ett sådant märkvärdigt marknadsstånd, men hon ville så gärna ge Sara en gåva.

"Jag vill ha en bok." sa hon till försäljaren som kritiskt synade henne upp och ner.

"De är hemskt dyra." fick hon till svar.

"Jag har nog råd." Elin tittade ner på de upplagda böckerna men kunde inte tyda någon av texterna som låg framför henne. Hon hade ingen aning om vad som fanns framför henne och för att inte mannen skulle hånskratta åt henne, eller kanske rent av hårdhänt vifta bort henne så höll hon sig avståndstagande till allt som låg mellan dem på bordet. Istället tog hon på sig en krävande min och granskade honom.

”Jag ska ha skrivböcker. Har du sådana?”

Elin tittade roat på mannens häpna ansikte. Det verkade inte som om han riktigt kunde bestämma sig för om kvinnan framför honom försökte göra honom till åtlöje eller om hon faktiskt var en kund.

”Ja. Det har jag. Fina böcker med skinnomslag.” Plötsligt verkade hans tjurighet som bortblåst och han nickade med stolthet mot böckerna som låg på bordets bakre rad. ”Jag har gjort dem själv. Här, varsågod och titta.”

Elin tog emot skrivboken som mannen sträckte fram. Det svarta skinnet var lent och mjukt mot hennes händer och när hon vände på boken och tittade ner vid bokryggen såg hon det vackra mönstret av vikta pappersark mot det röda dekorationsbandet. Hantverket var enastående och kvalitén var superb.

”Enastående vackra.” berömde hon och noterade i ögonvrån att mannen sög i sig berömmet som en uttorkad svamp drog åt sig vatten. Hon låtsades inte om det.

”Finns det sådana här fina skrivböcker hos prosten?” frågade Elin vidare.

Mannen såg frågande på henne. ”Hos prosten? Kyrkan gör sina egna böcker, men de är knappast av likvärdig kvalité.” svarade han förvånat på hennes fråga.

”Så bra!” log Elin. ”Då ska jag ha tre sådana. Och bläck och fjäderpenna till det tack. Ordentligt med bläck ska det vara. Så det räcker riktigt länge.”

Utan att längre ifrågasätta Elins förmåga att betala räckte mannen henne det hon bad om, tog emot mynten och önskade en fortsatt trevlig dag. Han log stort.

"Tack, min gode man. Det ska jag ha." Elin lämnade marknadsståndet med tingen som hon fått inslagna i skyddande papper. Hon var inte annat än övertygad om att flickan skulle älska sina presenter. Elin tittade upp mot himlen och log.

"Så där ja. Nu har jag finare böcker än du. Härnäst ska jag köpa ett par riktigt vackra och pråliga smycken. Något som är riktigt ordenligt profant och världsligt." sa hon till Jens och gick sedan med högburet huvud genom folkmängden tillbaka till Sara.

Långt senare hade pengapungen lättat med hälften av sin ursprungliga tyngd och Elin och Sara betalade en man för att köra hem dem med sin kärra. Med sig hade de tre griskultingar, böcker, smycken, kopparkittlar, bolster, tyger, skor, stövlar, hårspännen och mängder med mat. De hade också avtalat med hantverkare att få hjälp att bygga två uthus på tomten – en matkällare och en mindre stallbyggnad med tillhörande hägn – och arbetet skulle starta redan om ett par dagar. Aldrig hade någon handlat så mycket på skördemarknaden som de och när vagnen rullade hemåt med deras varor skrattade och vinkade de barfota barnen efter dem.

Elin njöt av den skumpiga åkturen och när de väl var framme och fått hjälp att lasta av alla sina varor log hon stort när hon vände sig mot den lilla stugan.

"Så, Sara. Nu har vi allt vi behöver för att leva gott."

En bild av den fastbundna Gudrun dök utan förvarning upp för Elins inre blick och när bilden kompletterades med lågor som sträckte sig uppför kvinnans ben fick hon för en kort sekund svårt att andas. Överväldigad av ett ögonblicks sorg la hon utan att tänka på det en hand över sitt bröst.

”Är allt som det ska, Elin?” utbrast Sara oroligt och skyndade fram mellan all packning som stod i travar runt omkring dem.

Elin drog efter andan och kände hur sorgen gav vika för glädje över Sara och över hur livet tillslut hade blivit. Hon nickade.

”Allt är bra. Allt är bara bra.” hon log och klappade försiktigt Sara på kinden. ”Nu flyttar vi in allt.” Med förnyade krafter tog Elin ett stadigt tag om tygbalarna och vände sig sedan om mot trädgården och huset som låg framför dem. Hon drog efter andan när hon öppnade grinden och steg in. Lugnet sköljde med ens över henne. Hon var hemma. Löftet hon hade givit den där hemska dagen vid bränningen hade äntligen slagit in. Blomsterflickorna hade fått sin fristad.

Kapitel 26

”Åh, jag vill gå ut i trädgården nu! Jag vill känna på pilarna vid landsvägen och gräva om i kökslandet. Precis som Sara gjorde på exakt samma ställe för mer än trehundra år sedan.” utbrast Sanela och viftade med diskborsten så att vattendropparna stänkte över köket.

Ingegerd log. Jo, det var fantastiskt. Dagboken som Sanela hade återberättat för Ingegerd gav så mycket historia till allt de hade omkring sig och som Ingegerd dittills bara hade accepterat. I och med dagböckerna fick trädgården en tydlig historia och själ.

Ingegerd såg ut på snön som bäddade in trädgården så pass mycket att det enda de kunde se ordentligt var lindens rejäla stam bland allt det vita. Och till och med den var fläckvis vit mot den bruna barken.

”Jag är rädd att det kommer att dröja innan vi ens kan skymta snödropparna. Och ännu längre tills det är fritt fram att klippa ner perenner och gräva om kökslandet.”

”Jo, du har rätt. Vi får fortsätta att läsa om trädgården istället för att vara i den. I morgon kan vi kanske ta itu med skottandet förresten.”

”Ja, vinden ska lägga sig under natten. Och så gick det ett rykte om sol. Jag hoppas verkligen det stämmer.”

När de var klara med disken satte de sig vid köksbordet. De satt tysta, var och en upptagen av sina egna tankar, och det enda som hördes var klockans tickande och vindens vinande i skorstensstocken. Det var fyra timmar kvar på året. Snart skulle klockan passera midnatt och ett nytt år skulle ta vid i Blomsterflickornas hus. Ett år med många stora förändringar, tänkte Ingegerd och tittade ner på sina händer som avslappnat vilade mot bordsskivan. De såg äldre och äldre ut för varje gång hon tittade på dem nu. Huden hade fått en sällsam genomskinlig lyster och pekfingret och tummen som alltid varit lättrörliga för att lätt kunna föra pennan mjukt över skissblocket såg lite stelare ut. Men samtidigt hade hon aldrig varit lyckligare än nu. Hela hon var tillfreds, lugn och glad.

”Jag vill sätta vindsnurran vid dagliljorna, Ingegerd.” sa Sanela plötsligt och avbröt därmed Ingegerds tankar. ”Jag har funderat mycket och jag vill gärna ha den där. Är det okej?”

”Men kära söta du. Du får ha den var du vill. Om du ens vill ha den, det vill säga.”

”Såklart jag vill ha den! Jag älskar den. Men jag vill gärna ha den där eftersom det var där vi var när jag berättade för dig om min vindsnurra. Då blir det liksom en startpunkt. Jag vill gärna ha punkter, jag tycker om ordning och reda. Jag antar att det är ett sätt att kontrollera mitt liv.”

Ingegerd förstod precis. Ett rörigt liv behövde fasta punkter. Hon lutade sig tillbaka mot kökssoffans ryggstöd och såg på flickan som satt mitt emot. Det kommande året som snart skulle ta sin början skulle innebära enorma förändringar i flickans liv. Till det bättre, helt klart. Sanela hade äntligen kommit fram till sin startpunkt och från och med nu skulle dagarna innehålla lycka, glädje, sol, värme och kärlek. De bekymrade tankarna för Sanela var som bortblåsta och Ingegerd kände inget annat än sinnesfrid.

”Mår du bättre nu, Sanela? Det verkar så.”

Sanela nickade eftertänksamt. ”Jo, jag mår bättre. Det är som om jag har tillgång till hela min kropp när jag andas, och det var länge sedan det kändes så.” Hon log ett litet leende.

”Vad gör du annars, Sanela? Jag menar, har du något jobb och så?”

Sanela skakade på huvudet.

”Nej. Eller jo. Jag jobbade förut, som servitris. Och jag sparade varenda slant jag kunde för att köpa mig en lägenhet och slippa bo hemma eller hos vänner. Sedan, efter att jag träffade Rickard, slutade jag att jobba. Han sa att han skulle ta hand om mig och att han inte ville att jag skulle slita ut mig genom att arbeta.” Sanela gav upp ett hårt skratt och skakade på huvudet. ”Jag antar att jag inte skulle ha lyssnat på honom.” Hon gjorde en lång paus och efter en stunds tänkande log hon ett snett leende.

”Så nu står jag arbetslös, Rickardslös och kravlös. Allt jag har är en underbar trädgård, ett underbart hus, en fantastisk vindsnurra och… ” Sanela la handen på Ingegerds arm ”en fantastisk vän.”

Den överraskande tillgivna rörelsen fick det att knyta sig i magen på Ingegerd. Sanela hade kanske ingenting av värde vid första anblicken, men hon hade ett hjärta av guld.

Ingegerd log, men avbröts plötsligt av en tanke.

”Du borde bli egen företagare.”

”Va?” Sanela såg förvirrad ut och Ingegerd skrattade till.

"Ja, jag vet. Tankehopp." Hon log. "Men kommer du ihåg att du vid ett tillfälle sa att jag sitter på en guldgruva? Vi pratade om salvor, massageoljor, tinkturer och sådant. Det var den där gången du hjälpte mig med foten. Då sa du att det finns människor som gärna skulle betala dyrt för sådana saker. Och det går att köpa sådana där saker på Ranunkeln. Till hutlösa priser dessutom. Jag har sett dem."

Sanela nickade. "Jo, det kommer jag ihåg. Men…"

Ingegerd lutade sig framåt över bordet.

"Jag har tänkt lite på det här då och då under vintern. Du är ju väldigt duktig med 'Mediciner för hemmabruk', så ett litet företag vore väl en bra idé."

"Men skulle jag kunna klara av det?"

Ingegerd mötte bestämt flickans skärrade, men nyfikna ögon.

"Såklart du skulle klara av det. Vad är det för trams?"

Sanela ryckte på axlarna. "Jag har aldrig gjort något sådant förut. Jag vet inte om jag kan."

"Ingen kan allt från början. Men jag är helt övertygad om att du kommer att klara det alldeles utmärkt. Fundera lite på det."

Ingegerd såg nöjt att Sanela nickade till svar. Det var ett osäkert nickande, men trots allt en bekräftelse på att hon skulle fundera över förslaget. Än så länge hade Sanela dåligt självförtroende, men Ingegerd var säker på att det skulle ge sig så småningom. Trädgården och huset skulle hjälpa till. Fast det fanns andra saker som styrde Sanelas välbefinnande, saker som varken huset eller trädgården kunde göra något åt, och det var den eventuella rättegången mot Rickard och försäljningen av lägenheten. När det gällde dem kunde inte Ingegerd göra så mycket, och det bekymrade henne. Allt hon kunde göra var att finnas för Sanela, och hon hoppades att det skulle räcka.

Kapitel 27

agarna gick och sakta men säkert fick Ingegerd större och större inblick i Sanelas liv. Olika historier och berättelser gav kantiga och obehagliga bitar till det stora pusslet som var Sanela och Ingegerd kände sig mer och mer tacksam över att flickan tillslut hade kommit fram till huset och trädgården. Flickan var bara tjugotre men hade redan varit med om mer än Ingegerd någonsin hade hört talas om.

"Det var inte första gången Rickard låste in mig i källarförrådet." berättade hon vid ett tillfälle. Och fastän Ingegerd var rädd för att höra vad som hade hänt den där hemska sommarkvällen så ville hon veta. Hon behövde förstå vad som hade hänt. "Det hade hänt en gång innan. Den första gången var han kvar i källargången och gick runt, runt medan han skrek och slog i luften. Den gången släppte han ut mig när han hade lugnat sig. Den andra gången, ja... Det var en av mina värsta dagar i mitt liv." Sanela tystnade och det dröjde en lång stund innan hon fortsatte. "Som han slog. Och skrek. Jag hade precis kommit hem efter att ha varit inne i stan och han mötte mig i dörren. Hans ögon var helt döda, han såg skitfarlig ut rent ut sagt. Han knuffade mig hårdhänt och kallade mig hemska saker som 'jävla hora' och anklagade mig för att ha kastat hans medicin. Ja, han kallade det för medicin, men du vet... det var knark. Och när jag försökte försvara mig slog han ännu hårdare och hotade mig med kniv. Han vägrade släppa in mig i lägenheten och när jag vände mig om för att springa nerför trapporna så tog han tag i armen på mig och stoppade mig. Han höll hårt och jag blev fruktansvärt rädd. Jag trodde på riktigt att han skulle döda mig och jag försökte fly ännu mer. Jag ville bara bort. Jag bet honom minns jag. Då tappade han besinningen ännu mer och slog, slog och slog. Till sist kastade han in mig i väggen. Jag svimmade av tror jag, för det nästa jag minns är att jag vaknar upp ensam och inlåst i förrådet. Rickard var borta, lampan var släckt, jag frös och var rädd. Jag kunde inte tänka någon klar tanke överhuvudtaget. Men då, bara en liten stund senare hörde jag dig Ingegerd. Och det brann i hjärtat och jag tänkte – här kommer en ängel."

"Tack gode gud för att du till slut har kommit hit." sa Ingegerd förfärat varje gång Sanela berättade något om sitt liv med Rickard.

Men samtalen var inte bara sorgliga. Allt som oftast berättade Sanela om Saras dagböcker och Ingegerd sög åt sig all information som Sanela gav henne.

"Det är nervkittlande att tänka på att Sara och Elin bodde här." Sanela såg sig omkring i husets lilla kök. "De hade bara två rum och det här köket som vi är i just nu var även deras kök. Här lagade de mat vid den stora eldstaden och här satt de tillsammans varje kväll, sydde och pratade om små och stora saker. Precis som du och jag. Visst är det otroligt?"

Otroligt var sannerligen rätt ord. Det var svårt att tänka sig att stenväggarna bakom rummets tapetserade yta var desamma som på Elin och Saras tid. Även om allt hade förändrats i huset så var platsen densamma och ju mer Ingegerd fick höra ur dagböckerna desto mer kände hon sig hemma på platsen. Uthuset som emellanåt nämndes i dagböckerna fanns inte kvar och Sanela och Ingegerd försökte emellanåt lösa gåtan om var i trädgården det lilla stenskjulet med dess husdjur hade stått och var matkällaren en gång i tiden hade funnits.

"Vi får väl svar på det så småningom." sa Sanela. "I någon av dagböckerna står det ju. Det är bara att läsa vidare."

En eftermiddag kom Sanela med snabba steg ut ur sitt rum. Hennes ansikte var stressat och rörelserna en aning darriga. I handen höll hon med ett krampaktigt tag i sin mobiltelefon. Ingegerd följde uppmärksamt flickan med blicken när hon gick och satte sig i kökssoffan. Sanela började nervöst plocka med tändsticksasken som låg på bordet.

"Vad står på, Sanela?"

"Det var en åklagare som ringde. Det ska bli rättegång mot Rickard och han, åklagaren alltså, vill att jag ska vittna."

Ingegerd kom fram till köksbordet och slog sig ner på en av köksstolarna mitt emot Sanela.

"Såklart du ska vittna." Rösten var lite mer bestämd än hon hade tänkt och hon hoppades att Sanela inte skulle ta illa upp.

"Jo, såklart. Men det känns hemskt. Som om de inte tror på mig och som om jag måste, på något sätt, bevisa något för dem." hon pausade och det skar i Ingegerds hjärta när hon såg hur ont det gjorde i Sanela. Efter en stund fortsatte Sanela. "Men hur ska jag göra det? Jag har ju inte ens några blåmärken kvar."

Kanske inte på utsidan, tänkte Ingegerd och sträckte ut sin hand och la den på Sanelas för att försöka lugna.

"Vad är han åtalad för?"

"Narkotikainnehav och grov misshandel."

Ingegerd kramade Sanelas hand. Den var spänd och stel.

"Du behöver inte känna att du måste bevisa någonting. Allt de begär av dig är att du berättar din sida av historien. Men du måste lova mig att inte utelämna någonting. Är det förstått?"

Sanela nickade, först tveksamt men sedan mera bestämt.

"Ja, du har rätt. Jag kan bara berätta min sanning. Och sedan kan jag bara hoppas att det räcker för att bli av med Rickard. Ur huvudet alltså, menar jag. Jag kommer aldrig någonsin gå tillbaka till honom."

Ingegerd nickade uppmuntrande, släppte taget om Sanelas hand och lutade sig tillbaka mot ryggstödet. "Det är helt rätt beslut. Honom behöver du sannerligen inte i ditt liv, kära Sanela. Tänk så mycket han har förstört för dig."

Sanela log ett snett och försiktigt leende.

"Åklagaren ringer igen i morgon, och då ska vi boka tid för möte eftersom jag kommer ställa upp som vittne. Men fram till dess kan vi väl göra något annat?"

"Självklart. Vad säger du om att vi tar en titt i senaste frökatalogen och bestämmer oss för vad vi ska plantera i köksträdgården i vår?"

"Ja, det låter som en mycket roligare tanke. Jag hämtar katalog och penna."

Sanela reste sig och Ingegerd såg efter henne. Flickan var redan mindre spänd, som om tankarna på våren hjälpte henne att sopa undan oron.

"Då ska vi se." sa Sanela och Ingegerd ryckte till när frökatalogen och pennorna landade på bordet framför henne med en lätt smäll. "Redan nu måste jag säga att jag vill odla chili i växthuset i år."

”Chili?” sa Ingegerd frågande och följde Sanela med blicken när hon satte sig ner i kökssoffan och drog upp benen under sig.

”Ja, chili. Jag älskar chili. Så det skulle jag verkligen vilja ha. Vad är ett måste för dig, Ingegerd?”

”Tomater.”

Sanela vände upp en sida i anteckningsblocket och skrev med tydliga bokstäver ”växthuset” som överskrift på en kolumn och ”köksträdgården” som överskrift på den andra. Sedan gjorde hon punktlistor i varje kolumn och sorterade in bådas önskemål efter rubrikerna. Ingegerd tittade på. Som vanligt var det ordning och reda när Sanela arbetade. Var sak på sin plats.

När Ingegerd såg de gröna frodiga bilderna i katalogen kände hon plötsligt ett il någonstans i magtrakten. Saknad. Saknad av solen, våren och den blivande sommarvärmen. Än så länge var det bara den tjugonde januari och våren låg fortfarande två, kanske hela tre, månader bort. Hon suckade omedvetet och ryckte till när Sanela plötsligt avbröt hennes dagdröm om den kommande våren.

”Jag längtar också. Men hur vitt och kallt det än är just nu, så kommer det faktiskt en vår. Rätt som det är vaknar vi en morgon och känner våren i luften. Och det har ju faktiskt blivit ljusare ute. Om vi jämför den här dagen med de mörka dagarna i slutet av december så är det redan skillnad, eller hur?”

Jo, det medgav Ingegerd att det var.

”Men det är så färglöst. Vitt. Grått. Om vi har tur kan vi få en skymt av en blekblå himmel, men annars är det väldigt färglöst. Jag saknar färgerna.”

"Det kommer, Ingegerd. Det kommer. Tänk på rödbetor istället. De är röda och inte vit-grå. Vill du ha det i landet i år?"

Kapitel 28

Solen sken från vinterhimlen och snön som låg utströdd över trädgården glittrade som om den bestod av miljoner diamanter. Till och med Ingegerd, som inte hade värst mycket till övers för vinterns snöiga dagar, tyckte att utsikten från köksfönstret var fantastisk och med glädje klev hon i sina vinterkläder och kängor och gav sig ut i det vita landskapet.

Sanela var inte hemma. Hon skulle tillbringa dagen i tingsrätten och Ingegerd försökte ideligen skicka små mentala uppmuntrande meddelanden till flickan som hade varit mer än skärrad när hon lämnade huset på morgonen.

Ingegerd gick en runda i trädgården. Dagen innan hade Sanela försökt göra något vettigt av sin stressade energi och därför skottat fram alla grusgångar. Det var bara för Ingegerd att promenera på. Då och då stannade hon upp för att borsta bort lite snö från en buske eller ett träd och förtjust såg hon på medan de vita diamanterna föll som ett puderregn ner mot den vita bädden. När hon hade gått hela varvet ställde hon sig bredvid det stora fläderträdet vid husknuten och tittade ner mot marken. Där låg snötäcket extra tjockt eftersom vinden hade blåst upp snövallar mot huset. Men någonstans där under borde julrosorna finnas och kanske, om de hade lite tur, skulle de redan ha börjat sträcka på sig. Ingegerd hämtade kvasten och borsten och så försiktigt hon kunde bort det tjocka snölagret från husväggen.

"Nej." suckade hon besviket. "Inget."

Fast julrosen var ombytlig. Oftast blommade den i februari, och då kunde hon få se knoppar redan nu. Ibland hände det att den slog ut sina färgrika blommor redan i november. Men i år vekade det som om hon skulle få vänta ända till februari-mars innan blommorna skulle behaga dyka upp.

"Jag får väl helt enkelt vänta."

Det var som om hela dagen gick i väntans tider. De ängsliga tankarna på Sanela gjorde henne rastlös och utan att veta hur det hade gått till insåg hon till sin förvåning att hon rätt som det var hade tagit fram kokboken igen och satte en bulldeg.

Efter ett par timmar doftade hela huset av nygräddade kanelbullar. Ytterligare en halvtimme senare hade de svalnat tillräckligt för att kunna ätas och Ingegerd slog sig ner vid köksbordet tillsammans med en kopp kaffe och en av de mindre bullarna. Degen hade jäst över sina bredder och fastän bullen hon höll i handen var en av de mindre täckte den med råge hela hennes handflata. Den gyllenbruna skorpan såg frasig ut och längst ner i bullpappret hade sockret bildat krispiga kristaller som bröts sönder i samma stund som Ingegerd petade på dem. Ingegerd tog en tugga och tittade på bullen medan hon åt. Smaken var god förstås, men hon kunde ändå inte låta bli att tycka att det bästa med bullbak ändå var doften som alltid lyckades fylla hela huset.

Ingegerd höll som bäst på att packa ner de svalnande bullarna i plastpåsar, fyra bullar i varje påse, när Sanela klev in genom dörren.

"Åh, vad det doftar gott här."

"Hej! Kom in. Några bullar kanske skulle passa bra efter den här dagen?"

"Det låter som om det skulle passa alldeles utmärkt." sa Sanela och kom in i köket. Hon gick raka vägen fram till kylskåpet, öppnade dörren och tog fram mjölk. "Till nybakade bullar måste man ha mjölk" sa hon förklarande till Ingegerd medan hon ställde fram ett stort glas med kall mjölk på bordet. Hon gäspade stort och kröp upp i soffan.

"Du verkar trött. Var det jobbigt?" Ingegerd stoppade i de sista bullarna i en påse och la sedan fram tre kanelbullar på ett fat som hon ställde fram på bordet bredvid Sanelas glas.

Sanela gnuggade sig i ansiktet med båda händerna och nickade. "Jo, det var jobbigt. Och jag gjorde nog bort mig lite."

Ingegerd tittade frågande på henne från köksstolen där hon slagit sig ner.

"Alltså, jag grät och så." sa Sanela blygt och tittade ner i bordet.

"Såklart att du gjorde!" utbrast Ingegerd. "Det var väl inget konstigt med det?"

"Tja, jag vet inte. Alla andra i rummet var så… mekaniska liksom. De kändes inte verkliga. Så, det kändes helt fel att gråta, men jag kunde inte låta bli. Allt som alla sa kretsade kring Rickard, mig, läkare, grannen, blåmärken, skador… Allt kom så ohyggligt nära. Jag var tvungen att berätta om hur han hade slagit mig. Alltså exakt *hur* han hade slagit mig. Öppen handflata, knytnäve, armbåge, knä… Och…" Sanela pausade och tog ett djupt andetag. "… hur det kändes att vara där. Att se Rickard höja handen mot mig för att slå och veta att det alldeles strax kommer att göra jävligt ont. Försöka förklara rädsla, skräck, smärta, värk." Sanela darrade på rösten och

Ingegerd led med den unga kvinnan. Det räckte visst inte att behöva uppleva en misshandel, hon fick på något sätt vara med om förnedringen en gång till när hon var tvungen att återberätta och försöka få lyssnarna att förstå.

"Det värsta var ändå att försöka berätta att jag verkligen gjorde så mycket motstånd jag kunde. Det kändes som om de inte trodde mig – som om de tyckte att jag kunde ha stuckit därifrån. Jag slog i självförsvar, men tänk om de inte tror på mig. Tänk om de inte förstår att jag försökte försvara mig." Sanela tog en lång paus och tittade ner på sina händer.

"Det är det jag är mest rädd för nu, tror jag." viskade hon. "Att de inte har lyssnat. Och nu kan jag inte göra mer. Förhöret är slut och jag kan inte ändra på det jag har sagt. Nu är det upp till dem, alla de där mekaniska robotarna, och bestämma vad som ska hända härnäst."

Ingegerd suckade av sorg när hon såg tårarna som rann på Sanelas kinder.

"Lilla Sanela. Du gjorde det bra. Du berättade din sanning och din historia. Vi får helt enkelt avvakta och se utslaget. Förresten är det nog inte så konstigt att de är mekaniska på jobbet. Tänk dig själv att träffa människor, som du till exempel, som har varit med om något fruktansvärt. Då måste man nog bli mekanisk för att orka. En människa med för mycket sympati och empati skulle nog inte orka en vecka i tingsrätten. Alla människoöden menar jag…"

Sanela gäspade än en gång, hällde upp det varma kaffet och satte sig i kökssoffan. Hon sträckte sig efter en av bullarna och verkade tänka på det Ingegerd just hade sagt.

"Du har säkert rätt. Jag skulle inte orka med det i alla fall." sa hon till slut.

”Vad händer härnäst? När får du veta något mer?”

Sanela ryckte på axlarna. ”De skulle höra av sig inom kort sa de. Jag hoppas att jag inte behöver åka dit igen bara.”

”Vi tar en sak i taget. Tills du hör av dem får du försöka vila.”

”Jag vill inte vila. Jag vill gräva.” sa Sanela enkelt och tittade ut genom fönstret.

”Ja, vill du gräva i snö så kan du börja direkt.” log Ingegerd och Sanela skrattade.

”Ja, det kanske jag ska. Jag ska bara äta upp de här goda bullarna först.”

Samtalet gled över till lättsammare ämnen och ett par bullar senare började Sanela återgå till sitt vanliga jag igen.

Kapitel 29

Ingegerd satt i vardagsrummet när Sanela kom ner från dagboksrummet. Precis som vanligt var fotstegen kvicka och vakna och hon kunde annat än le där hon stod vid köksbänken.

"Åh, jag älskar det där rummet, Ingegerd." kvittrade Sanela. "Det är så mycket historia. Jag läser så mycket jag kan för det är så mycket jag vill ha svar på. När kom rosenträdgården till? Och var låg jordkällaren? Vem byggde växthuset? Det finns så mycket att få veta."

Ingegerd skämdes plötsligt lite. Visst var rummet fantastiskt, det tyckte hon visst det, men hon hade aldrig haft samma driv som Sanela när det gällde att faktiskt ta del av historien om huset och trädgården. Å andra sidan hade hon njutit av varenda sekund på platsen, vilket i och för sig också varit ett sätt att leva livet som en Blomsterflicka. Hon var i nuet, såväl i huset som i trädgården. Hon skakade av sig känslan av skam och vände sig mot Sanela.

"Jag tycker att det är roligt att du läser så mycket däruppe. Det finns ändå inget vi kan göra i trädgården så här års, och baka kan vi ju inte pyssla med hela dagarna."

"Om jag läser så bakar du." log Sanela. "Det låter som en bra arbetsfördelning."

"Vintern är väldigt lång i år, är den inte?" suckade Ingegerd plötsligt och kikade bort mot fönstret.

"Sant. Idag är det värre än någonsin." höll Sanela med.

Vintern som hade hållit huset och trädgården i järngrepp i två månaders tid hade på något sätt lyckats accelerera sin vintrighet och blev ännu kallare. Termometern hade visat minus tjugo grader på morgonen och även om vädret var vackert utanför fönstret så var luften isande kall att andas in. Den öppna spisen fick arbeta hårt för att huset skulle kännas varmt och behagligt. Som tur var hade vedförrådet fortfarande inte börjat sina, det fanns gott om torra trästickor att elda med.

"Nu måste den här sibiriska vintern snart släppa sitt grepp. Jag har då aldrig varit med om vintrigare vinter."

"Jo, det är kallt." Sanela slog sig ner i en fåtölj framför den öppna eldstaden. "Men det borde komma en vår även i år." fortsatte hon.

"Jag är inte längre så säker på det." sa Ingegerd tjurigt och Sanela skrattade till.

Ingegerd tittade på klockan och reste sig upp.

"Nej, nu ska jag bylsa på mig alla varma kläder och gå till brevlådan. Posten måste ha kommit vid det här laget."

"Ja, gör det. Så sitter jag kvar här i värmen." log Sanela.

Ingegerd skulle precis svara när Sanelas mobiltelefon började spela i hallen och Ingegerd följde den unga flickan med blicken när hon skyndade fram över köksgolvet och vidare ut i hallen.

"Hej, det är Sanela." hörde hon Sanela svara på avstånd. Strax därpå stängdes dörren till det ljusa sovrummet.

Ingegerd började dra på sig sina tjocka vinterkläder och öppnade sedan ytterdörren.

Utanför huset var vintern krispig och isande kall. Solen verkade finnas överallt. Den lyste inte bara ner från himlen utan reflekterades i varenda liten snökristall på marken, buskarna och träden och Ingegerd gick kisande längs den uppskottade stigen som Sanela hade grävt fram. Hon gick långsamt eftersom hon var rädd att halka och medan hon gick letade hon efter tecken på att våren fanns någonstans i närheten. Och hon fann den intill husknuten där julrosens bleka blomknoppar sträckte sig upp genom det vita frostiga täcket.

Aldrig tidigare hade hon blivit så lycklig över julrosens skira blomstängel. Ingegerd stod stilla och tyst och betraktade det lilla tecknet på att det fanns liv under all snö och helst av allt hade hon velat lägga sig ner och klappa på de tunna kronbladen.

”Åh, kära hjärtanes…” viskade hon för sig själv. Och då, precis just då, när hon stod mitt i allt det vita med blicken fäst på beviset om att våren faktiskt skulle vinna över vintern tillslut, kände hon en obeskrivlig lycka. Det var som om allt föll på plats. Det var som om vinterns eländiga grepp om hennes hjärta plötsligt började vittra isär och som om en ljusglimt äntligen, men något skrämt, kunde börja leta sig in i allt det mörka.

Ingegerd kände hur den lilla spirande ljusglimten i kroppen blev modigare och modigare och för första gången på länge kunde hon dra ett riktigt djupt andetag. Hon slöt ögonen och höll kvar den livgivande luften i bröstet så länge hon kunde och den befriande känslan fick hennes ögon att tåras.

I samma stund som Ingegerd släppte taget om det djupa andetaget öppnades husdörren bakom henne och hon vände sig om. När hon mötte Sanelas blick utbrast hon:

"Julrosen! Den blommar! Det kommer en vår!"

Hennes ord försvann in i Sanelas ordström. Flickan i dörröppningen hade öppnat munnen och ropat någonting precis samtidigt och Ingegerd skrattade till.

"Vad sa du? Nu pratar vi minsann i munnen på varandra."

"Rättegången är över! Rickard har blivit dömd. De trodde mig!"

Sekunden av tystnad som följde var den längsta sekunden i Ingegerds liv. Allt Sanela hade berättat för henne under vintern, om slag, tvång, hopplöshet och vilja att försöka förändra, spelades upp i hennes huvud igen och hon visste först inte hur hon skulle göra för att få fram några ord.

"Men det är ju fantastiskt!" fick hon tillslut ur sig och började halkande ta sig tillbaka till huset. Sanela kom henne till mötes och de kramade hårt om varandra. Sanela grät mot Ingegerds tjocka vinterjacka och så gott hon kunde försökte Ingegerd hålla om den unga kvinnan som stod i bara strumplästen på den iskalla snön.

"Så. Vi måste gå in. Du kommer frysa fötterna av dig, kära vän."

Tillbaka i hallen försökte Ingegerd smälta Sanelas goda nyheter medan hon drog av sig sina tjocka vinterkläder.

"Det var ju underbara nyheter, Sanela."

Sanela nickade till svar medan hon torkade bort några lättnades tårar från kinderna.

"Jag ville inte vara med på rättegången. Jag fick vara med och lyssna på beslutet om jag ville, men det ville jag inte. Därför ringde de när beslutet var fattat."

"Hur känns det nu då?" Ingegerd gick in i vardagsrummet och hörde hur Sanela följde efter.

"Vet inte. Konstigt. Skönt. Lugnt. Men fortfarande lite oroligt. Han kommer ju ut så småningom."

"Men du är inte hos honom då." Ingegerd betraktade Sanela som var helt inne i sina tankar. Efter en liten stund såg hon hur Sanelas ansiktsdrag förändrades och strax därpå sa flickan:

"Vad var det du sa förresten?"

"När då?"

"Nyss. Där ute. När jag ropade från trappan."

"Jaha." skrattade Ingegerd. "Inget särskilt. Eller i alla fall inte lika viktigt som dina nyheter. Jag sa bara att julrosen vid husknuten är på väg att slå ut sina blommor."

"Gör de? Äntligen!"

Ingegerd nickade och suckade. "Ja, äntligen. Den här vintern har varit den värsta i väderväg någonsin. I alla fall för mig. Så blomman är välkommen. Den ger mig hopp."

"Våren kommer när som helst nu, Ingegerd. Den bästa våren någonsin." log Sanela och Ingegerd kände hur bröstet värmdes upp av flickans varma ögon.

"Ja, den bästa våren någonsin." log hon tillbaka men avbröt leendet abrupt när en ny tanke dök upp. "Men nu hämtade jag ju aldrig posten! Nåja. Då får jag väl bylsa på mig och gå ut igen. Fast det är troligen ingen rolig post i alla fall."

Efter rundan till brevlådan så tittade Ingegerd igenom den tunna posthögen. Hon stod vid köksbänken vid fönstret för att ta tillvara på dagsljuset. Inte för att hon såg direkt dåligt, men hennes ögon hade börjat kännas lite trötta och emellanåt var det svårt att läsa. Vid sådana tillfällen fungerade dagsljus bäst. Det var mest reklam, men bland alla färgglada papper låg ett kuvert från Bröderna

Petréns juristbyrå. Sanela var utom synhåll, troligen hade hon gått upp till dagböckerna, men Ingegerd tog ändå med sig kuvertet och gick in i sovrummet. Hon ville vara ifred när hon öppnade det.

Kapitel 30

Mars månad kom med ljusare och mildare dagar. Även om temperaturen fortfarande låg på minussidan så kändes luften behagligare och lättare att andas. Julrosen förgyllde de vita dagarna och Ingegerd gick ut ur huset flera gånger varje dag bara för att se de underbara blommorna.

"Jag har bestämt mig för att sälja lägenheten." sa Sanela en eftermiddag när de satt vid köksbordet och bläddrade i en trädgårdstidning.

Ingegerd tittade upp på den unga flickan.

"Åh så bra, kära du. Ja den behöver du sannerligen inte längre."

"Jag ska in till staden i morgon och träffa en mäklare." fortsatte Sanela och såg ovanligt bestämd ut.

"Vill du ha sällskap?"

Sanelas bestämda ansikte sprack upp i ett leende. "Bara om du själv vill och orkar, Ingegerd. Det är kanske inte någon vidare rolig utflykt, men det skulle i alla fall vara något annat än att gå runt här och klättra på väggarna."

"I så fall följer jag gärna med. Jag har så vansinnigt tråkigt förstår du."

"Ja, jag vet." skrattade Sanela.

I hallen satte Kobran igång att ringa och Ingegerd såg förvånat på Sanela som stegade förbi henne och vidare ut i hallen. Ögonblicket därpå hörde hon flickans röst.

"Hej, det är Sanela."

Lite konstigt kändes det allt, det erkände hon för sig själv. Att någon annan bodde i huset och svarade i telefonen. Det var som om hon påmindes om att hennes tid i huset snart skulle vara slut. Fast det var ju bara som det skulle och inom sig visste hon att hon hade gjort allt rätt under tiden hon varit del av platsen, och det var en underbar känsla. Faktiskt så såg hon på sätt och vis fram emot Sanelas tid i huset. Hon skulle uträtta underverk, det var Ingegerd övertygad om.

Samtalet i hallen avslutades och Ingegerd såg nyfiket på Sanela när hon kom tillbaka.

"Det var Tage. En trevlig man förresten. Det var första gången jag pratade med honom. Hur som helst så ville han höra att allt var bra. Och han verkade riktigt nöjd när jag försäkrade att allt var som det skulle." skrattade Sanela.

"Ja, Tage. Han bryr sig om oss, det gör han verkligen."

"Jag bjöd honom på middag ikväll. Jag hoppas att det är okej med dig."

Ingegerd tittade häpet på flickan. "Middag? Ja, självklart får han det. Vad ska vi bjuda på då?"

"Jag vill bjuda er båda på kreolsk gryta. Har du ätit det någon gång? Det är en av mina favoriträtter. Jag har inte så mycket att ge dig som tack för allt, men jag vill gärna dela med mig av det bästa jag vet."

"Men kära du. Inte behöver du ge mig någonting." Kärleken till flickan grep plötsligt tag om henne och hon sträckte ut sin hand över bordet. När Sanela la sin friska unga hand i hennes kändes allt rätt. Det brände lite bakom ögonlocket, men innan någon tår letade sig fram i ögonvrån drog hon tillbaka sin hand.

”Vet du.” sa Ingegerd, själv häpen över att rösten inte avslöjat något av hennes känslostormar. ”Då kan vi fråga Tage om skjuts till staden i morgon. Det vill han säkert. Han älskar alla sådana där små äventyr.”

”Säkert? Det hade ju varit skönt förstås. Tror du verkligen att han ställer upp på det?”

”Jodå. Jag känner Tage Assarsson jag.” skrattade Ingegerd.

Det skulle visa sig att Ingegerd hade fullkomligt rätt. Så fort Tage fick frågan vid middagsbordet lite senare på kvällen brast han ut i ett glatt ”Självklart! När åker vi?”

Ingegerd log åt Sanela.

”Så skönt, Sanela! Då slipper vi ta bussen.”

”Jag och den röda limousinen hämtar er här klockan tio. Passar det damerna?”

”Det blir utmärkt.” konstaterade Ingegerd och la sin hand på Sanelas. ”Så skönt.”

Sanela höll med och Ingegerd släppte samtalsämnet.

”Så, hur är det med underbarnet Love egentligen? Han blir väl snart ett år?”

”I slutet av maj, så det är ett par månader kvar.” Tages röst blev med ens full av stolthet. Det gick inte att ta miste på att han myste när han tänkte på sitt lilla barnbarnsbarn. ”Han är så stor så. Han pratar och går redan.”

”Jasså?” sa Ingegerd förvånat. ”Det var väl tidigt? Så duktig han är.”

”Jepp. Han är duktig han!” Tages röst låg på bristningsgränsen av stolthet och Ingegerd svalde ett skratt.

Av Sanelas plötsliga intresse för maten antog hon att flickan också försökte bita bort ett fniss.

"Och så ska han få en lillasyster eller en lillebror."

"Jaså? Så roligt. När är det dags för det då?"

"I oktober var det visst. Och visst är det underbart."

"Ja, du har det för bra du. Med alla runt omkring dig." sa Ingegerd och gladdes med Tage.

"Man ska vara rädd om familjen. De är viktiga för att man ska må bra." konstaterade Tage enkelt samtidigt som han lyfte på grytlocket.

"Det här smakade fantastiskt gott må jag säga. Jag tror minsann jag tar lite till."

"Gör det du. Det är Sanela som har lagat. Vad hette det nu, lilla vän?"

Sanela log. "Det är kreolsk gryta. Roligt att du tyckte om det, Tage."

"Ja, det gjorde jag verkligen. Särskilt de där små stingsliga korvsnuttarna. De sticker liksom till när man äter dem."

Ingegerd och Sanela skrattade till. Kvällen med Tages sällskap blev väldigt trevlig och Ingegerd njöt över att ha sin gamle vän på besök. Dessutom verkade det som om Tage och Sanela hittade varandra vilket gjorde Ingegerd glad.

Kvällen fortsatte i samma trevliga och gemytliga anda och när Tage några timmar senare tackade för sig så var det under protester Ingegerd lät honom gå.

"Åh, vilken trevlig man det var." sa Sanela glatt när hon ställde sig vid köksbänken för att ta hand om kvällens disk.

"Ja, Tage är härlig." log Ingegerd och ställde sig bredvid Sanela med kökshandduken i hand, redo att ta över de blanka, droppande tingen som Sanela gjort rent.

”Han verkar alltid villig att hjälpa till. Som det här med i morgon. Det verkade faktiskt som om han ville, på riktigt, köra oss.”

Ingegerd nickade. Jo, Tage hade allt ett hjärta av guld.

När disken var färdig var kvällen långt gången, men ingen av kvinnorna ville gå och lägga sig. Istället hällde Sanela upp varsitt glas rött vin åt dem medan Ingegerd tände en eld i den öppna spisen. De slog sig ner i fåtöljerna. De satt tysta en stund och njöt av varandras sällskap och den värmande brasan.

”Tack för idag, Sanela. Det var väldigt trevligt. Fast det är det förstås alltid. Väldigt trevligt att ha dig här alltså.”

”Tack själv. Och jag har aldrig känt mig så hemma som jag gör i det här huset.”

”Det är ditt hus nu, ja snart i alla fall. Och din trädgård. Jag hoppas att du alltid kommer att trivas och må bra här.”

”Jag är världens lyckligaste. Tänk att allt kan bli så förändrat på bara några månader.” Sanela log och bytte sedan samtalsspår. ”Finns det mycket vårblommor i trädgården?” undrade hon förväntansfullt.

”Åh, ja det gör det.” försäkrade Ingegerd. ”Snödroppar, krokus, vintergäck, skilla, blåsippor, påskliljor, pingstliljor, tulpaner, ginst, forsythia och en mängd olika sorter till. Här i trädgården finns det alltid något som blommar. Från tidig julros till sen höstaster.”

”Det låter fantastiskt. Jag ser fram emot att se det. Våren har alltid betytt något extra för mig, och i den här trädgården måste den vara något alldeles extra.”

Småpratet vid den öppna eldstaden fortsatte att kretsa kring blommor och träd och längtan efter värmen.

Först när den sista glöden hade falnat långt in på den nya dagen gick de båda Blomsterflickorna till sängs. Och när de sa God natt! lyste deras båda ögon av glädje.

I nådens år 1703

S ara låg varmt nedbäddad på sin sovplats. Huset var
tyst, inte ens elden sprakade i eldstaden vilket måste
tyda på att det fortfarande var tidig morgon och att
Elin ännu inte hade vaknat. Vintern var äntligen förbi, men
vårmorgnarna var fortfarande kyliga och därför brukade de
tända en liten eld under morgontimmarna.

Sara njöt av friden. Tänk så underbart livet till sist
hade blivit. Varje dag var fylld av hårt arbete men hon
älskade det. Hon älskade att välkomna varje morgon och
hon älskade att besöka hägnet och utfordra djuren. Hon
älskade att hämta friskt vatten i bäcken och att lyssna till
suset när vinden drog genom trädens kronor.

Sara vek bolstret åt sidan och satte sig på
sängkanten. Hon såg sig omkring i rummet. Det var inte
mycket, men i hennes ögon var det den vackraste platsen
på jorden.

Ovanför sängen fanns en hylla och där förvarade
Sara sina alldeles egna ting. Inte för att det var mycket:
bara sin mors halsband i en liten träask samt skrivböckerna
som hon fått i present av Elin. Än så länge hade hon inte
börjat använda dem. En sådan fantastisk gåva krävde ett
fantastiskt innehåll. Hon visste i och för sig vad hon ville
skriva, men än så länge hade hon helt enkelt inte vågat

börja. Hon ville skriva om Gudrun och Elin. Och om hur hon själv kommit till den här vidunderliga platsen.

"Någon dag ska jag börja. Någon dag." viskade hon för sig själv innan hon sträckte på sig. Det var dags att kliva upp.

Sara fick fyr i eldstaden och när hon sett till att elden tagit sig så sträckte hon sig efter vattenkärlet. Det var dags att hämta en spann med vatten.

Utanför dörren var våren helt utslagen. De tunna brisarna förde med sig vårblommornas doft och precis som hon brukade göra varje morgon slöt hon sina ögon och drog ett djupt andetag. Det var en underbar dag.

Hon såg inte till Elin någonstans och lite förvånat klev hon i sina trätofflor för att följa stigen ner till bäcken. Det var olikt Elin att hålla sig undan morgonbestyren. Tvärtom var det nästan alltid Sara som fick ta sig för om hon ens skulle vara med i sysslorna. Halvvägs stannade hon till och vände sig om mot huset. Trädgården hade börjat formas omkring henne, men det var mycket kvar. Hon ville ha ett vårdträd till exempel. Ett hem behöver sitt vårdträd, hade hon hört någon säga någon gång. Vem det var kunde hon för ögonblicket inte minnas, men orden hade fastnat. Hon ville ha en lind, precis här där hon stod skulle det planteras. Det skulle antagligen bli fantastiskt vackert när det ljusgröna taket kom upp över trädgårdens mitt. Så snart det kom värme i jorden skulle hon ta itu med det.

Sara skulle precis vända sig om och fortsätta ner mot bäcken när hon plötsligt fick syn på Elin. Den äldre satt avslappnat tillbakalutad mot stallbyggnadens vägg. Hennes ögon var slutna och på hennes läppar fanns ett svagt leende. Solen sken på henne och några grå hårslingor hade slitit sig loss från flätan och dansade tillsammans med
242

vinden intill hennes kinder. Bredvid henne stod spannen med foder och även om hönorna lätt kunde komma åt kornen så låg de stilla och uppmärksamt intill kvinnan. Som om de vaktade.

I samma stund som Sara såg henne visste hon.

"Elin...?" viskade hon. När hon kom fram sjönk hon ner på huk intill kvinnan som avsomnat från livet. "Elin." Saras ögon fylldes av tårar och hon lät dem komma utan att hindra dem. De utslagna påskliljorna sken som solar intill husväggen där Elin satt och Sara såg tacksamt på de vickande gula ansiktena som hade vakat över kvinnan.

"Älskade Elin. Sov gott. Och tack för allt."

Kapitel 31

Luften var mildare än den hade varit på flera månader. Ingegerd njöt av den friska doften och med tanke på hur blank snön såg ut på hustaket så höll solens strålar sakta på att bryta ner dess vita täcke. Innan dagen var slut skulle snötäcket förvandlas till vatten och droppa ner i stupröret för att sedan försöka finna sig en väg ner mot marken.

Ingegerd sneglade på flickan som stod still, likt en staty, och väntade. Hon såg stressad ut och Ingegerd led med henne. Det var nog inte själva besöket med mäklaren som stressade utan snarare återvändandet till lägenheten. Sist hon hade varit där hade hon varit slagen och sårad.

När Tage stannade framför dem var det på stela ben Sanela klev in i baksätet medan Ingegerd slog sig ner i framsätet. Tage, som alltid var lika duktig på att uppfatta nyanser i stämningar, insåg direkt Sanelas oro Ingegerd lyssnade tacksamt till hans lugnande röst.

"Jaha, Sanela. Då var det dags. Du ser lite stressad ut, men du ska se att allt blir bra."

Ingegerd vred sig om i stolen och såg hur Sanela nickade stumt till svar.

Det blev lite småprat i bilen, alla försökte gemensamt hålla humören uppe, men ju närmare de kom staden desto tystare blev Sanela.

Efter en stunds körning kom de in i staden, och efter ytterligare några minuter kom de till kvarteren där de hämtat Sanela. Då hade det varit en mörk sensommarnatt och hela utflykten hade känts obehaglig. Nu var det ljus förmiddag och gatorna Tage körde på var mer levande än sist de sett dem.

"Det är väl här? Sanela? Det är väl huset där?" frågade Tage och pekade med sin utsträckta hand mot en port mitt bland alla andra. Ingegerd tyckte alla dörrar såg likadana ut och kunde för sitt liv inte förstå att Tage hade något som helst minne av var de hade varit den där natten.

Sanela drog ett djupt andetag i baksätet. "Jo. Det är där. Och mäklaren har visst redan kommit. Ser ni? Det måste vara han med kostym och överrock, eller hur? Han som stampar runt framför porten som en osalig ande. Varför i hela friden går han inte in? Det måste vara jättekallt att stå där."

Ingegerd höll skrattande med. "Ja, jo. Det kan man verkligen undra."

Tage parkerade utanför porten och stängde av motorn innan han vände sig om i förarsätet och såg på Sanela.

"Så, nu är vi här. Vill du gå själv, eller ska vi gå med dig upp?"

"Kom med ni. Mest för att det är kallt. Ni kan ju inte sitta här i kylan medan jag vallar en mäklare." Sanela log och öppnade dörren.

Ingegerd konstaterade nöjt att flickan återfått sitt lugn. "Då så, Tage. Kom nu. Skröppla dig ur bilen nu."

"Skröppla? Jag? Jag är minsann hur spänstig som helst." sa Tage med spelad indignation. Och visst hade han rätt, det var Ingegerd tvungen att medge. Om det var någon som var skröplig i sällskapet så var det minsann hon, vilket hon gladeligen erkände.

"Jo, den som ändå hade varit så spänstig som du."

Lägenheten var fin. Ljus och luftig. Och fastän det bara var en tvåa så kändes den stor och rymlig. Men det var inget för Sanela och Ingegerd förfärades inom sig. Här fanns inget utrymme för flickans trädgårdssjäl. Den lilla balkongen fanns mest för syns skull och rymde knappt mer än en pall och en balkonglåda. Ingegerd stod vid balkongdörren och såg kritiskt på den. Hon rynkade på näsan men kom av sig när mäklaren dök upp intill henne.

"En balkong! Och rätt så rymlig också! Det ökar definitivt värdet." Han nickade nöjt för sig själv.

Ingegerd såg efter honom när han gick in i köket för att inspektera vitvaror. Var han blind? Vad menade han med att det var en rymlig balkong? Nej, tack gode Gud för att huset med dess enastående trädgård fanns.

En stund senare var besöket avklarat och mäklaren lämnade platsen.

"Så där." sa Sanela. "Mäklaren fixar allt. Han ordnar till och med tömning och städning av lägenheten. Till en kostnad förstås." skrattade Sanela. "Fast det gör inget. Bara jag slipper. Nu gör vi något trevligare. Vad sägs om ett besök på konditoriet vid Rådhustorget?"

Ingegerd och Tage tyckte det var en strålande idé och när de lämnade lägenheten kändes det befriande skönt att veta att flickan skulle slippa ifrån den fyrkantiga lådan och det liv hon dittills hade haft. Ingegerd kände sig plötsligt överväldigad och var tvungen att dra ett djupt andetag. Vad var det med henne numera? Mjäkig hade hon minsann gått och blivit det senaste året.

De fick ett bord intill fönstret så att de kunde se ut över rådhustorgets vimmel medan de fikade och Ingegerd tittade nyfiket på allt hon såg.

Stunden på caféet blev uppsluppen och glad. Kaffet var lite svagt, men vem orkade bry sig om sådana småsaker vid ett trevligt litet cafébord tillsammans med de bästa vännerna? Medan de fikade pratade de om trädgården och allt arbete som den snart skulle innebära. Tage skakade på huvudet när Sanela och Ingegerd gemensamt listade upp allt som skulle göras under våren.

"Jag har bara en liten gräsplätt utanför mitt hus, och jag tycker att den är jobbig. Hur i all världen orkar ni med en hel trädgård?"

"Åh, men det är värre att ha gräsmatta." sa Sanela och Ingegerd höll nickande med. "Gör rabatter istället, riktigt täta rabatter där jorden inte ligger bar, så ska du se att det är mindre jobb med det än med en gräsmatta."

"Sanela har fullkomligt rätt. I vår trädgård finns bara en gräsyta, den under dubbelgungan du vet, och det är ett fasligt sjå att försöka hålla den snygg. Dessutom är det jobbigare att klippa gräs än att gå med en ogräshacka."

"Ni är galna." klagade Tage teatraliskt och tog en rejäl bit av sin bakelse.

"Ja, det är vi kanske." sa Sanela eftertänksamt. "Båda två." Sanela lutade sig mot Ingegerd som la sin rynkiga hand på flickans arm. "Men det gör inget, jag gillar att vara trädgårdsgalen."

"Där borta är ju Bodil. Har du träffat er granne, Sanela?" sa Tage glatt.

"Nej, det har jag inte. Men jag tror jag har träffat hennes katt." log Sanela och Ingegerd skrattade till.

"Åh, Bodil är väldigt trevlig. Och i din ålder. Du ska se att ni blir allra bästa vänner." försäkrade Tage. "Hon är också trädgårdstokig förresten."

Bodil hade fått syn på sällskapet och kom fram till bordet.

"Så trevligt! Tage! Ingegerd!" Hon sträckte fram handen och hälsade artigt på dem. När Ingegerd hade hälsat pekade hon på Sanela.

"Det här är Sanela. Hon bor i samma hus som jag."

"Sanela. Så trevligt! Då antar jag att du redan känner Sture?"

"Jo, vi har träffats." skrattade Sanela och Ingegerd myste av känslan av att de två unga kvinnorna redan verkade komma bra överens.

Utan att fråga sällskapet om lov slog Bodil sig ner på den lediga stolen bredvid Tage och vände sig sedan till Ingegerd

"Har du funderat något mer på artikeln?"

"Artikeln?" frågade Ingegerd frågande och letade i minnet. "Ja just det! Artikeln ja! Nej, det måste jag ju ärligt säga att jag inte har gjort." Hon vände sig till Sanela. "Bodil vill göra en artikel om vår trädgård förstår du. Fotografera och sådant. Jag har helt glömt bort att fråga dig om detta. Vad tycker du?"

Sanela ryckte på axlarna. "Jag antar att det helt beror på vad det är du ska fotografera och vad som ska stå i artikeln. Jag menar, visst, det ÄR en fantastisk plats, men vi vill ju inte att folk ska vallfärda om du förstår vad jag menar."

Bodil log stort. "Artikeln och bilderna kommer att publiceras i en kvällstidning. I en av deras bilagor för att vara exakt – Hemmet och trädgården. Det är en serie på fem artiklar och det kommer inte att stå var trädgården

ligger exakt. Tanken är att visa upp fem vackra trädgårdar
och fem trädgårdssjälar och ge inspiration till andra.”

”Som i en trädgårdstidning menar du?”

”Ja, precis. Jag vill bara lyfta fram människorna
bakom trädgårdarna och visa bilder från deras paradis.”

”Ja men då så.” log Sanela. ”Då tycker jag att det är
okej. Fast det får ju bli när våren har kommit. När är det
som allra vackrast i trädgården, Ingegerd?”

”I början av maj. Då blommar träden.”

”Då kommer jag i början av maj. Ring mig när det
passar.” Bodil drog fram ett visitkort och sträckte fram det
till Sanela. ”Eller så knackar ni bara på dörren. Eller så kan
ni ju skicka meddelande med Sture.”

Sällskapet brast ut i skratt och Bodil reste sig upp.

”Nej, nu ska jag inte tränga mig på längre. Då ses vi
snart då.” Bodil log stort. ”Och Sanela – det var trevligt att
träffas. Hoppas det inte dröjer för länge till nästa gång.”

”Kom över och fika någon dag.” sa Sanela till svar
och Ingegerds bröst fylldes med glädje över den groende
vänskapen.

”Vi ska väl ta och ge oss av hemåt igen, tycker ni
inte?” sa Ingegerd när Bodil hade lämnat dem. ”Vi har alla
lite att pyssla med resten av dagen.” Hon tänkte mest på
Sanela såklart. Flickan hade tagit med sig en rejäl bunt med
papper ifrån lägenheten och att gå igenom dem skulle ta ett
tag.

”Du har rätt. Men det har varit en trevlig utflykt
tyckte jag. Det var lite annat än att sitta och glo i böcker
hela dagen i väntan på våren.” Tage kastade ett förlåtande
öga åt Ingegerd. ”Jag har redan läst boken jag fick av dig
fem gånger. Jag kan den nu. Och de andra är minsann inte
lika roliga.”

Ingegerd skrattade högt.

Sällskapet reste sig och drog på sig de varma vinterkläderna igen. Sanela gick först och öppnade dörren för de äldre.

”Kom nu, Ingegerd. Tage. Nu åker vi hem.”

Ingegerd la sin lediga hand på Sanelas arm och klappade henne när hon gick förbi.

”’Hem’. Det låter fantastiskt bra, Sanela lilla.”

Kapitel 32

Sanela hade skottat fram alla grusgångar och med solens hjälp var de inom kort fria från isfläckar vilket gjorde det möjligt för Ingegerd att återigen gå sina trädgårdsrundor. Precis som varje år när vintern tillslut gav upp var hon ute flera gånger om dagen. Än så länge gick det inte att göra något trädgårdsarbete, men snart. Snart kunde de börja förgro i växthuset och klippa ner alla bruna kvistar.

Den första april kom med strålande solsken och medan Ingegerd tillbringade så många timmar som möjligt ute i trädgården höll sig Sanela för sig själv i köket. Ingegerd var inte särskilt orolig, men det var annorlunda än det brukade vara vilket i sig gav upphov till funderingar. Kanske skulle hon fråga om allt stod bra till? Jo, kanske. Hade Sanela fortfarande inte sagt något när kvällen kom så skulle hon minsann fråga.

Inne i växthuset hade det äntligen blivit lagom varmt för frösådd och Ingegerd ägnade hela eftermiddagen åt att fylla brättena med såjord och vattna. Med outsinligt tålamod satte hon sedan igång med själva frösådden. Flera olika sorters tomater och blommor sattes och varje kruka märktes med etiketter. Det tog lång tid, men att vara noggrann i början lönade sig när det var dags för omskolning och utplantering. Det hade hon minsann lärt sig under alla år i trädgården. Skulle man ha det fint så fick man lägga ner lite själ i arbetet. Fast det handlade inte om att lägga ner sin själ utan om att utbyta själ med trädgården. Jo, visst var det så. Arbetet skedde i symbios och Ingegerd älskade det.

Timmarna gick utan att Ingegerd var medveten om det och när dörren bakom henne öppnades ryckte hon till av det plötsliga ljudet.

"Hej Ingegerd. Vad har du planterat till oss?"

Sanela stängde om sig och såg sig nyfiket omkring. Hon såg sprudlande ut. Lycklig.

Ingegerd visade och berättade vad lådorna framför dem innehöll. "Fast någon chili har jag inte satt än. Är lite osäker på dem, de är helt nya för mig."

"Och nåt ska väl jag göra också. Du sliter och släpar medan jag bara har hållit till i köket hela dagen." Sanela och såg sig omkring.

"Visste du att växthuset byggdes 1892? Det var en gåva till Blomsterflickan Sofia som levde här då. Hon hade hjälpt till vid en förlossning i herrgården och maken blev så tacksam över hennes hjälp att han inte bara skänkte Sofia glas och stommar utan även lät sina egna drängar bygga upp växthuset. Och man byggde det på platsen där jordkällaren hade legat. Taket hade rasat in så den var oanvändbar. Så nu vet vi det. Var jordkällaren låg och när växthuset kom till."

"1892? Det var minsann länge sedan." sa Ingegerd vördnadsfullt. "Långt över hundra år. Men man kan inte säga annat än att det är ett gediget bygge. Dessutom har det hållits efter bra. Fast om något år eller två är det nog dags att måla om det. Den vita färgen har flagnat lite här och var."

"Dubbelgungan är också en gåva. Av samma man. Antingen hade han för mycket pengar eller så var han så tacksam att han knappt visste var han skulle göra av sig." Sanela skrattade till och tittade ner på lådorna med sådder som stod framför Ingegerd.

"Åh, så mycket gott du har frösått. Visst är det fantastiskt att ett enda litet tomatfrö kan bli en hel planta som i sin tur kan ge flera hundra tomater? Det är magi." Sanela bet sig i läppen och Ingegerd höll med. Jo, visst var det fantastiskt. Naturens under. Hur många gånger hade hon själv inte tänkt samma tanke när hon stått vid planteringsbänken i växthuset om våren?

"Fast chilin får vänta till i morgon. Nu vill jag att du följer med mig in." Sanela knuffade vänskapligt till Ingegerd på armen som inte var sen att lägga undan handskar och redskap.

När Ingegerd klev in i köket föll hennes blick på köksbordet. Bredvid en flaska champagne och två glas låg en nyckelknippa på en liten bunt med papper.

"Vad är detta…?"

"Nu, Ingegerd, ska vi fira."

"Fira?" Ingegerd mötte flickans ögon och fascinerades av glittret.

"Fira. Vi ska fira att lägenheten är såld."

"Det är ju fantastiska nyheter, Sanela! Så roligt och härligt!"

Sanela sträckte fram ett glas bubblig champagne och höjde sedan sitt glas.

"För Blomsterflickorna!"

"För Blomsterflickorna! Och för dig, Sanela." Ingegerd tog en liten klunk, blundade med ena ögat och knep med ena tån. Kanske kunde de ta en kopp kaffe lite senare?

Kapitel 33

Det efterlängtade trädgårdsarbetet kunde äntligen ta vid. Blomsterflickorna ägnade timtal till att klippa ner klematis, plymspireor, hosta och aster. Sakta men säkert kastades de sista tecknen på den gångna vintern bort och framför dem bredde det snart ut sig ett hav av lucker, mullrik jord som var sprängfylld av växtkraft.

"Det är mycket att göra så här års. Härnäst måste vi ta hand om rosenträdgård och köksland." Ingegerd nickade mot områdena som fortfarande behövde lite kärlek.

"Ja!" utbrast Sanela lyckligt och Ingegerd kunde inte hålla inne på skrattet.

"Du är makalös flicka lilla. Vilket energiknippe du är. Tur för huset och trädgården att du har kommit."

"Det är jag som har haft tur." log Sanela. "Förresten. Kan du hjälpa mig med en sak?"

Ingegerd drack ur sitt kaffe och ställde ner den tomma koppen. Hon väntade nyfiket på vad som skulle komma.

"Det är dags att placera ut snurran. Jag har väntat på den perfekta vårdagen, och nu är den här." sa Sanela förklarande.

Vindsnurran. Den hade hon näst intill glömt bort.

”Åh, gärna.” utbrast Ingegerd. ”Jag hoppas verkligen solen bryter igenom de mönstrade bladen.”

Sanela försvann in i huset och ögonblicket därpå var hon tillbaka. I sin högra hand höll hon den färgglada snurran.

”Den ska stå under linden. I dagliljerabatten.” berättade Sanela än en gång och skyndade fram längs grusgången. Ingegerd skyndade efter så gott hon kunde och försökte låta bli att tänka på höften som skrek åt henne varje gång hon sträckte fram sitt högra ben.

När de kom fram till den runda bänken under linden satte sig Sanela och började noga granska rabatten som låg framför henne.

”Jag vill kunna se den härifrån. Men jag vill också att vinden ska kunna ta tag i snurran.”

Ingegerd stod kvar på grusgången. Även om solen sken och det var vår så var det kyligt på bänken och hon ville inte utsätta sin ömma höft för ännu mer påfrestningar. Trädgårdsarbetet hade gått hårt på hennes kropp de senaste dagarna och nu ville hon vila. Hon sa ingenting utan väntade lugnt på Sanelas beslut som hon visste skulle komma inom kort.

Och precis som hon trodde reste sig Sanela plötsligt och gick fram till rabatten. Hon stack ner vindsnurrans långa pinne i den fasta jorden och provade sedan att blåsa på de färgglada bladen. De snurrade fogligt vid vindpusten och Sanela såg nöjd ut.

”Så där” sa hon när hon reste sig. ”Där blommar de orangea dagliljorna, det sa du någon gång, och de blommar inte förrän i slutet av juli och början av augusti. Så den fläcken kan behöva lite färg redan på försommaren. Dessutom ser man snurran tydligt och den är inte i vägen för rensning.”

"Tänk att det var så mycket att ta hänsyn till när det gällde den vindsnurran." utbrast Ingegerd med en röst full av skratt.

"Jo, du. Man kan inte sätta ner en vindsnurra hur som helst." log Sanela.

Ingegerd såg först på färgklicken i rabatten och sedan på Sanela. Den unga kvinnan verkade vara långt borta i sina tankar och hon hoppades att det var soliga dagdrömmar som fyllde Sanela. Själv ville hon helst gå in. Solen nådde inte ända fram under lindens fantastiska grenverk och det var kyligt i skuggan. Hennes kropp behövde mera värme än så och hon började återigen längta efter en kopp kaffe vid det gamla köksbordet. Kaffelängtan dök upp oftare och oftare, hon hade faktiskt gått och blivit helt kaffebesatt, men det kunde väl inte vara så farligt? Någon last fick varje människa ha och kaffe hade varit hennes under hela hennes liv även om den hade eskalerat det senaste halvåret. Men hon skyllde på vintern. Under den kalla vita vintern hade det varit nödvändigt att ideligen värma upp sig med varmt kaffe.

"Jättefint blev det i alla fall." sa Ingegerd och nickade mot vindsnurran när Sanela mötte hennes blick. "Jag är glad att du tyckte om den. Nu tänker jag gå in. Det är kyligt här ute för en gammal gumma. Jag måste gå in och värma upp mig."

"Gör det du. Jag kommer strax. Om du ska brygga kaffe kanske du vill göra en extra kopp till mig? Jag ska bara gå ett varv i trädgården innan jag kommer in."

"Kaffe? Jag?" Ingegerd försökte låta indignerad, men lyckades inte alls. Istället sprack hela hennes rynkiga ansikte upp i ett brett leende och hon skrockade "Jo, du känner mig vid det här laget du, Sanela. Självklart gör jag en kopp till dig också."

Sanela skrattade till och vände sig kvickt om. Hennes hästsvans svängde i luften när hon med energiska steg gick vidare längs grusgången och försvann nedåt pergolan. Ingegerd såg efter henne och vände sig sedan sakta och mödosamt mot huset. Vad var det för envist med höften? Det var som om den vägrade samarbeta och istället satte käppar i hjulet för alla rörelser som under hela hennes liv hade varit en självklarhet. Varje steg fick henne att hålla ut högra armen framför sig på ett sätt som hon aldrig tidigare hade behövt göra och när hon långsamt tog sig framåt visste hon inte vilket som var värst – höftens gnisslande känsla eller synen av armen som parerande hängde i luften.

Ingegerd suckade. Hon hade egentligen inget emot att bli gammal. Att åren gick var precis som det skulle och alla människor åldrades. Och självklart var hon som alla andra – blev rynkigare och rynkigare allteftersom tiden gick. Men hon tyckte inte om när hon märke att kroppen inte riktigt ville längre. När den gjorde ont på grund av åldern.

Ingegerd pressade ner dörrhandtaget och klev in. I samma stund lämnade hon de tråkiga tankarna utanför och skyndade in i köket. Där stod disken kvar i blöt, men den fick vänta. Först var hon tvungen att värma upp sig med lite varmt kaffe. Strax doftade hela huset gott och hon stod girigt, nästan hungrigt, bredvid kaffebryggaren och såg på medan den släppte ner sitt bruna guld i kannan. Jo, visst var hon en riktig kaffemoster.

På köksbordet hade Sanela lämnat ett papper framme. Det var tomt så när som på ett par rader av Sanelas mjuka handstil: "Goran och Djiana" och ett telefonnummer. Vilka var de? Ingegerd granskade telefonnumret, men hon kände inte igen riktnumret eller siffrorna. Namnen kände hon definitivt inte igen.

Kaffet hade runnit ner och i samma stund som Ingegerd fick sörpla i sig de första varma dropparna släppte hon tankarna på pappret som låg på bordet framför henne. Kaffe. Den himmelska fridens dryck. Fanns det ett paradis efter jordelivet så borde dess bäckar vara fyllda av rinnande hett kaffe.

Just då kom Sanela in och Ingegerd ryckte till och kom tillbaka till paradiset i köket.

"Åh, så gott det ska bli med kaffe. Det doftar ljuvligt. Jag kände det ända ner till pergolan." Sanela klev in i köket och tog för sig av kaffet. Ingegerd tittade på henne. Till skillnad från henne själv rörde sig Sanela gracilt. Varje sväng och steg var som en dans i det lilla köket och Ingegerds hjärta blev alldeles varmt av kärlek till den unga flickan.

"Har du förresten pratat med Bodil?" frågade Ingegerd.

"Åh, har jag glömt att berätta det? Hon kommer på måndag eftermiddag. Då borde våren vara här. Till dess har jag beställt strålande sol och blommande påskliljor. Vi bestämde det häromdagen när vi pratades vid ute på landsvägen."

"Det låter ju bra. Så spännande med en journalist i trädgården! Men hur har du tänkt... med oss Blomsterflickor och så?" undrade Ingegerd.

"Du behöver inte vara orolig. Artikeln kommer att handla om en fantastisk trädgård och två trädgårdsentusiaster. Var inte orolig. Allt kommer att bli toppen."

"Det låter bra, Sanela."

Orolig hade hon inte varit, men veta ville hon ändå. All oro hade förresten runnit av henne – trädgården, huset och Sanela – allt var som det skulle. Och allt var faktiskt klart nu, hon hade ordnat det där med arvet, precis så som alla Blomsterflickor före henne hade gjort enligt deras tids regler.

"Förresten Sanela. Jag har ordnat färdigt med huset nu. Jag har varit i kontakt med juristfirman Bröderna Petrén nere i staden och allt är färdigt med testamentet. Ja, det gick väldigt enkelt. Bara lite papper att skicka in, lite underskrifter. Men nu är det alltså helt färdigt. Huset och trädgården är ditt när jag går bort."

"Går bort?" frågade Sanela förvirrat. "Men du ska ju alltid vara här med mig. Vi ska ju alltid plocka bland växterna tillsammans. Vi ska ju alltid starta dagen vid frukostbordet och fundera över vilka växter vi ska se till den dagen. Och vi ska alltid avsluta dagen med att sitta i varsin fåtölj och prata."

På det skrattade bara Ingegerd till svar och efter en liten stund föll Sanela tyst in i skrattet innan hon omfamnade den äldre.

Ingegerd tog lyckligt emot kramen.

"Lilla Sanela." sa hon ömt.

Kapitel 34

I motsats till vintermånaderna som hade verkat oändliga gick vårmånaderna i en faslig fart. Knappt hade april börjat förrän maj månad tog vid och det perfekta vädret fick växterna att ivrigt vilja växa sig högre och ståtligare än de någonsin gjort tidigare. Eller så berodde växtkraften på Sanelas vårdande hand. Med rensning, gallring, gödsling och ömma ord tog hon hand om trädgården och alla dess växter på ett sätt som Ingegerd häpnades över.

"Det är för att jag är lycklig när jag är med dem." förklarade Sanela när Ingegerd frågade hur i all världen det kunde komma sig att varenda växt slog rekord i trädgården. Och att Sanela var lycklig kunde vem som helst se. Det strålade om henne och varje gång Ingegerd såg till henne hade hon något nytt på gång.

När dagen var inne för Bodil att besöka trädgården tillsammans med sin kamera höll sig Ingegerd inne. Det där med fotografering och intervju höll hon sig utanför. Det var med varm hand hon lämnade över spektaklet till Sanela. Ingegerd tittade ut genom köksfönstret och såg på medan Sanela krattade grusgången runt linden. Inte för att det behövdes förstås, grusgången var helt ren från minsta grässtrå. Det samma gällde förresten resten av trädgården. Den var i perfekt skick och kunde inte vara vackrare.

Sanela hade ägnat all sin tid den gångna månaden till att vårda rabatter, buskar och träd.

Ingegerd drog sig tillbaka från fönstret och gick in i vardagsrummet. Hon var nöjd med att stanna inomhus även om dagen var fin. Det blev allt svårare att gå på grusgången och hon blev snabbt trött i lederna. Inne i huset var det lättare att röra sig. Hon såg sig omkring. Rummet var detsamma som det alltid hade varit, men ändå inte. På det lilla vardagsrumsbordet låg en trädgårdstidning uppslagen, filten låg draperad över ryggstödet och i värmeljushållaren fanns värmeljus med äppeldoft. Själv hade hon aldrig lämnat en tidskrift framme eller köpt värmeljus med doft. Filten hade Ingegerd alltid vikt och haft på armstödet.

Små tecken visade att en ny Blomsterflicka fanns i huset.

Ingegerd gick fram till trädgårdsdagboken och tittade ner på den öppna sidan. Hon bläddrade tillbaka till den förra anteckningen och läste raderna som Sanela hade skrivit:

"I morgon är det dags för fotografering av trädgården. Hjälp! Tänk om Bodil ändrar sig och säger att trädgården inte är tillräckligt fin för att vara med i hennes artikelserie?"

Ingegerd log för sig själv. Trädgården hade nog aldrig varit vackrare, och egentligen visste Sanela om det. Någon dag, tänkte Ingegerd, någon dag kanske Sanela kan erkänna för sig själv att hon har gjort ett bra jobb.

Ingegerd bläddrade lite i dagboken och insåg att det var länge sedan hon själv hade skrivit något. Synen hade börjat trilskas med henne och den senaste tiden hade

Sanela skrivit anteckningarna. Den unga kvinnans handstil var lättläst och enkel. Bokstäverna stod var för sig och det var endast vid ett fåtal tillfällen som ett par bokstäver hade bundits samman. I jämförelse med sin egen svepande skrivstil så såg Sanelas text ut som tryckbokstäver.

Ingegerd slog sig ner vid skrivbordet, sträckte sig efter en penna och slog upp nästa tomma sida.

"Måndag den 16 maj.
Just nu visar Sanela upp trädgården för en journalist och jag hoppas att hon är riktigt stolt. Trädgården älskar den nya Blomsterflickan och visar sig från sin allra bästa sida idag. Mycket blommar för första gången just idag. De första dagliljorna har slagit ut till exempel och när en tunn bris drar genom trädgården så nickar de i takt till vindsnurrans dans.

Dagliljerabatten har blivit fulländad. Då, för mer än tjugo år sedan, när jag satte dagliljorna så hade jag en vision om en färgrik rabatt. Visst blev det vackert, men i år är den vackrare än någonsin. Man ska följa sitt hjärta. Jag flyttade örtträdgården till köksträdgården och grävde om jorden helt. Dagliljorna fick ett eget utrymme där libbsticka och timjan vuxit. Kanske är det en lärdom till kommande Blomsterflickor? Våga förändra i trädgården. Skapa den efter dina behov. Allt är förgängligt och allt är föränderligt. Och inse att inget kan förstöras, bara förbättras i trädgården."

Jo, så var det. Trädgården hade funnits i hundratals år och genomgått mängder med förändringar. Men det var viktigt att komma ihåg att förändringar bara kunde vara bra.

Ingegerd reste sig igen och lät sin anteckning ligga uppslagen. Hon återvände till köket och kikade ut genom fönstret. Bodil hade kommit såg hon. Sanela och Bodil

ömsom promenerade och ömsom stod still på grusgången.
Då och då såg Ingegerd hur de skrattade tillsammans och
då log hon. Hon kände sig lycklig ända in i hjärteroten. Allt
var så fantastiskt bra.

Plötsligt hajade hon till. Grannen Ohlsson kom
gående i trädgården och med bestämda steg gick han fram
till Sanela. Ingegerd tittade på medan han stannade och
bockade sig för det båda kvinnorna. Efter en stund såg
hon hur Sanela pekade mot huset. Ohlsson bockade sig
igen och vände sig sedan om. Efter en stund knackade
han på ytterdörren.

"Ohlsson! Så trevligt, kom in." sa Ingegerd och
öppnade dörren på vid gavel. "Hur är det fatt, kan jag
hjälpa dig med något?"

"Jag pratade med Sanela och hon sa att ni hade mer
timjante. Det gör så gott för kroppen när jag ska sova, men
mitt är slut."

Ingegerd skrattade till. "Självklart har vi det. Kom in
så ska jag ta fram till dig. Tycker du inte att det smakar hö
längre då?"

"Jo vars. Särskilt gott är det inte. Men det gör väl för
kroppen så då får det vara så."

Medan Ingegerd plockade bland sina tepåsar i
köksskåpet så lyssnade hon på Ohlsson som stod i hallen
och gick över till att prisa Sanela. Rarare tös fick man leta
efter, tyckte han. Han lät på riktigt gott humör. Någon
antydan till butterhet i rösten fanns inte över huvudtaget.
Ja, han lät till och med glad. Kunde det vara Sanelas
förtjänst? Hade hon påverkat honom också?

"Ja, hon är underbar." höll Ingegerd med. "Hon
kommer att stanna kvar, så även om jag inte är här så kan
du få hjälp med teer framöver."

Ingegerd förslöt påsen med te och gick ut i hallen. Hon sträckte fram förpackningen till Ohlsson som tacksamt tog emot.

"Tack så mycket. Ja, jag säger det inte så ofta, men jag uppskattar verkligen det här." Ohlsson höll upp påsen och gick mot dörren.

"Ingen orsak. Grannar ska hjälpas åt. Ta hand om sig nu. Vi ses."

Ingegerd stängde efter grannen och gick tillbaka in i köket.

Kapitel 35

”Vet du. Jag tror minsann jag ska göra slag i saken och starta ett företag.” sa Sanela en förmiddag när de tagit en paus i allt trädgårdspyssel. ”Du vet, det du föreslog? Vi har ju allt vi behöver här intill oss, så det skulle bara bli extra roligt om någon annan kunde ta del av allt vi har. Jag kan inte gå arbetslös, eller hur? Rätt som det är tar pengarna slut, ja pengarna från lägenhetsförsäljningen alltså. Så jag tänkte starta företaget Blomsterflickan och göra massageoljor, salvor, teer, doftpåsar och annat.”

Ingegerd tyckte det var en fantastiskt bra idé och kände inga som helst tvivel.

”Jättebra! Det kommer du att klara galant.”

”Pappren från skattemyndigheten kommer vilken dag som helst. Bodil tyckte också att det var en bra idé.” fortsatte Sanela.

Ingegerd såg på flickan som satt bredvid henne på den runda bänken under linden.

”Ni verkar ha funnit varandra, du och Bodil?”

”Ja, henne vill jag gärna ha som vän.” log Sanela.

”Det känns bra, tycker jag. Att du har någon så nära nu när du har flyttat hit.”

Sanela höll med. ”Allt har blivit så fantastiskt. Hela mitt liv är plötsligt så fantastiskt. Jag är lycklig.”

Ingegerd log. "Bra. Jag är glad för din skull."

På bänken mellan dem låg en tidning uppslagen. Det var Bodils artikel och bilden som lyste färggrant på uppslaget föreställde en närbild av deras dagliljerabatt och Sanelas vindsnurra. Det var en vacker bild. Fotografen hade lyckats få med ljuset och vindsnurrans genombrutna blad gjorde bilden trolsk och vacker. Infälld i den stora bilden fanns en mindre. Den förställde Sanela som log med en enkel vårbukett i handen. Under den lilla bilden fanns en bildtext som berättade att Sanela var på väg att starta upp företaget Blomsterflickan. Hela uppslaget var grönskande och rikt på energi och den förmedlade trädgårdsglädje.

Ingegerd lyfte blicken. Tulpanerna började slå ut runt omkring i trädgården och Ingegerd såg förväntansfullt in under kastanjeträden. Där hade hon och Sanela planterat de vita tulpanerna i höstas och de senaste dagarna hade knopparna blivit allt större på de krispiga gröna stänglarna. När som helst skulle de brista ut i vita stjärnliknande klockor och hon ville så gärna se det hända.

Efter en liten stund kändes tystnaden påtaglig, nästan lite sorglig och Ingegerd vände sig mot Sanela. Flickan såg eftertänksam ut.

"Hur är det, Sanela? Är det något på tok?"

Det var tyst en stund och Ingegerd väntade enträget. Precis när hon tänkte ställa frågan igen öppnade Sanela munnen.

"Jag ringde dem." sa Sanela sedan med blicken på sin vindsnurra.

"Vilka då?"

"Goran och Djiana. Mina föräldrar."

Ingegerd hajade till. Hon kände igen namnen direkt. Det var namnen på pappret i köket! Då hade hon inte vetat vilka personerna var, men nu önskade hon innerligt att den som hade lyft på luren när Sanela ringde hade välkomnat samtalet.

”Vad sa de?” frågade Ingegerd och kunde knappt andas.

Sanela strök bort en tår innan hon fortsatte.

”Det var pappa som svarade. Tänk va? Han som nästan aldrig är hemma svarade i telefon när jag ringde…” Sanela tystnade och Ingegerd fick anstränga sig till sitt yttersta för att inte skaka om flickan och kräva att höra fortsättningen.

”Han sa ’Hej Sanela. Jag har läst om dig i tidningen.’” Sanela log och strök med handen över den uppslagna tidningen som låg mellan dem. Ingegerd noterade hennes rörelse i ögonvrån, men var alltför upptagen med att lyssna efter fortsättningen. ”Sen sa han att han hade blivit glad över att hitta mig på en så vacker plats. Innan han gav luren till mamma så sa han att han var glad för min skull.”

Ingegerd slöt ögonen och kände hur en tår av tacksamhet letade sig fram till ögonvrån. Och hon lät den komma.

”Och din mamma då. Vad sa hon?” Ingegerd öppnade ögonen och såg forskande på flickan som satt intill. Ibland såg Sanela så ung ut, så sårbar och Ingegerd motstod frestelsen att omfamna henne.

”Mamma sa…” Sanela drog efter andan. ”Hon tackade för att jag hade ringt och sa att hon ville se mig. Hon sa att hon ville krama om mig.”

Ingegerd sträckte ut sin hand och la den på Sanelas hand.

”Det är fantastiskt, Sanela. Helt fantastiskt. Så underbart för dig.”

Sanela nickade tyst.

"Det känns konstigt. Att jag väntat så många år på att ringa dem, och så var det så…" Sanela såg eftertänksam ut. "Ja, jag vet inte hur det var. Allt känns märkligt och fantastiskt. Som om det inte finns några svårigheter alls framöver. Jag känner mig lätt. De, ja mamma och pappa alltså, kommer och hälsar på mig i sommar."

"Jag är så glad för din skull, Sanela. Inte bara för telefonsamtalet. Utan för alltihop. Du har blivit så stark. När vi först träffades var du så liten, skadad och ömklig. Se på dig nu. Nu är du säker, trygg, glad, stark och… ja, stabil. Vilken förvandling du har genomgått, Sanela."

Sanela log stort och lutade sig kort mot Ingegerd.

"Allt det där är tack vare dig. Du har trott på mig och hjälpt mig. Och jag vet att allt kommer att bli bra framöver. Jag vet att företaget kommer att bli bra. Livet har äntligen fallit på plats."

"Ja, så är det." nickade Ingegerd. "Njut av livet du har framför dig."

Ingegerd drog tillbaka sin arm, la den i knäet innan hon vände tillbaka blicken mot platsen under kastanjeträden.

"När som helst slår de ut nu." hörde Ingegerd Sanela säga och hon hummade till svar.

"Jo, när som helst. Och jag vill så gärna se det hända."

"Det kommer att bli magiskt vackert." viskade Sanela. "Hela den här platsen, under linden, är magiskt vacker. Jag är bara rädd för att vindsnurran jag satte dit skämmer utsikten härifrån."

"Åh, det gör den verkligen inte." sa Ingegerd bestämt och såg på den lilla snurran som verkade leva ett eget liv med rörelse i vinden och soliga strimmor som emellanåt bröt genom de färgade bladen. "Den är vacker. Mycket vacker. Och den har hittat sin plats i trädgården." Ingegerd skrattade till innan hon fortsatte: "Det får bli den sista uppmaningen från den gamla Blomsterflickan till den nya: följ alltid ditt hjärta. Hur knasigt det än verkar, så är det rätt så länge det känns rätt i hjärtat."

Det verkade inte som om Sanela visste riktigt vad hon skulle svara, och efter en stund av tveksam tystnad nickade hon. Ingegerd såg nöjt på bekräftelsen och vände tillbaka blicken mot tulpanknopparna. Hon var trött, kände hon plötsligt. Riktigt slut i ben, armar, rygg och nacke. Egentligen ville hon lägga sig ner och blunda en stund, men drivet att se på tulpanerna fick henne att sitta kvar.

Det var en härlig stund. Stunden blev till en timme. Timmen blev till två och skuggorna började bli längre under dagliljornas nyfikna spetsiga blad. Kvällen var på ingång och Ingegerd skakade på huvudet.

"Nej, inte i dag heller. Tulpanerna alltså. Men kanske i morgon? Så stora som knopparna är så måste de brista i morgon."

"Kom nu så går vi in, Ingegerd. Du har blivit lite kall i skuggan på bänken. Lite varm mat skulle nog göra susen."

"Det låter som en bra idé, Sanela. Nu går vi in."

Efter en sista blick in mellan träden vände sig Ingegerd mot huset och tog ett försiktigt första steg. Höften protesterade som vanligt och med tanke på att Sanelas hand grep tag om hennes arm antog hon att hon hade undsluppit sig ett gnällande ljud. Tacksam för det extra stödet gick Ingegerd in i huset.

"I morgon, Sanela. I morgon. Då kanske tulpanerna kommer."

"Det gör de säkert. De vågar inget annat nu när du håller koll på dem. Kom nu så går vi in till den öppna spisen och tänder en brasa. Vi behöver värma upp dig."

Ingegerd gjorde fogligt som den unga flickan sa och strax därpå satt hon varmt inlindad i en filt och kände doften från sprakande eld. Hon lyssnade på ljuden från köket och började känna sig trött. Hon blundade. Sinnena var fulla av värmen, dofterna och ljuden och tröttheten som hon känt ute i trädgården kom tillbaka. Hon somnade med huvudet mot fåtöljens stoppade ryggstöd.

Kapitel 36

Utanför gardinen sken morgonens första strålar och Ingegerd vred sig upp i sittande ställning. Hon kände sig klarvaken och fastän klockan bara visade kvart i sju klev hon upp och klädde sig.

Än så länge borde inte tulpanerna ha slagit ut. De borde fortfarande vara stora knoppar. Men så som solen sken, och med tanke på trycket som verkade finnas innanför knopparna, så kunde inte dröja länge.

Huset låg tyst och så försiktigt hon kunde tassade hon över köksgolvet. När hon passerade kökssoffan drog hon åt sig filten som låg vikt över armstödet. Hon blev snabbt kall numera och vårens morgontimmar kunde vara allt annat än varma.

Med stumma ben och stela fötter klev hon omsorgsfullt i sina stövlar innan hon öppnade dörren och klev ut. Solens strålar mötte henne och lyckan verkade rinna in i henne i samma stund som ljuset föll på hennes ansikte. Hon slöt ögonen och drog djupt in de rika dofterna. Det var en fantastisk morgon och hon kunde inte låta bli att le.

Gruset knastrade under hennes fötter och varje steg verkade bjuda på nya dofter från trädgårdens spirande grönska. Det var som om trädgården bjöd in henne till dess egen hemlighet, som om den delade med sig av sina innersta dofter och färger. Allt runt omkring henne var klarare och tydligare än de brukade vara och Ingegerd blev plötsligt osäker på om hon gick över gruset i den verkliga trädgården eller om det hela var en underbart fantastisk dröm.

När hon kom fram till bänken under linden svepte hon in sig i filten innan hon slog sig ner. Solen var fortfarande låg och sken in på henne under trädets gröna tak. Ljuset fick henne att kisa och för att skugga sina ögon mot det skarpa skenet vred hon undan sin blick och tittade bort mot den lilla vindsnurran. Det fanns ingen vind som lockade dess färgglada vingar till lek, istället stod den stilla i den välansade rabatten. Och fastän det var ett barns leksak i den annars så fantastiska trädgården så passade den bra där den stod. Det var som om den hade hittat sin rätta plats i livet.

"Precis som Sanela." viskade Ingegerd nöjt för sig själv innan hon trotsade solens strålar och kisade in mellan kastanjeträden.

Och där... Jo, där... Ingegerd drog ett häftigt andetag.

Små vita stjärnor, som verkade växa medan hon såg på, glimmade mot henne i det gröna havet.

Bilden var overkligt vacker. Den letade sig in i hennes innersta och virvlade runt bland trädgårdens hemliga dofter och färger. Det var som om hela hennes inre fylldes av en sinnlighet utan gräns och allt hon kunde göra var att fortsätta se på medan tulpanernas vita kronblad sträckte ut sig mer och mer.

Ingegerd slöt ögonen för en kort sekund, för att helt och fullt kunna uppleva sinnligheten. Hon kände sig lycklig, fulländad och euforisk.

En svag vindpust fick henne att öppna ögonen och hon tittade bort mot vindsnurran. De färgsprakande vingarna och de sirliga mönstren i dess tunna blad roterade i ljuset och när hon åter slöt ögonen följde bilden av den virvlande snurran med in i kroppens sinnlighet.

Hon log. Allt var perfekt.

Kapitel 37

Sanela tittade häpet på klockan. Halv åtta! Så länge brukade hon inte sova. Frukosten brukade ställas fram vid den här tiden, hade Ingegerd varit tvungen att slita med det själv? Det var hög tid att gå upp och hjälpa den gamla.

Sanela skyndade upp och gick med raska steg ut i det tomma köket. Förvånat gick hon fram till kaffebryggaren och la en hand på dess tomma glaskanna. Kall. Ingegerd hade inte bryggt sig något morgonkaffe den här morgonen vilket var märkligt. En mer kaffeberoende människa än Ingegerd hade Sanela aldrig stött på tidigare.

Dörren till Ingegerds sovrum var öppen och Sanela gick fram till rummet. Sängen stod obäddad, men nattkläderna låg utslängda över kudden vilket måste innebära att gumman redan var uppe och ute i trädgården.

Sanela log när hon plötsligt insåg var Ingegerd var. Tulpanerna såklart. Ingegerd önskade inget hellre än att se hur tulpanernas vita blommor slog ut, det var nästan att det hade blivit en fix idé och Sanela skakade leende på huvudet när hon tittade ut genom köksfönstret och fick syn på den gamla som rofyllt satt på bänken i morgonsolens sken.

Sanela drog på sig en tjocktröja, samlade ihop sitt mörka hår i en hästsvans och klev i sina stövlar. Strax därpå öppnade hon dörren och njöt av att känna hur solen omslöt henne. Hon drog ett djupt andetag och tyckte sig känna doften av syren. Kanske var det dags för den långa vita syrenhäcken att blomma? Det skulle hon ta reda på lite senare. Först ville hon säga god morgon till den kära lilla finlemmade gamla kvinnan som hon hade älskat från allra första stund.

Solen sken och motljuset gjorde det svårt för Sanela att helt och fullt se Ingegerd. Hon kisade med ena ögat när hon gick och kände den bekanta känslan av hur ena kinden drogs upp.

"God morgon, Ingegerd. Är du redan ute?"

Det blev inget svar och Sanela gick närmare. Ju närmare hon kom desto långsammare gick hon.

"Jag sov lite länge idag…"

Sanela tystnade när hon kom fram till bänken. Den gamla satt lätt bakåtlutad, inlindad i en filt. Hennes händer låg avslappnat och tungt i knäct och en liten fjäril hade satt sig tillrätta på hennes smala ben som avtecknade sig mot filtens mjuka tyg. Ingegerd satt blundande och hennes huvud lutade lätt mot lindens tjocka stam. En stilla morgonbris fick den grå locken vid tinningen att sväva. Inte en rörelse drog över den gamlas ansikte.

"Ingegerd…?" viskade Sanela, men inom sig visste hon. Den gamla blomsterflickan var borta.

Sanela lyfte blicken och såg bort mot platsen där de tillsammans hade planterat alla tulpanlökarna. Hon mindes stunden så tydligt. Hur Ingegerd först hade kastat ut lökarna under träden och hur Sanela själv sedan hade fått leta reda på dem bland hostornas alltmer vissnande blad för att sedan gräva ner varje lök på den plats de fallit på.

Nu blommade de. Mängder med vita stjärnor glimmade mot henne på det grönskande havet och bilden var ljuvligt vacker.

”De blommar, Ingegerd.” viskade hon och strök bort de första tårarna som föll. ”Du fick se dem, och jag hoppas att det blev precis som du drömde.”

Efterord

Boken du håller i handen handlar om läkning. Det handlar om att finna sig själv och få kontakt med sitt hjärta. Det handlar om att kunna hitta sig själv, hitta tillbaka till ljuset och kunna känna glädje igen även om en stor sorg har sköljt fram över livet.

Att trädgård och grönska har en läkande inverkan på människor är känt för de allra flesta. Terapiträdgårdar har skapats på flera platser och kring många sjukhus och äldreboenden anläggs gröna rum. Natur och trädgård bidrar på ett positivt sätt till läkeprocessen. Så enkelt är det.

Jag har själv mått dåligt och i perioderna av mörker gav trädgården lugn. Det var som om det bildades en luftbubbla runt mig när jag vistades där. Och i luftbubblan var färgerna tydligare och luften lättare att andas. I trädgården orkade jag.

Jag läktes. Och ur behovet att få lugn från trädgården växte ett intresse fram. Min egen trädgård blev mitt paradis och under årens lopp lärde jag mig mycket om växter och deras läkande kraft. Örter blev viktiga ingredienser i min vardag. Idag har jag inte kvar trädgården, men jag vet att träd, buskar och blommor lever vidare och frodas under den nya blomsterflickans händer.

Tack till alla som har läst boken under skrivandets gång. Jag har lyssnat på vartenda ord ni har sagt och försökt tillämpa era idéer i texten. I de allra flesta fall har dock min egen vilja vunnit kampen och Blomsterflickan är precis så som jag vill ha den. Långsam, vilsam och grönskande.

/Ellinor Häggström